LT
BARCLAYS CENTER
SPORT-ARE
ZU 2, 3, 4, 5
B, Q
ABGESPERRTE TREPPE
JAGDGELÄNDE IN VERLASSENEM ABSTELLRAUM
ALTE TUNNEL VON LIRR/AMTRAK ZU DEN MŪS
W0311124

Lisa Fiedler

MOUSEHEART

Die Herrschaft der Katzen

Ins Deutsche übertragen
von Johanna Wais

Illustriert von Vivienne To

Schneiderbuch
EGMONT

Bücher von Lisa Fiedler bei Schneiderbuch:

Mouseheart – Band 1: Die Prophezeiung der Mäuse
Mouseheart – Band 2: Die Herrschaft der Katzen

1. Auflage 2015

verlegt durch Egmont Verlagsgesellschaften mbH,
Gertrudenstraße 30–36, 50667 Köln

Die amerikanische Ausgabe erschien 2015 unter dem Titel
»Mouseheart – Hopper's Destiny« bei Margaret K. McElderry Books,
an imprint of Simon & Schuster Children's Publishing Division,
New York, USA

Übersetzung aus dem Amerikanischen: Johanna Wais
Umschlagillustration: Vivienne To
Umschlaggestaltung: Maximilian Meinzold, München
Satz: Greiner & Reichel, Köln
Printed in Germany (671575)

ISBN 978-3-505-13532-3

MIX
Papier
FSC FSC® C014496

Für mein Patenkind Cameron Thomas.
Dein Abenteuer wartet!

PROLOG

Vor nicht allzu langer Zeit, in der Welt des Tageslichts von Brooklyn, New York …

Das waren keine frischen, gemütlichen Holzkringel, die er an seinem Bauch spürte.

Es war der kalte, harte Zementboden der Tierhandlung.

Alles tat ihm weh – die Knochen, die Zähne, der Schwanz. Er nahm ein aufgeregtes Hin- und Herschlurfen um sich herum wahr – ein Fegegeräusch, die schweren Füße des Besitzers und seine wütende Stimme.

Pip öffnete die Augen.

Von dort wo er lag, war die Welt eine ebene, staubige Fläche. Die einzigen Erhebungen waren die leblosen Körper seiner Käfigkameraden. Ihm drehte sich der Magen um vor Kummer und Ekel. Er kniff die Augen zusammen, um klarer zu sehen, und suchte nach seinen Geschwistern.

»Hopper?«, rief er. »Pinkie?« Doch seine zitternde Stimme

verlor sich im Rascheln des Strohbesens auf dem Zement und dem Prasseln des Regens auf dem Bürgersteig vor der offenen Tür. Natürlich kannte Pip die Wörter für Stroh und Regen nicht. Er wusste nichts von Menschendingen und dem Leben außerhalb seines Käfigs. Aber eines wusste er: Er steckte in Schwierigkeiten.

»Hopper … Pinkie!« Er versuchte noch einmal zu brüllen, aber es klang nicht lauter als flüchtige Gedanken.

Mit großer Anstrengung hob er den Kopf und suchte den Laden ab. Da! Sein Bruder und seine Schwester; sie kletterten die Schnur hinab, die wie ein elektrischer Schwanz aus der Kasse kam!

Sie wollen mich holen, dachte er erleichtert. *Hopper wird mich retten.*

Pip schloss die Augen und wartete. Die trampelnden Füße des Besitzers erschütterten den Boden, und feuchte Luft wirbelte aus der stürmischen Welt da draußen vor der Tür herein.

Der Tür … auf die Pinkie und Hopper nun zurannten.

»Nein!«, rief Pip. »Wartet auf mich!«

Er versuchte, auf die Pfoten zu kommen, aber sein Sturz – ein schrecklicher Fall durch den Raum, an den er sich erst jetzt langsam wieder erinnerte –, hatte schmerzhafte Spuren hinterlassen. Er konnte sich kaum bewegen und schon gar nicht schnell genug, um seine Geschwister einzuholen.

Mit ungläubig aufgerissenen Augen beobachtete er, wie der Besen Hopper und Pinkie in Richtung Tür jagte.

Und dann fiel sie mit einem Knall hinter ihnen zu und

schloss sie aus, für immer, wie Pip klar wurde, während er – ebenfalls für immer – hier drinnen festsaß.

Wie lange für immer sein mochte, konnte er sich beim besten Willen nicht vorstellen.

Durch den Tränenschleier hindurch sah er im Augenwinkel eine Bewegung und wandte sich um. Ein Käfiggenosse, der scheinbar tot neben einem Fetzen karierten Stoffs lag, hatte sich gerührt. Auch der Besitzer hatte die Bewegung wahrgenommen. Pip wollte die Maus warnen, doch die steifen Borsten des Besens trafen sie mit einem lauten Klatschen. Pip konnte den Schlag fast an seinem eigenen zitternden Körper spüren. Der Luftstrom, den der schwingende Besen verursachte, ließ das Stoffstückchen in die Höhe fliegen. Es schwebte kurz wie ein karierter Drachen in der Luft, dann landete es wieder auf dem dreckigen Boden, nur eine Pfotenlänge von Pip entfernt.

»Erwischt!«, sagte der Besitzer hämisch und schüttelte den Besen aus.

Pip schnappte nach Luft. Seine Kehle fühlte sich an wie zugeschnürt, als er ein entsetztes Wimmern unterdrückte.

»Ihr miesen kleinen Viecher habt mein Hemd zerrissen«, murmelte der Besitzer und betrachtete stirnrunzelnd das Stück Stoff. Er holte ein Kehrblech hinter dem Tresen hervor und fegte die zerquetschte Maus darauf. Dann stapfte er quer durch den Raum und bückte sich, während er mit seinem Stiefel eine weitere reglose Maus auf das rostige Kehrblech schob.

Pip gefror das Blut in den Adern. Der Besitzer räumte auf … Eine Maus nach der anderen wurde plattgemacht und dann auf das Blech gefegt oder geschaufelt. Wenn es ihm nicht gelang, sich zu verstecken, würde er der Nächste sein.

Seine Muskeln schmerzten, als er seine winzige Pfote nach dem Stoffstückchen ausstreckte. Seine Krallen bekamen den ausgefransten Rand zu fassen, und er zog es genau in dem Augenblick über sich, als der Besitzer sich umdrehte, um den Bereich abzusuchen, wo Pip lag.

»Das waren alle«, brummte der Mensch und lief mit dem Kehrblech voller lebloser Körper zum Hinterausgang.

Nicht alle, dachte Pip und bebte unter dem Stück Stoff. Seine Gedanken rasten, als er versuchte, einen Plan zu schmieden. Doch nichts in seinem Leben in dem gemütlichen Käfig hatte ihn auf eine Situation wie diese vorbereitet. Er war allein und hatte Angst, und das Einzige, was ihn schützte, war ein zerrissenes, billiges Stück Stoff.

Seine Geschwister waren geflohen.

Nein – sie waren weggelaufen und hatten ihn zurückgelassen, ohne sich auch nur einmal nach ihm umzudrehen.

Wie ihre beiden Schwänze durch den offenen Spalt zwischen Tür und Regen verschwanden, war ein Bild, das Pip niemals vergessen würde. Ein Teil von ihm verstand, dass sie um ihr Leben gerannt waren, und ihn wahrscheinlich bereits für tot gehalten hatten, aber ein anderer Teil war so verletzt, dass es ihm in der Seele brannte. Er war von den beiden einzigen Mäusen verlassen worden, denen er vertraut hatte. Den einzigen beiden Mäusen, die ihn beschützt hatten.

Während er dort unter dem karierten Lumpen kauerte, keimte ein Gefühl in ihm auf. Pip wusste nicht, was es war.

Es war genauso neu für ihn wie Schlangen, Besen und Regenschauer. Aber es fühlte sich nicht gut an.

Seinetwegen ballte er die Pfoten, knirschte mit den Zähnen, wurde sein Nacken schweißnass.

Wäre er weltgewandter oder gebildeter gewesen, hätte er genau gewusst, wie man dieses Gefühl nannte. Er aber war keins von beidem. Er war unschuldig und von Natur aus sanft und hatte bisher nie einen Grund dafür gehabt, dieses elende, schneidende, kalte *Etwas* zu fühlen, das er nicht benennen konnte. Er begriff nur, dass er dieses Gefühl überhaupt nicht mochte.

Und deshalb kämpfte er dagegen an, verdrängte es, und hoffte, dass es niemals wiederkehren würde.

Doch da täuschte er sich. Es sollte ihn wieder überkommen, auch wenn er sich im Augenblick noch nicht vorstellen konnte, wie, wann und warum. Es würde ihn wieder quälen, dieses beißende, herzzerreißende Gefühl, das ihn mit einer solchen Dunkelheit erfüllte – an einem Ort und unter Umständen, von denen er in seiner Unerfahrenheit noch nichts ahnte. Dieses Etwas, das er noch nicht gut genug kannte, um es als Wut zu bezeichnen, und das im Augenblick auch schon der Angst gewichen war.

Denn in diesem Moment wurde die Ladentür schwungvoll geöffnet, und herein kamen der Lärm, die Feuchtigkeit, der Regen.

Und der Junge.

Der Junge mit seiner schrecklichen, gemeinen, hungrigen Schlange.

»Du schon wieder«, knurrte der Besitzer, der mit dem leeren Kehrblech zurückkehrte. »Was willst du denn diesmal?«

»Dasselbe wie beim letzten Mal«, antwortete der Junge. »Frühstück für meinen Kumpel. Ich war erst zwei Straßen weiter, als mir einfiel, dass er seit gestern nichts gegessen hat. Er kann nicht warten, bis ich eine andere Zoohandlung finde oder irgendeine magere U-Bahn-Ratte fange. Er braucht jetzt was.«

Der Besitzer schnaubte. »Tja, so ein Pech – sein Frühstück ist gerade abgehauen. Bis zur letzten Maus.«

Pip linste hinauf zu dem abscheulichen Jungen und dem widerwärtigen Reptil, das sich um dessen Schultern wand. Spitze, gebogene Zähne ragten dem Tier aus dem offenen Maul, zuckend suchten seine Augen den Laden ab.

Der Besitzer ging zur Tür, doch bevor er sie schließen und den prasselnden Regen aussperren konnte, wehte eine nasse Böe herein, wirbelte das Stück Stoff noch einmal hoch – und da lag Pip, auf dem Boden zusammengerollt.

»Da ist eine«, sagt der Junge und zeigte mit seinem knöchernen Finger auf ihn.

Pip zwang sich, ganz still liegen zu bleiben. Selbst die Augen öffnete er nur einen winzigen Spalt breit, um diesen entsetzlichen Austausch zu verfolgen.

»Sie ist tot«, sagte der Besitzer.

»Na und? Bo ist das egal – stimmt's, alter Junge?«

Die Schlange antwortete mit einem Zischen. Besser ein totes Frühstück als gar keins, schien sie zu sagen.

»Bezahlen musst du trotzdem«, sagte der Besitzer, ganz der ausgebuffte Geschäftsmann, »auch wenn das Vieh tot ist.«

»Die Hälfte, mehr nicht«, sagte der Junge. »Sie ist nicht nur tot, sondern auch noch mickrig.« Er wühlte in seiner Tasche und fischte ein paar Münzen heraus.

»Meinetwegen«, brummte der Besitzer. »Tote Nager verpesten eh nur den Laden. Na los. Nimm sie dir.«

Der Junge bückte sich und formte mit der Hand eine Schaufel, mit der er den vermeintlich toten Pip hochhob. Der schloss die Augen und hielt die Luft an. Beinah wünschte er, er wäre wirklich tot.

Zufrieden mit dem, was sie bekommen hatten, machten der Junge und seine Schlange sich wieder auf in den Regen. Pip hielt die Augen fest geschlossen und lauschte dem patschenden Geräusch, das die Turnschuhe seines Entführers auf dem nassen Bürgersteig machten.

Hätte er die Augen doch nur geöffnet.

Dann hätte er durch den schmalen Spalt zwischen den Fingern des Jungen hindurch seinen Bruder und seine Schwester im Schatten eines Mülleimers sehen können, wie sie um ein weggeworfenes Stück Hotdog stritten. Er hätte sehen können, wie sie sich gegenseitig angriffen und dann auf das rauschende Wasser im Rinnstein zurollten.

Vielleicht hätte er sogar gesehen, wie der tosende Strom die beiden fortspülte, sodass sie für immer von der Oberfläche Brooklyns verschwanden.

Na ja, vielleicht nicht für immer …

Aber Pip sah nichts außer der Innenseite seiner eigenen Augenlider, während er mit aller Macht so tat, als wäre er bloß ein lebloses Fellknäuel in der klebrigen Hand des Jungen.

Bald würde er sowieso tot sein.

Da konnte er sich genauso gut schon einmal an diesen Zustand gewöhnen.

Pip hatte keine Ahnung, wie lange er schon in der Faust des Jungen gefangen war. Sie schienen einen weiten Weg zurückzulegen. Der Junge lief, und die Schlange wand sich. Irgendwann hörte der Junge auf zu gehen, bewegte sich aber weiter fort – nicht vorwärts, sondern gleitend abwärts. Das schien die Schlange nervös zu machen. Ihr Körper verkrampfte sich, wie Pip in dem dunklen Kokon spüren konnte, den die Hand des Jungen bildete.

»Alles in Ordnung, Bo. Das ist nur ein Aufzug. Gleich sind wir in der Bahn.«

Bahn, dachte Pip. Noch ein Wort, das er bisher nie gehört hatte, noch etwas, das ihm vollkommen fremd war. Doch die Schlange schien das, was auch immer es war, zu beruhigen.

Dann lief der Junge wieder. An dem Ort, wohin der Aufzug sie gebracht hatte, regnete es nicht. Das Prasseln hatte aufgehört, und es fielen auch keine einzelnen Tropfen mehr zwischen die Finger des Jungen.

Pip roch Menschen – mehr, als er je zuvor gerochen hatte, mehr, als je auf einmal im vollgestopften Laden des Besitzers gewesen waren. Er konnte hören, wie sie nach Luft schnappten und angstvolle Schreie ausstießen, wenn sie den um den Nacken des Jungen gewundenen Bo sahen.

Der Junge blieb stehen, und plötzlich drang ein lautes Knurren an Pips empfindliche Ohren. Sein Herz pochte wild.

Dem Knurren folgte eine Art pfeifendes Quietschen, als habe gerade ein gewaltiges Untier ausgeatmet.

»Das ist das Beste daran, mit dir U-Bahn zu fahren, Bo«, gluckste der Junge. »Ich habe immer den ganzen Wagen für mich allein.«

Pip spürte, dass der Junge sich hinsetzte. Dann bewegten sie sich wieder, schnell und geschmeidig.

»Okay«, sagte der Junge. »Jetzt gibt's Futter. Hier hast du deinen toten Winzling.«

Der Junge öffnete die Faust, und Pip fröstelte. Mit zwei Fingern der anderen Hand fasste der Junge Pips Schwanz und hob ihn hoch, sodass er, vermutlich, genau über den tödlichen Eckzähnen der Schlange baumelte.

»Maul auf«, sagte der Junge zu Bo.

Pip war derart panisch, dass er vergaß, sich tot zu stellen. Er öffnete die Augen, sah, dass er in ein unangenehmes, grünliches Licht getaucht war, und direkt in das Gesicht des fiesen Jungen blickte.

Erschrocken schrie dieser auf, ließ Pip los und schleuderte ihn quer durch den Wagen.

Bo zischte vor Wut, dass ihm sein Frühstück ein zweites Mal entkommen war.

Ffffomp.

Pip landete auf dem Sitz gegenüber des Jungen. Schnell krabbelte er zum Rand, hechtete hinunter und versteckte sich in dem Hohlraum unter der langen Reihe von Sitzen, wo der Junge ihn weder sehen noch erreichen konnte.

Und er rannte.

Für eine Maus seiner Größe war es eine lange Strecke. Er hörte die nassen Sohlen der Turnschuhe des Jungen auf dem Boden quietschen, während er in dem Wagen herumlief und ihn nach seiner quicklebendigen Beute absuchte.

»Da ist sie!«, rief der Junge. »Wir haben sie in die Enge getrieben.«

Doch gerade als der Junge die Hand ausstreckte, um sich Pip zu schnappen, stoppte die Bahn plötzlich kreischend. Der Junge wurde mit seiner Schlange nach vorn geschleudert und verlor den Halt.

Zu Pips Glück landete sein Verfolger hart, mit dem Gesicht voran, auf dem dreckigen Boden.

Der Junge stöhnte, die Schlange krümmte sich.

Pip drückte sich gegen die glänzende Metalltür.

Ein wahnsinniges Zischeln erfüllte den Wagen, als die Schlange ihren schuppigen Körper streckte, von den Schultern des am Boden liegenden Jungen hinunter und auf Pip zuglitt.

Doch wieder ertönte das pfeifende, schrille Atemgeräusch, und hinter Pip öffneten sich mit einem Ruck die Türen. Die zitternde Maus verlor das Gleichgewicht.

Pip taumelte gerade lang genug an der Kante des U-Bahn-Wagens, um in Bos weit geöffnetes Maul mit den gefährlichen Zähnen zu starren.

Und dann fiel er.

Hinaus aus dem Wagen.

Hinein in die Dunkelheit.

Eins

La Rochas Tagebuch – aus dem Heiligen Buch der Mūs:

Ich, das geheimnisvolle, verehrte Wesen La Rocha, blicke nun hinunter auf die Überreste der einst blühenden Stadt Atlantia. Seit dem Kampf sind zwei Wochen vergangen – nur zwei Wochen, aber es fühlt sich an wie zweitausend Jahre. Unter mir schwelt die Stadt. Die Fabriken produzieren nicht mehr, und in den Straßen tummeln sich nicht mehr die glücklichen Bürger von Atlantia. Noch vor Kurzem sind sie unbekümmert ihren Geschäften nachgegangen, da ihnen Sicherheit und Wohlstand garantiert waren.

Eine Sicherheit, für die ein entsetzlicher Preis bezahlt wurde.

Die Ratten, die hier wohnten, waren nicht direkt daran beteiligt, denn sie wussten von nichts. Andererseits wunderten sie sich nie und forschten nie nach. Traf sie also nicht doch ein kleines bisschen Schuld? Den Bürgern von Atlantia war nur bekannt, dass ihr Kaiser Titus einen Friedensvertrag mit den wilden

Katzen ausgehandelt hatte, und dass sie deshalb ein angenehmes, sorgloses Leben führen konnten. Die Nager kamen nie auf die Idee, nach dem wahren Preis dieses Friedens zu fragen.

Nun ist die Stadt überlaufen mit Flüchtlingen. Früher wären sie geopfert worden, damit die Katzen nicht in Atlantia auf die Pirsch gingen. Es waren Mäuse, Ratten, Eichhörnchen und Streifenhörnchen, die Titus' Soldaten in den U-Bahn-Tunneln gefunden hatten, und die der Katzenkönigin im Gegenzug für den Frieden geopfert worden waren. Sie sind es, die aus Titus' grausamen Lagern befreit wurden und die nun eine unsichere Zuflucht hinter den einst undurchdringlichen Mauern von Atlantia gefunden haben.

Die Rebellen handelten in guter Absicht, als sie die Lager befreiten, aber was dabei herauskam, ist trostlos. Man muss sagen: Sie haben nicht weit genug gedacht. Sie waren so entschlossen, die Gewaltherrschaft zu beenden, dass sie sich keine Gedanken darüber machten, was danach sein würde. So kleine Kreuzritter! Mit so großen Hoffnungen! Und ich zähle mich zu ihnen.

Als dieser Aufstand vor langer Zeit begann, war das Ziel, dass alle Wesen in Frieden zusammenleben sollten, einem echten Frieden. Wir wollten einander unabhängig von unserer Art bei der täglichen Mühsal beistehen, die das Leben mit sich bringt, wenn man klein ist und gejagt wird, oder wenn man weit weg von zu Hause ist und hungrig. Früher geliebt und dann ignoriert, hinausgeworfen, verlassen. Denn das ist das Schicksal der armen Seelen, die hier unten stranden, im Innersten der Erde.

Das Wesentliche an diesem Kampf war der Glaube, wir könnten lernen, uns nicht mehr gegenseitig zu jagen. Leider erkenne ich nun, dass dies möglicherweise ein zu hohes Ziel war. Ich habe verstanden: Selbst wenn Gerechtigkeit herrscht, ist die Natur mächtiger als alles andere. Hunger muss gestillt werden, und die Natur hat uns so geschaffen, dass dieser Trieb, dieses Bedürfnis kaum vollständig unterdrückt werden kann. Ich habe gelernt, dass es das Böse in der Natur nicht gibt, sondern nur Notwendigkeiten. Wir bilden eine lebendige Kette, von den riesigen Menschen, die in der Oberwelt das Sagen haben, bis zu den bescheidensten Kreaturen unter uns – Nager, Insekten, Reptilien.

Der sogenannte Frieden, den Titus ausgehandelt hatte, war eigennützig und vollkommen gegen die Natur – Tieren wurde wahllos das Leben genommen, bevor die Natur beschlossen hatte, dass ihre Zeit gekommen war. Es ist nicht zu leugnen, dass jeder von uns, der auf oder unter dieser Erde läuft, hüpft, kriecht oder gleitet, eines Tages Abschied nehmen muss und seinen letzten Atemzug tun wird. Aber in welcher Weise dies geschieht, entscheidet die Natur, das Schicksal – keine Regierung. Die Natur bestimmt, was sein wird, wann und wie. Das ist das große Geheimnis des Lebens.

Titus stellte dieses leicht zu störende Gleichgewicht auf den Kopf, indem er versuchte, der Natur ein Schnippchen zu schlagen, und nun muss alles, was er verdreht und verfälscht hat, wieder in Ordnung gebracht werden.

Unter mir zerreißt der Klang eines Horns die trübe Stille. Ich kenne ihn gut. Früher benutzte die Rebellin Firren dieses Horn als geheimes Signal, um ihre Rangers zu den Waffen zu rufen. Nun ist der Klang eine Warnung. Die wenigen Nager, die durch das Chaos der Stadt gehuscht sind – um zu plündern, zu stöbern und zu betteln –, eilen davon, um sich hinter verfallenen Mauern zu verstecken.

»Achtung«, brüllt eine Wache. »Die Katzen kommen. In Deckung!«

Entsetzt sehe ich mit an, wie eine junge Maus, die einen Wagen voller angefaulter Essensreste hinter sich her gezogen hat, wie angewurzelt mitten auf dem Marktplatz von Atlantia stehen bleibt. Es bricht mir das Herz, sie dort zu sehen, zitternd, schutzlos und schon von Weitem zu erkennen. Ich wünschte, ich könnte zu ihr laufen oder ihr wenigstens zurufen, sie solle rennen. Doch ich kann mich nicht zeigen, denn das würde an diesem gottverlassenen Ort noch mehr Unheil anrichten. Ich muss den richtigen Augenblick abwarten und so lange aus dem Verborgenen tun, was ich kann.

Zwei wilde Katzen stolzieren in mein Blickfeld. Sie leben noch nicht lange in den Tunneln, da bin ich mir sicher, denn sie besitzen noch eine gewisse Oberwelt-Ruppigkeit. Ja, sie müssen neu in Felinas Reihen sein – ich sehe in ihren Augen die Erinnerung an das Tageslicht. Und das macht sie noch gefährlicher, denn hinter ihrem Hunger lauert zusätzlich der Drang, sich zu beweisen.

Die größere der beiden Katzen, ein Kater, holt aus, um die geduckt dasitzende Maus mit der Wucht ihrer Pfote zu treffen. Da sehe ich im Augenwinkel einen silbernen Blitz, eine blaurote Wolke.

Sie ist da! Die Rebellenkriegerin. Und mit dabei ist ein Thronerbe.

Und ein Auserwählter.

Obwohl er der kleinste von ihnen ist, dieser Auserwählte, ist er der Erste, der angreift. Mit gezücktem Schwert rast er auf die überraschten Katzen zu und brüllt dabei den vertrauten Schlachtruf: »Ay, ay, ay!« Rasch versetzt er dem Kater zur Warnung einen Hieb ins Hinterbein. Der jault und geifert, und gleichzeitig packt die winzige Rebellin den Schwanz der anderen Angreiferin und versenkt ihre scharfen Rattenzähne darin. Die gebissene Katze faucht und brüllt.

Nun tritt der kaiserliche Thronerbe vor und schwenkt seinen Degen.

»Ich würde euch beide lieber am Leben lassen«, sagt er. »Es gab schon viel zu viel Blutvergießen. Aber wenn es sein muss, töte ich euch.«

Der Kater leckt einen roten Tropfen von seinem Bein.

»Wir müssen doch fressen«, sagt er zu seiner Verteidigung mit einem Oberwelt-Akzent.

»Nun, dann tut das woanders«, sagt der Auserwählte.

»Die Bürger von Atlantia stehen unter unserem Schutz.«

»Bürger?«, schnaubt der Kater. Er lässt seine gelben Augen kurz über die Flüchtlinge wandern, die aus ihren Verstecken hervorlugen. »Das sind doch keine Bürger, das sind Streuner. Nager-Versager. Katzenfutter.«

Der Auserwählte hebt sein Schwert. »Sind sie nicht. Nur über meine Leiche!«

Die Rebellin richtet sich auf und legt eine Pfote kampfbereit an den Knauf ihres Schwertes. Dann wartet sie ruhig, aber zum Bersten voll mit aufgestauter Wut. Die Katzen spüren sofort, wie gerne sie ihnen die Klinge genau zwischen die Augen stoßen würde. Der Thronerbe grinst nur und lässt unübersehbar seinen Degen kreisen. Die Botschaft ist eindeutig: Auch er ist bereit zu kämpfen.

Dann strafft der kleine Krieger die Schultern und zischt zwischen seinen winzigen Mäusezähnen hervor: »Verschwindet«, befiehlt er. »Oder lasst hier und jetzt euer Leben.«

Die Katzen zögern nur einen kurzen Moment, dann drehen sie sich um und laufen zurück in die Richtung, aus der sie gekommen sind.

Als ich dies von meiner Position oberhalb von Atlantia beobachte, steigt ein warmes Gefühl in mir auf, ein Kribbeln läuft mir über das Fell: Stolz. Und Hoffnung.

Nun eilt der Auserwählte zu dem zitternden Opfer, der Maus, die immer noch mitten auf dem staubigen Platz kauert, und schließt sie in die Arme.

»Alles ist gut«, sagt er mit sanfter Stimme. »Sie können dir nichts mehr tun.«

Die Maus befreit sich aus der Umarmung und sieht den Helden höhnisch an. »Natürlich können sie! Begreifst du das nicht? Wir sind verloren. Du hast nichts erreicht. Du hast versagt!«

Mit diesen Worten rennt die Maus davon. Ihren Wagen lässt sie einfach stehen.

Der Auserwählte dreht sich mit feuchten Augen zu seinen Freunden um. Sie wissen, dass die Worte der Maus ausgedrückt haben, was die meisten denken, die noch hier wohnen. Die Not leidenden Nager empfinden keine Dankbarkeit. Im Gegenteil: Sie werfen dem Auserwählten und den Rebellen vor, ihre Erwartungen nicht erfüllt zu haben.

Das zu wissen, lässt mir das Herz schwer werden. Ich senke den Kopf und schleiche davon.

Hopper sah die letzte Grille vom Palast davonhüpfen und musste an die denken, die ihm an seinem ersten Tag unter der Erde ein Ständchen gegeben hatte. Es kam ihm vor, als wäre das in einem anderen Leben gewesen.

Auf dem Höhepunkt des Rebelleneinmarsches hatte dieser wimmelnde Insektenschwarm auf Firrens Befehl hin die Mauern des weitläufigen Palastes besetzt und ihn in ein Gefängnis verwandelt. Dort war Kaiser Titus in den vergangenen beiden Wochen festgehalten worden. Seitdem die Grillen Titus in seinem schönen Palast eingeschlossen hatten, hatte Hopper ihn nicht mehr gesehen. Er konnte sich aber gut vorstellen, wie die schroffe, alte Ratte Titus wütend auf und ab lief, immer wieder von Weinkrämpfen geschüttelt wurde und den Verlust ihrer Stadt und das Ende ihrer Herrschaft beklagte.

Und vielleicht – ganz vielleicht – bereute der Kaiser auch die Grausamkeit seines tödlichen Pakts mit Felina.

Heute nun waren die Grillen von ihrer Aufgabe freigestellt worden. Firren hatte sie heimgeschickt und stand jetzt selbst mit Hopper und Prinz Zucker vor dem Palast.

Hopper litt immer noch darunter, dass die Maus auf dem Marktplatz ihn so beschimpft hatte. Die Abscheu in ihren kleinen schwarzen Äuglein schmerzte Hopper mehr als jede Verletzung, die er sich im Kampf zugezogen hatte. Verdiente er wirklich eine solche Verachtung?

Als er sich umblickte und die Verwüstung und das Chaos sah, war er sich nicht sicher, ob die Antwort auf diese Frage wirklich Nein lautete. Die meisten der prächtigen Gebäude von Atlantia waren von verzweifelt nach einem Unterschlupf suchenden Nagern besetzt worden. Einige Häuser waren in Brand gesteckt worden. Aus ihnen stieg immer noch Rauch auf. Die Stände und Wagen auf dem Markt waren umgeworfen und zerstört worden, und in den Straßen lag überall Müll. Nahezu alles Wertvolle war gestohlen worden, mitgeschleppt bei der großen Flucht aus der Stadt. Die übrig gebliebenen Nager hockten in ihren Verstecken oder krochen mit ausgemergelten Gesichtern, aus denen angstvolle Augen blickten, durch die Stadt.

Zucker, der immer zu wissen schien, was Hopper dachte, legte sanft eine Pfote auf dessen Schulter. »Es sind verwirrende Zeiten, Kleiner«, sagte er mitfühlend. »Du hast getan, was du tun musstest. Wie wir alle.«

Hopper seufzte. »Aber das haben wir nicht erwartet.«

»Ich weiß nicht, was wir erwartet haben«, gab Zucker zu. »Wir wussten nur, dass Titus gestoppt werden musste, und wir wollten, dass diese Flüchtlingslager verschwinden.«

»Was das angeht, waren wir erfolgreich«, sagte Firren.

Zucker grinste. »Und jetzt muss jemand aufräumen, wie nach jeder guten Party.«

Hopper schüttelte den Kopf. »Es war keine Party.«

»Schon klar, Kleiner. Ich will es dir doch nur ein bisschen leichter machen.«

Hopper war dem Prinzen dankbar, dass er versuchte, seine

Stimmung aufzuhellen. Er freute sich nämlich überhaupt nicht auf das, was vor ihm lag.

Der Auserwählte seufzte tief und lenkte den Blick auf die gewaltigen Palasttore, aus denen im selben Moment die Soldaten Bartel und Richard traten. Die beiden Ratten blieben auf der Schwelle stehen. Sie waren jung und kräftig, und sie trugen die beeindruckende Uniform von Zuckers Leibwache – purpurne Jacken mit einem aufgestickten silbernen *Z* auf der linken Brust. In gewisser Weise war es Hopper gewesen, der die beiden rekrutiert hatte: Sie hatten ihm geholfen, den verwundeten Zucker aus den Tunneln zu bergen.

»Komm«, rief Bartel über die Schulter. »Der Prinz, der Auserwählte und die Rebellenführerin erwarten dich.«

Schlurfende Schritte waren zu hören, und dann kam der in Ungnade gefallene Kaiser Titus aus dem Palast. Bei seinem Anblick stockte Hopper der Atem. Selbst Zucker, der mehr als jeder andere Gründe hatte, einen tiefen, bitteren Zorn gegen die alte Ratte zu hegen, musste den Blick abwenden.

Der früher einmal Respekt einflößende Rattenherrscher, der noch vor wenigen Wochen auf einem goldenen Thron gesessen und ein blühendes, unterirdisches Königreich regiert hatte, war nur noch ein zusammengeschrumpfter Schatten seiner selbst. Die breiten Schultern waren tief gebeugt, und von seiner früheren Stärke war nichts mehr übrig geblieben. Er wirkte eingefallen, wie ein Sack aus runzliger Haut und Knochen.

»Haben sie ihm da drinnen nichts zu essen gegeben?«, fragte Hopper Zucker flüsternd.

»Sie haben es versucht.« Der Prinz schüttelte grimmig den Kopf. »Er wollte nichts zu sich nehmen.«

Selbst aus dieser Entfernung konnte Hopper erkennen, dass aus Titus' Augen nicht mehr der frühere Scharfsinn leuchtete. Sie lagen tief in den Höhlen, und aus ihnen schien die nackte Angst. Seine Pfoten zitterten, und seine Schnurrhaare hingen herab. Stellenweise war das Stahlgrau seines Fells einem matten Weiß gewichen. Doch am schlimmsten war die längliche rosa Narbe, die sich quer über sein Gesicht schlängelte. Sie war auch vorher schon nicht besonders schön gewesen, doch nun sah sie einfach nur schaurig aus, weil sie auf der eingefallenen Schnauze stärker hervortrat denn je.

»Na los«, sagte Richard mit einem Blick auf Titus. »Und Vorsicht mit den Stufen.«

Titus' Pfoten und Hinterbeine waren mit einem Seil gefesselt. Er machte kleine Trippelschritte, als er seinen Bewachern die ausladende Vordertreppe der kaiserlichen Residenz hinab folgte.

Ob er wohl schon immer ein selbstsüchtiger, teuflischer Tyrann war?, fragte Hopper sich. *Oder hatte er womöglich einmal ein reines Herz?*

»Wohin mit ihm?«, wollte Richard wissen.

»Bringt ihn zum Marktplatz«, wies Zucker sie an. »Wir kommen gleich nach.«

Eine alte Rikscha mit wackeligen Rädern stand am Fuße der Treppe. Sie wurde von einem kräftigen Eichhörnchen gezogen. Es hatte eine Wunde am Schwanz. Bestimmt eine Verletzung aus der Schlacht, dachte Hopper.

Die Soldatenzwillinge führten Titus zu der klapprigen Karre.

»Weshalb werde ich zu dem Platz gebracht?«, fragte er niemand Bestimmtes. Sein Blick haftete jedoch auf seinem Sohn. »Soll ich gehängt werden? Gefoltert?« Von seiner selbstsicheren, dröhnenden Stimme war nur ein bebendes Krächzen übrig geblieben.

Als Zucker darauf nicht antwortete, ließ Titus den Kopf hängen. Bartel schob die alte Ratte in den Wagen und kletterte dann selbst hinein. Richard sprang aufs Trittbrett, nickte dem Eichhörnchen zu, und rumpelnd fuhren sie davon.

»Ich lasse die Rangers den Palast bewachen«, sagte Firren. »Sonst ist er ein Paradies für Plünderer.«

»Du hast recht«, stimmte Hopper ihr zu.

Firren blies in das Horn, um die Rangers herbeizurufen. In Windeseile waren sie da. Hopper kannte sie: Sie hatten mit ihm und Firren den langen Marsch zum Dorf der Mūs unternommen. Einer der Rangers, Firrens Stellvertreter, hieß Leetch. Er war der Größte von allen, und derjenige, der nach Firren das Schwert am besten beherrschte.

In den vergangenen zwei Wochen hatte Hopper Leetch zu schätzen gelernt. Sie hatten sich zusammen bemüht, die Ordnung aufrechtzuerhalten und die ein oder andere Katze zu verjagen. Doch so sehr Hopper diese Aufgabe auch auf Trab gehalten hatte, in Gedanken war er die ganze Zeit bei seiner Familie gewesen. Bilder von Pinkie und Pip, die auf dem Rückweg zum Dorf der Mūs von wütenden Katzen umzingelt wurden, verfolgten ihn in seinen Albträumen. Viele Nächte war er zitternd und vor Entsetzen schreiend aufgewacht. Er versuchte, sich selbst davon zu überzeugen, dass sie es sicher zurück ins Dorf der Mūs geschafft hatten, schließlich hatte er nichts Gegenteiliges gehört. Aber es brach ihm das Herz, dass Pip so weit weg war. Sein einziger Trost: Falls seine Geschwister tatsächlich das Dorf erreicht hatten, das tief unter der Erde lag und von einer großen grauen Mauer geschützt war, wäre Pip dort für den Rest seines Lebens in Sicherheit.

Aber er, Hopper, wäre nicht bei ihm.

Bei diesem Gedanken kamen Hopper die Tränen, doch er schob den Schmerz beiseite und versuchte, sich darauf zu konzentrieren, was Zucker zu Firren sagte.

»Während die Rangers im Palast sind, könnten sie ihn vielleicht … äh, du weißt schon … ihn einmal gründlich durchsuchen.« Zucker trat von einem Bein aufs andere und vermied es, der Rebellenführerin in die Augen zu sehen. »Titus hat wahrscheinlich … wie sagt man … *Wertgegenstände* für Jahre gehortet. Und auch Waffen.«

»Gehört, Leetch?«, fragte Firren.

Der Ranger nickte. »Was sollen wir dann mit der Beute machen?«

Firren wandte sich mit einem fragenden Blick an Zucker.

»Bringt sie in mein Zimmer und lagert sie dort.«

Leetch nickte dem Prinzen knapp zu, dann führte er die anderen Rangers die Stufen hinauf in den Palast.

Zucker kratzte sich am Kopf und hörte nicht auf, sein Gewicht tänzelnd von einem Fuß auf den anderen zu verlagern. Wäre die Veränderung nicht so beunruhigend gewesen, hätte

Hopper gelacht. Doch vor Kurzem war ihm aufgefallen, dass zwischen Firren und dem Prinzen eine sonderbare Spannung herrschte. Sie schienen Schwierigkeiten zu haben, einander in die Augen zu sehen, und immer wenn die Rebellin in der Nähe war, brachte der sonst so schlagfertige Zucker keinen Ton heraus.

»Wir sollten uns auf den Weg machen«, sagte Firren mit einer überraschend scheuen Kopfbewegung. »Es ist gleich so weit.«

»Stimmt«, sagte Zucker. »Auch wenn ich keine besonders große Lust darauf habe.«

»Du hast deine Soldaten vorgeschickt, oder?«, fragte Hopper. Die Furcht wand sich in seinem Bauch wie ein riesiger Regenwurm. »Falls es Ärger gibt.«

»Es wird alles gut, Kleiner.« Zucker klopfte Hopper auf den Rücken. »Wir müssen den Nagern glaubwürdig versichern, dass dieser elende Zustand nur vorübergehend ist. Wir müssen ihnen sagen, dass wir vorhaben, Atlantia neu aufzubauen und wieder Leben, Sicherheit und Wohlstand in die Stadt zu bringen. Wir werden sie auf unsere Seite holen, da habe ich gar keine Zweifel. Schließlich ist es dein Schicksal, Atlantia in die Zukunft zu führen. Du musst dir deiner Sache bloß sicher sein und ihnen von deinem großartigen Plan erzählen.«

»Ja, klingt toll«, murmelte Hopper. »Wenn ich nur einen hätte.«

Zwei

Als sie den Marktplatz erreichten, hatte sich bereits eine große Schar versammelt. Hopper sank das Herz in die Hose, als er die kleine Maus sah, die ihn kurz zuvor verhöhnt hatte. Viele der Anwesenden waren Flüchtlinge, die während des Aufstands aus den Lagern befreit worden waren. Er erkannte Driggs, das kräftige, junge Eichhörnchen, das auf dem Jagdgelände an seiner Seite gekämpft hatte. Auch die mutige alte Maus Beverly entdeckte Hopper. Bei ihrem Marsch aus dem Flüchtlingslager hatte sie so getan, als habe sie sich verletzt, um den Dolch der Wachratte zu stehlen. Sie trug immer noch die Schürze, unter der sie damals die Waffe versteckt hatte, doch diese war nun schmutzig und zerrissen. Als Hopper Beverlys Blick auffing, lächelte sie ihm zu, und er fühlte sich gleich etwas besser. Aber ihm fiel auf, dass sie viel dünner war als noch vor zwei Wochen. Ihre Augen wirkten müde, und ihre Bewegungen waren langsam. Die Zeit nach dem Kampf war deutlich kräftezehrend gewesen – für sie alle.

Nur wenige auf dem Marktplatz waren Bürger von Atlantia. Ein Großteil der Bevölkerung hatte die Stadt sofort verlassen, als bekannt wurde, dass Titus' geheimer Friedensvertrag nicht länger wirksam war. Doch ein paar waren geblieben, darunter der Händler, der einst versucht hatte, Hopper das wertvolle Andenken an die Dodgers zu verkaufen. Bestimmt besaß die Ratte diesen Wimpel schon lange nicht mehr, vermutlich war er auf der Flucht mitgenommen oder zerstört worden, dachte Hopper. Marcy, das liebenswerte Dienstmädchen aus dem Palast, und eine Handvoll weiterer Dienstboten waren ebenfalls dort. Jede einzelne Maus, jede Ratte, jedes Streifenhörnchen und jedes Eichhörnchen sah erschöpft aus. Gehetzt. Wütend und verzweifelt auf der Suche nach Antworten – die Hopper ihnen nun geben musste.

Antworten, die er im Augenblick selbst noch nicht kannte.

Die Nachricht von der Versammlung hatte sich am Abend zuvor verbreitet. Zucker hatte einen kaiserlichen Befehl erteilt, mit dem er jeden, der noch innerhalb der Mauern von Atlantias lebte – rechtmäßig oder im Verborgenen –, einlud, an dem Treffen auf dem Marktplatz teilzunehmen. Was die Nager anlockte, war, dass der vom Thron gejagte Kaiser Titus offiziell und öffentlich für seine Verbrechen angeklagt werden sollte. Es gab Gerüchte, er werde sich möglicherweise sogar förmlich entschuldigen. Nicht, dass irgendjemand eine Entschuldigung angenommen hätte.

Bartel und Richard hatten Titus an Kralle übergeben. Er war ein enger Freund von Zucker und der Soldat, dem der Prinz am meisten vertraute. Nun stand der frühere Kaiser auf einem Podest in der Mitte des Platzes. Die Menge wogte um ihn herum. Manche riefen ihm Sticheleien und Beleidigungen zu, andere schickten ihm nur hasserfüllte Blicke. Titus zuckte jedes Mal zusammen, wenn jemand so etwas wie »abscheulicher Diktator« oder »niederträchtiger Unterdrücker« rief. Die schlimmste Bezeichnung war »fieser Katzenfütterer«.

Hopper war klar, dass es nichts bringen würde, die wenigen verbliebenen Bürger von Atlantia in der wütenden Meute daran zu erinnern, dass sie alle Titus bis vor zwei Wochen verehrt hatten, weil sie unter seiner Herrschaft ein sicheres, bequemes Leben führen konnten. Ganz bestimmt empfand Hopper kein Mitleid für Titus – die Ratte verdiente nicht einen Funken davon. Aber es beunruhigte ihn, wie schnell die öffentliche Meinung kippen konnte.

»Du bist ein Monster!«, schrie ein verwahrlostes weibliches Streifenhörnchen. Es schüttelte die Faust. »Als meine Babys vor Monaten in eine Kolonie gebracht werden sollten, jubelte ich! Ich hielt es für einen Segen.«

Hopper stand zwischen Zucker und Firren vor der Menge. Er spürte, wie Firrens Muskeln sich anspannten, und fragte sich, ob sie an den Tag dachte, an dem sie und ihre Familie als glückliche »Kolonisten« fortgeführt worden waren – um dann stattdessen zum Jagdgelände gebracht zu werden.

»Jetzt kenne ich die Wahrheit«, fuhr das Streifenhörnchen fort. »Jetzt weiß ich, was wirklich aus meinen Kindern wurde, du grausame, gemeine Ratte!« Es konnte nicht weitersprechen und brach herzzerreißend schluchzend zusammen. Titus bedeckte sein Gesicht mit den gefesselten Pfoten. Die

Menge buhte und pfiff ihn aus. Hopper kam der Gedanke, dass sie den Kaiser wahrscheinlich mit verfaulten Essensresten bewerfen würden – gäbe es dafür überhaupt noch Essen in der Stadt. Diejenigen, die geflohen waren, hatten in weiser Voraussicht so viel von den Vorräten der Stadt mitgenommen, wie sie tragen konnten.

Als Zucker neben seinen Vater auf das Podest stieg, hörten die Rufe auf, und Stille breitete sich aus. Hoppers Herz schlug schneller.

»Liebe Nager«, begann Zucker. »Wir sind heute hier versammelt, um über die Zukunft unserer Stadt und unseres Lebens in den Tunneln zu sprechen.«

»Welche Zukunft?«, rief der Händler dazwischen. »Welches Leben? Unser Schicksal besteht doch nur noch darin, darauf zu warten, dass Felinas Katzen uns holen.«

»Das ist nicht wahr!«, sagte Zucker. »Atlantia hat einen neuen Herrscher –«

»Einen *neuen* Herrscher, der rein zufällig der einzige Sohn des *alten* Herrschers ist?«, spottete eine pummelige Ratte. »*Dich* nämlich! Wer sagt uns, dass du nicht ganz nach deinem alten Herrn kommst?«

»Und wer übernimmt mit dir die Herrschaft?«, rief die trauernde Streifenhörnchen-Mutter. »Diese mickrige Maus, die behauptet, der Hoffnungsbringer zu sein?«

Diesen Titel hatte Hopper beinahe vergessen. Er hatte ihn von Titus erhalten, als diesem klar wurde, dass Hopper der Auserwählte aus der Prophezeiung der Mūs war. Der Kaiser hatte sich überlegt, den Auserwählten der Mūs als Geisel zu nehmen, ihn aber immer gut zu behandeln. So hatte er gehofft, den Angriff der Mūs abwenden zu können. Zucker, in seiner Rolle als Doppelagent, hatte seinen Vater dazu ermuntert. So war es dem Prinzen möglich gewesen, Hopper zu beschützen und ihm letztendlich die Wahrheit über Titus' Treiben zu erzählen. Die Ratten der Stadt Atlantia, die die Mūs als Feinde betrachteten, kannten Hoppers wahre Identität nicht.

Hopper sah, wie Zucker die Zähne zusammenbiss. Die Pfoten des Prinzen waren zu Fäusten geballt. »Hört zu Leute, ob es euch gefällt oder nicht, ich bin immer noch der Thronerbe. Also wie wär's mit ein bisschen Respekt, hm?«

»Ha!« Ein mageres Eichhörnchen rümpfte die Nase. »Vielleicht bist du nur ein verwöhntes kaiserliches Balg, das bei der nächsten Gelegenheit auch so einen heimtückischen Handel abschließt!«

Als Zucker das hörte, griff er nach seinem Schwert. Sofort sprang Hopper aufs Podest, um sich vor ihn zu stellen, und da breitete sich rasch wieder eine angespannte Stille auf dem Platz aus.

»Eins nach dem anderen«, sagte Hopper. »Ihr könnt euch sicher sein, dass dieser Prinz hier eine gute Ratte ist. Zucker bedauert die schrecklichen Verbrechen seines Vaters zutiefst. Er war die ganze Zeit auf der Seite der Flüchtlinge. Er hat für euch gegen den Kaiser gekämpft!« Kühl musterte Hopper den Händler. »Und im Übrigen kann ich mich nicht erinnern, dass sich irgendwer von euch über Titus' Politik beschwert hat, als ihr die Freiheit genossen habt, die sein Friedensvertrag

euch ermöglichte. Nicht nur für sich selbst hat er Unschuldige geopfert, sondern auch für *eure* Sicherheit.«

»Davon wussten wir nichts!«

»Ihr habt nicht danach *gefragt*!«, antwortete Hopper wie aus der Pistole geschossen. »Meiner Meinung nach macht das jeden einzelnen Bürger von Atlantia zum Komplizen.«

Die Händler-Ratte zog ein finsteres Gesicht, doch als einige der früheren Lagerbewohner ihr zornige Blicke zuwarfen, schluckte sie.

»Ganz ruhig, Kleiner«, flüsterte Zucker. »Zettle keinen Aufstand an. Wenn die Nager sich gegenseitig bekämpfen, ist uns auch nicht geholfen. Und dein Schicksal sieht nicht vor, dass du von einer wütenden Meute totgetrampelt wirst, weißt du?«

Hopper begriff, dass Zucker recht hatte. Im Augenblick war Titus ihr gemeinsamer Feind und die Katzen eine Bedrohung für alle, und es wäre gut, die Aufmerksamkeit wieder auf diese Tatsache zu lenken.

»Titus wurde heute hierhergebracht, damit er sein Urteil hören und sich bei euch allen entschuldigen kann«, sagte Hopper. »Ich würde vorschlagen, dass wir nun still sind und ihm zuhören.«

Die Menge beruhigte sich wieder. Alle Augen ruhten auf Titus. Zucker und Hopper traten beiseite, doch der Prinz hielt den Schwertknauf fest mit der Pfote umschlossen.

Der besiegte Kaiser holte tief und mühsam Luft. Als er sprach, hörte sich seine Stimme an, als würde sie aus seiner Kehle herausgekratzt.

»Ich habe diese Stadt geliebt«, begann er. »Sie war mein Traum, mein großes Werk.« Er hielt inne, um eine Träne wegzublinzeln. Vielleicht störte ihn auch nur der beißende Rauch, der immer noch in der Luft hing. »Ich kam hier herunter wie ihr alle. In der Welt des Tageslichts hatte ich kein Zuhause mehr. Menschen hatten mein Nest mit ihren Grabemaschinen, Stahlträgern und schwarzem Teer zerstört. Ich musste in ein Gebäude fliehen, und für einen kurzen Moment fühlte ich mich sicher, warm und glücklich. Doch bald schon verfolgten die Menschen mich auch dort. Mit aller Macht. Doch ich wich ihren stampfenden Stiefeln aus und weigerte mich, ihr Gift zu essen. Stattdessen tauchte ich ab in die Dunkelheit der Tunnel und hoffte auf eine Atempause.«

Hopper lauschte gebannt. Trotz allem war Titus immer noch ein sehr guter Redner. Auch wenn seine Stimme rau und schwach klang, seine Worte waren fesselnd. Hopper verstand langsam, wie aus dieser verlorenen Seele der Herrscher über ein Königreich werden konnte. Es machte Titus zwar kein bisschen sympathischer, doch es war nicht zu leugnen, dass dieser in Ungnade gefallene Kaiser wusste, wie man zu einer Menschenmenge sprach. Keiner bewegte sich während seiner Rede, alle hingen an seinen Lippen.

»Ich weiß, dass ihr mir nicht glauben werdet, aber ich begann meinen Weg zur Krone nicht in böser Absicht. Ich wollte niemandem wehtun. Dieser abscheuliche Friedensvertrag kam zustande, weil ich gezwungen war, schnell zu handeln, in verzweifelter Hast, um das zu retten, was mir auf der Welt das Liebste war.«

Bei diesen Worten blickte er hinüber zu seinem Sohn. Wieder biss der Prinz die Zähne zusammen. Was er wirklich empfand, konnte Hopper nicht erkennen.

»Ich muss vor euch allen eingestehen, dass ich damals keinen klaren Gedanken fassen konnte. Ich konnte nicht weiter denken als bis zum nächsten Augenblick ... einem Sekundenbruchteil, in dem es um Leben und Tod ging. Und so traf ich eine Entscheidung. Ich schloss einen finsteren Handel ab, dessen Auswirkungen mir damals in meiner Verzweiflung und Unbedarftheit nicht einmal ansatzweise in den Sinn kamen.« Seine Stimme brach, und als er wieder zu sprechen begann, war sein Tonfall flehend. »Ist niemand unter euch, der je gezwungen war, eine eilige Entscheidung zu treffen? War nie jemand von euch in der Lage, handeln zu müssen, ohne den Luxus, sich die Zeit zu nehmen, um über die möglichen Folgen nachzudenken?«

Hopper wurde eiskalt. *Doch, ich. Und diese von der Schlacht verwüstete Stadt ist das Ergebnis.*

Titus schüttelte den Kopf. Es war eine Geste der Trauer und der Scham. »Es tut mir leid. Es tut mir von ganzem Herzen leid. Meine anfänglichen Absichten waren gut, doch schon bald ging mir auf, was für einen Fehler ich begangen hatte. Und obwohl es in der Zwischenzeit Tausende Möglichkeiten gegeben hätte, alles wiedergutzumachen, ließ ich die Dinge lieber, wie sie waren – in einem furchtbaren Zustand. Und *das* ist mein wahres Verbrechen: Der Abschluss des Friedensvertrags geschah aus Unwissenheit und Not, aber zuzulassen, dass er fortbestand, nachdem ich begriffen hatte, was für eine

Schande er war … *das* ist mein schlimmstes Vergehen. Ich kann nicht sagen, was geschehen wäre, hätte ich meine Vereinbarung mit Felina nicht eingehalten, aber vermutlich wäre Atlantia in diesem Fall schon vor langer Zeit vernichtet worden. Und das ist der Grund, weshalb ich nie versuchte, rückgängig zu machen, was ich getan hatte.«

Titus schloss die Augen und seufzte schwer. »Es war so viel einfacher, nicht mehr an die Wahrheit zu denken, sondern eine Lüge zu leben. Wie meine Nachfolger an der Macht bald feststellen werden, ist der rechte Pfad häufig der schroffste und der schwierigste. Für manche ist es einfach, böse zu sein. Gut zu sein, ist eine viel größere Herausforderung – aber ein wahrer Anführer nimmt diese Herausforderung an und wächst an ihr. Gerechtigkeit ist jede Mühe wert. Früher oder später wird jedoch auch das reinste Herz in Versuchung geraten. Ich bedaure, dass ich nicht stark genug war, um zu widerstehen. Ich wünsche euch allen nun einen Herrscher mit einem stärkeren Charakter als meinem. Und wenn ihr über mich urteilt, was selbstverständlich euer Recht ist, bitte ich euch, euch *selbst* diese Frage zu stellen: Was hättet ihr an meiner Stelle getan?«

Damit senkte der frühere Herrscher über Atlantia den Kopf, und Stille umgab ihn.

Niemand rührte sich. Keiner blinzelte oder sprach, ja sie schienen sogar alle die Luft anzuhalten. Vielleicht fiel ihnen gerade ein, dass sie in den vergangenen Tagen selbst gezwungen gewesen waren, ihre Nachbarn zu bestehlen, um ihre Kinder zu füttern, dachte Hopper. Oder sie erinnerten sich an einen dunklen Moment auf dem Schlachtfeld, in dem sie kaltblütig einen kleineren, schwächeren Nager vor sich geschoben hatten, damit sie nicht selbst zwischen die spitzen Fänge einer Katze gerieten? Sie hatten verlassene Gebäude geplündert und Eigentum zerstört, um zu überleben. Hopper nahm an, wenn er den Händler, das Streifenhörnchen oder das Eichhörnchen vor nur zwei Wochen gefragt hätte, ob sie sich vorstellen konnten, so etwas zu tun, wäre die Antwort gewesen: »Niemals! Natürlich nicht! Ich bin ein guter, gerechter und ehrbarer Bürger.«

Aber es ist viel leichter, so zu sein, wenn die, die man liebt, nicht vor Hunger weinen. Vielleicht ist die Prüfung für wahre Rechtschaffenheit daher, gut, gerecht und ehrbar zu bleiben, wenn die eigenen Kinder hungern.

Nun brach Beverly die Stille. »Ich würde gerne hören, was *er* zu sagen hat.« Sie zeigte auf Hopper. Ihre Augen funkelten freundlich. »Du wirst uns helfen, wieder Frieden zu finden, nicht wahr?«

Hopper blickte in ihr vertrauensvolles Gesicht und wollte nichts lieber, als ihr zuzustimmen. Aber gerade jetzt erschien ihm diese Aufgabe unlösbar. Er sah hinunter zu Firren, die ihm ihr hübsches Lächeln schenkte, und dann zu Zucker, der ihm ermutigend zunickte.

Hopper antwortete auf die einzige Weise, die ihm möglich war – mit der Wahrheit. »Ich kann nur sagen, dass ich es versuchen werde«, sagte er. In den Taschen seiner Uniformjacke ballte er die Pfoten. Er schloss die Augen und wünschte sich, dass ihm Worte der Weisheit über die Lippen kommen würden. Überraschenderweise ging sein Wunsch in Erfüllung … und zwar mithilfe eines zerknitterten Papierfetzens, der tief in seiner Tasche steckte.

Die Nachricht von La Rocha. Sie war Hopper nach der blutigen Befreiung der Lager auf geheimnisvolle Weise überbracht worden.

Er hatte vergessen, dass er sie aufbewahrt hatte, doch nun kam von ihr die erhoffte Eingebung. Er musste sie nicht noch einmal lesen, denn er kannte die Worte des großen Geheimnisvollen auswendig:

Auserwählter,
es gibt noch so viel zu tun.
Hab Vertrauen und sei stark,
denn ich werde zu dir kommen, um dich zu holen.

So einfach war das. Vertrauen – und dadurch Stärke.

Was diese Nager brauchten, war etwas, an das sie glauben konnten. Wenn sie das hatten, würde alles andere folgen.

Hopper ließ den Blick über die wartende Menge schweifen. Er musste erreichen, dass sie *ihm* vertrauten. Und dafür musste er selbst Vertrauen zu sich haben.

»Es gibt noch so viel zu tun«, sagte er mit lauter Stimme. Die Worte aus La Rochas Nachricht hallten über den Platz. »Wir müssen Vertrauen haben und stark sein. Wir haben die Lager befreit, doch nun haben wir einen noch größeren Kampf vor uns. Wir müssen Vertrauen haben … in uns selbst und zueinander. Wenn wir beim Aufbau der Stadt zusammenarbeiten, erwartet uns ein ganz neues Atlantia, in dem alle Nager willkommen sind und sicher leben können. Aber wenn es uns nicht gelingt, uns zu vereinen, um dieses hohe Ziel zu erreichen, sind wir alle dazu verurteilt, in Angst zu leben.« *Oder zu sterben*, fügte er im Stillen hinzu.

Die Nager flüsterten miteinander und diskutierten über das, was Hopper gesagt hatte.

»Okay, angenommen, wir schließen uns zusammen«, sagte eine zerlumpte Fabrikratte abfällig. »Das schützt uns immer noch nicht vor den Katzen. Klar, wenn wir uns zusammentun, können wir ein paar vereinzelte Biester abwehren. Aber wie lang kann das schon gehen? Wir sind hungrig und schwach und außerdem kleiner als sie. Und jetzt, wo die Stadt in Trümmern liegt, gibt es auch keine sicheren Verstecke mehr.«

»Es wird wieder wie auf dem Jagdgelände werden«, jammerte ein Flüchtling. »Nur dass wir diesmal sicherlich alle Freiwild für sie sind! Ganz gleich, ob Flüchtlinge oder Bürger von Atlantia.«

Das stimmte natürlich. Vertrauen und Zusammenhalt waren nur ein Teil der Lösung. Ihnen fehlten solide, hohe Mauern und eine gut ausgebildete Armee, die dort Wache hielt. Momentan war die Stadt alles andere als sicher. Was diese Nager brauchten, war eine uneinnehmbare Festung … und zwar so schnell wie möglich! Sie brauchten einen Ort, an den keine Katze gelangen konnte. Hopper war zwar überzeugt, dass Atlantia im Laufe der Zeit wieder zu diesem sicheren Zufluchtsort werden konnte, aber die Nager brauchten jetzt eine Lösung. Felinas hungrige Katzen würden bald in großer Zahl zurückkehren, um in den ungeschützten Straßen der zerstörten Stadt zu jagen.

»Ich kenne einen Ort, wo wir in Sicherheit wären!«, rief er. »Es ist ein Dorf, das hinter einer massiven Mauer liegt. Sie ist aus menschengemachten Ziegelsteinen und Mörtel gebaut. Mit anderen Worten, katzensicher!«

Dieser Hoffnungsschimmer ließ ein paar Mäuse jubeln.

»Bring uns dahin!«

»Ja! Führe uns, Maus!«

»Wo ist dieser wunderbare Ort?«

Hopper strahlte. »Er ist weit weg von hier, aber wir werden uns gemeinsam auf die Reise machen! Wir werden dort Zuflucht suchen, und ich bin mir sicher, dass sie uns hereinlassen werden.«

»*Wieso* bist du dir da so sicher?«, wollte jemand aus der Menge wissen.

»Na ja, weil …«, antwortete Hopper, und freute sich, den versammelten Nagern die unglaubliche Wahrheit mitteilen zu können. »Weil ich zwar wie die meisten von euch aus der Oberwelt kam, dann aber erfahren habe, dass ich eigentlich von Tunnelbewohnern abstamme. Und nicht nur das, anscheinend …« Er machte eine Pause und zuckte bescheiden mit den Schultern. »Anscheinend bin ich auch noch ihr geweissagter Anführer. Ich bin der Auserwählte des Mūs-Stammes. Und zu ihrem Dorf werde ich euch bringen.«

Abrupt hörten die Jubelrufe auf. Stattdessen war ein verärgertes Schnauben zu hören, dann ein ungläubiges Murren.

»Er ist eine *Mūs*?«, kreischte jemand.

»Er will, dass wir bei Monstern leben!«, schrie ein anderer.

»Die Mūs sind Wilde«, rief eine weitere feindselige Stimme. »Und das heißt, ihr Auserwählter ist der schlimmste von allen.«

»Da nehme ich es lieber mit diesen räudigen Katzen auf!«

»Die Mūs sind Atlantias größter Feind!«

»Das sind sie ganz bestimmt *nicht*!«

Es war Titus, von dem dieser letzte Satz kam. Der schamerfüllt aussehende Kaiser fuhr fort: »Dass die Mūs barbarisch sind, ist bloß eine weitere Lüge, die ich mir ausgedacht habe, um mir den Platz auf dem Thron zu sichern. Ich redete schlecht über sie, weil ich sie fürchtete. In Wirklichkeit sind es friedliebende Wesen, weise, gerecht und stark … all das, was ich anfangs auch sein wollte, und dann aufgegeben habe.«

»Moment mal. Du sagst also, die Mūs *sind* gar nicht gefährlich?«, rief jemand.

»Nur für mich«, gestand Titus. »Ihr ehrenwerter Anführer kannte den wahren Zweck der Lager, und er hätte mutig weiter dafür gekämpft, mich zu stürzen, um die Lager aufzulösen.« Die raue Stimme versagte ihm beinahe, als sein Blick auf Firren fiel. »Und er hat für seinen Kampf etwas weitaus Besseres verdient, als er bekam.«

Hopper spürte, wie eine Träne in das weiße Fell um sein rechtes Auge herum sickerte.

»Danke, Titus«, ertönte eine Stimme von ganz hinten. »Danke, dass du endlich die Wahrheit über die Mūs gesagt hast.«

Alle Köpfe drehten sich nach dieser stolzen, unbekannten

Stimme um. Selbst Hopper stellte sich auf die Hinterpfoten und streckte sich, um zu sehen, wer da sprach. Ein neugieriges Raunen ging durch die Menge, die sich teilte, um den Fremden hindurchzulassen. Dieser näherte sich mit raschen, zielstrebigen Schritten dem Podest.

Dem Auserwählten stockte der Atem.

Dieser Fremde hatte etwas sehr Vertrautes an sich.

Er war klein, doch seine Haltung war aufrecht.

Und er trug eine goldglänzende Robe.

Drei

»*PINKIE?*«

Hopper flüsterte den Namen seiner Schwester bloß. Für den Bruchteil einer Sekunde dachte er, sie wäre es, die durch die Menge hindurch auf ihn zulief. Doch als der Fremde näher kam, erkannte Hopper, dass dieses Wesen mit dem goldenen Umhang nicht seine scharfzüngige Schwester war, die lieber gleich zubiss, statt Fragen zu stellen.

»Der Weise!«, rief er und sprang vom Podest hinunter, um den Führer des hoch angesehenen Mūs-Rates zu empfangen. Aus gutem Grund hatte Hopper die Ratsmitglieder weder bei dem Lageraufstand noch auf dem Jagdgelände gesehen. Die drei Ältesten waren Denker, keine Krieger. Hopper ging davon aus, dass sie in der Sicherheit des Mūs-Dorfes geblieben waren und dort für die Zeit nach der Schlacht Strategien und Pläne entwickelt hatten.

Nun grinste er, weil er sich ziemlich sicher war, dass sie sich eines bestimmt *nicht* vorgestellt hatten: Dass Hopper eine große Gruppe heimatloser Atlantianer und Flüchtlinge zu ihnen bringen würde, damit sie dort leben konnten, solange die große Stadt wieder aufgebaut wurde.

»Wie geht es dir?«, sprudelte Hopper hervor und umschlang den weisen Ältesten mit den Armen. »Wie geht es Pinkie? Und Pip?«

Als der Weise nur traurig den Kopf schüttelte, stieg Panik in Hopper auf.

»Sind sie verletzt?«, fragte Hopper besorgt. »Haben sie es nach dem Kampf nicht zurück ins Dorf geschafft? Ist ihnen etwas zugestoßen?«

Unter seiner goldenen Kapuze runzelte der Weise die Stirn. »*Ihnen* ist nichts zugestoßen«, sagte er verschmitzt. »*Sie* sind *uns* zugestoßen!«

Rasch rief Zucker die beunruhigte Menge zur Ordnung. Er wies sie an, keine Zeit zu verlieren und sich irgendeinen Unterschlupf zu suchen. Er erklärte, dass er und Hopper in den Palast zurückkehren und sich dort mit dem unerwarteten Besuch beratschlagen würden. Er versprach, er werde seine Soldaten schicken, um sie zu benachrichtigen, sobald die Pläne zur Umsiedelung in das Dorf der Mūs fertig seien.

»Und dann«, verkündete der Prinz zuversichtlich, »werden wir diesen unsicheren Ort in Ruhe und geordnet verlassen.« Hopper flüsterte er düster zu: »Hoffen wir's.«

Der verdrehte die Augen. »Sei nicht so pessimistisch, Kaiserkumpel. Es ist eine großartige Idee!« Zustimmung heischend lächelte er den Weisen an. »Oder etwa nicht? Wenn es uns nur gelingt, all diese Nager unverletzt durch die Tunnel zu bringen, können sie hinter eurer Mauer leben, bis Atlantia wieder steht. Wir können uns zusammentun und eine Armee aufbauen …« Als er den skeptischen Blick des Weisen bemerkte, brach er ab. »Was ist? Können wir etwa *keine* Armee aufbauen?«

»Es gibt viel zu besprechen«, sagte der Älteste ernst. »Aber nicht hier.«

Zucker schickte Polhemus und Garfield, um den Weisen mit der klapprigen Rikscha in den Palast zu bringen.

Marcy eilte ebenfalls voraus, um nachzusehen, ob sie irgendeinen bescheidenen Imbiss für den ehrenwerten Gast auftreiben konnte. Hopper bat sie, vorsichtig zu sein. Man konnte nie wissen, welche Gefahren die Straßen von Atlantia in diesen Tagen bargen.

»Und was ist mit mir?«, fragte Titus leise. »Soll ich hier verrotten? Oder einer durch die Stadt schleichenden, vor Hunger wahnsinnigen Katze zum Opfer fallen?«

Zucker funkelte seinen Vater zornig an. »Mir wäre beides recht.«

Die Eiseskälte seines Freundes ließ Hopper erschauern.

»Wir haben eine behelfsmäßige Zelle für ihn eingerichtet«, meldete Kralle. »Sie befindet sich im Keller einer der verlassenen Fabriken. Ich bringe ihn dorthin und lasse ihn bewachen.«

»Hervorragend«, sagt Zucker. Er zögerte kurz, doch dann fügte er seufzend hinzu: »Du kannst seine Fesseln jetzt lösen. Er stellt momentan keine Gefahr dar. Und sorgt dafür, dass er etwas zu essen bekommt.«

»Danke, Eure Hoheit«, sagte Titus mit brüchiger Stimme. »Nur ein großer Führer kann Gnade gegenüber jemandem zeigen, der diese nicht verdient.«

Zucker antwortete nicht. Als Kralle Titus fortgebracht hatte, schlug der Prinz Hopper auf den Rücken.

»Tolle Rede, Kleiner. Du hast es wirklich drauf, die Leute zu packen.« Er grinste, doch in seinen Augen schimmerte Besorgnis. »Lass uns zurück in den Palast gehen und hören, was der alte Weise zu deinem Plan sagt.«

Sie waren erst ein paar Schritte vom Marktplatz entfernt, als Hopper Firren einfiel. Sie stand noch an derselben Stelle wie während Titus' Entschuldigung. Doch nun hatte sie die Augen niedergeschlagen und fummelte an ihrem Schwertknauf herum. Das war merkwürdig.

»Kommst du nicht mit, Firren?«, fragte Hopper.

»Hm?« Sie hob den Kopf, und ihr Blick wanderte sofort zu Zucker. »Oh. Na ja … ich weiß nicht. Soll ich?«

Hopper wollte sagen »Na logisch sollst du«, aber Zucker kam ihm zuvor.

»Klar. Ich meine, nur wenn du willst, natürlich.« Er zuckte verlegen mit den Schultern. »Nur wenn du willst. Das kannst du ganz und gar selbst entscheiden.«

»Gut.« Firren legte den Kopf schief. »Glaubt ihr denn, ihr braucht meine Hilfe?«

»Selbstverständlich brauchen wir alle Hilfe, die wir bekommen können. Und deine Hilfe ist immer besonders … also … besonders hilfreich.« Zucker kickte ein Steinchen weg und kratzte sich am Kopf. »Sie hilft uns. Sehr.«

»Okay, dann komme ich vielleicht mit.« Firren trat von einer Pfote auf die andere. »Andererseits habe ich gerade gedacht, vielleicht sollte ich mal kurz in den Tunneln nach dem Rechten sehen. Seit dem Aufstand sind immer noch einige Rangers verschollen. Aber nur, wenn ihr mich nicht *unbedingt* braucht.«

Zucker nickte langsam. »Nach dem Rechten sehen. Verschollene Rangers. Auch keine schlechte Idee.«

»Okay. Das heißt also ... ich gehe *nicht* mit euch? Oder ...?«

»Nein. Nicht nötig. Außer ... du *willst*.«

»Willst *du* es denn?«

Hopper verfolgte diesen Austausch zunehmend verwirrt. Dies war bei Weitem das dümmste Gespräch, das er je gehört hatte. Was um alles in der Welt war in diese beiden gefahren? Seit wann hatte die energische Firren Schwierigkeiten, eine einfache Entscheidung zu treffen? Und Zucker – wieso zuckte er ständig mit den Schultern, stammelte herum und kratzte sich am Kopf? Er verhielt sich wie ein Trottel – eine nervöse, junge Ratte, die gerade erst aus der Schule kam.

»Na ja, ich will *nicht*, dass du nicht mit uns kommst«, sagte Zucker. »Aber wie gesagt, es ist deine Entscheidung.«

»Also gut.« Firren zog ihr Schwert und lächelte gezwungen. »Auf in die Tunnel.«

»Die Tunnel. Alles klar.« Zucker salutierte hölzern. »Dann mal los.«

Firren runzelte die Stirn, erwiderte den Gruß und wandte sich zum Gehen.

Als sie gerade den Rand des Platzes erreicht hatte, formte

Zucker plötzlich mit einer Pfote einen Trichter und rief: »Pass gut auf dich auf da draußen!«

Firren drehte sich um und lächelte. »Klar. Das werde ich.«

»Gut.« Zucker nickte und lächelte ebenfalls. »Gut.«

Als Firren schließlich auf das Tor zulief, seufzte der Prinz tief und verdrehte die Augen.

»Was war *das* denn?«, fragte Hopper.

»Vergiss es, Kleiner«, brummte Zucker. »Du würdest es mir sowieso nicht glauben.«

Sie betraten den Palast. Die einst glänzenden Böden und Möbel waren mit einer dicken Schicht Staub und Schmutz bedeckt. Die prunkvollen Flure, in denen früher ein lebhaftes, aufgeregtes Gewusel geherrscht hatte, lagen nun still da.

Und alles war voll mit Grillenmist.

Haufenweise.

Überall.

»Iiiih«, sagte Hopper und rümpfte angewidert die Nase. »Bäääääh.«

»Dagegen kann man nichts machen«, sagte Zucker. »Im Krieg bezeichnen wir das als Kollateralschaden.«

»Ich nenn das Kacke«, sagte Hopper.

Der Weise, der in der großen Eingangshalle gewartet hatte, hob einfach den Saum seiner goldenen Robe und folgte Zucker in den Streitraum.

Hopper hielt sich die Nase zu und trippelte zimperlich hinter ihnen her. Er versuchte, das unschöne Schmatzen unter seinen Pfoten zu ignorieren.

Als sie den Streitraum erreichten, wo vorher der finstere, arrogante General Cassius das Sagen gehabt hatte, setzte sich jeder von ihnen in einen Plüschsessel um den großen, staubigen Tisch herum.

»Sag uns, was los ist«, bat Hopper. »So, wie ich meine Schwester kenne, ist es bestimmt nichts Gutes.«

»Nein, nichts Gutes«, bekräftigte der Weise kopfschüttelnd. »Überhaupt nicht gut. Sie hat uns abgesetzt, Clemencia, Christoph und mich.«

»Sie hat den Rat abgesetzt?«, fragte Zucker. »Warum?«

»Weil sie allein über die Mūs bestimmen will. Sie nutzt ihren Erfolg auf dem Schlachtfeld für eine Kampagne, mit der sie unser friedliches Dorf in einen Militärstaat verwandeln will. Ihre erste offizielle Handlung war es, einen Wehrdienst einzuführen.«

Zwar war Hoppers Tapferkeit in den vergangenen Tagen um ein Zehnfaches gewachsen, aber in Militärfragen war er immer noch ein Neuling. »Was ist ein Wehrdienst?«

»Eine verpflichtende Einberufung in die Streitkräfte.«

Hopper runzelte die Stirn. Er verstand immer noch nicht, was gemeint war.

»Es ist schlicht und einfach Schikane«, erklärte Zucker deutlich. »Sie zwingt jede Mūs, die dazu in der Lage ist, Mitglied ihrer Armee zu werden.«

»Genau«, sagte der Weise. »Jeden Einzelnen von uns. Ob wir wollen oder nicht.«

»Ich nehme an, Ihr wollt nicht?«, fragte Hopper.

Der Älteste dachte einen Moment über die Frage nach,

bevor er antwortete. »Obgleich ich Frieden für den höchsten aller Werte halte, würde ich mich nie davor drücken, für das zu kämpfen, woran ich glaube«, sagte er schließlich. »Aber Pinkie ist zu weit gegangen. Sie macht aus dem Dorf einen Polizeistaat. Bei uns herrscht praktisch der Ausnahmezustand.«

Zwei weitere Ausdrücke, die Hopper nicht kannte. Vermutlich lief es letztlich darauf hinaus, dass Pinkie einfach Pinkie war. Nun, da sie das Kommando hatte, regierte sie mit eiserner Pfote, und es galt wohl nur ein Gesetz: ihr eigenes.

»Pinkie war schon immer ziemlich herrschsüchtig«, merkte Hopper an.

»Oh, es ist viel, *viel* schlimmer als das«, stöhnte der geplagte Älteste. »Ihr Standpunkt ist: Wer nicht für Pinkie ist, ist gegen sie. Viele Mūs-Bürger waren gezwungen, entgegen ihrer Ansichten und Prinzipien zu handeln, nur um nicht in die Tunnel hinausgeworfen zu werden.« Er machte eine lange Pause, dann legte er Hopper seine winzige Pfote auf den Arm. »Wir hatten gehofft, du könntest vielleicht mit ihr reden und sie davon überzeugen, dass ... dass –«

»Sie sich nicht so aufplustern soll?«, beendete Zucker den Satz.

»Haargenau!«, sagte der Weise. »Wir sind ihr in den Kampf gefolgt, und sie erwies sich als starke Anführerin. Aber nun ist der Kampf vorbei, und wir sind der Meinung, dass sie uns unsere Angelegenheiten regeln lassen soll wie bisher.«

»Bei allem Respekt«, widersprach der Prinz, »der Kampf ist noch nicht vorbei. So abscheulich Titus' Übereinkunft mit Felina war, sie hat zumindest für Sicherheit in den Tunneln gesorgt. Jetzt ist da draußen eine gesetzesfreie Zone. Die Katzen jagen Tag und Nacht, selbst wenn sie keine Nahrung brauchen. Kein Nager kann dort gefahrlos umherstreifen. Meine Soldaten tun, was sie können, aber es ist eine große Aufgabe.« Er stützte sich mit den Pfoten auf der Tischplatte ab und lehnte sich nach vorn. Nachdenklich sagte er: »Vielleicht könnten wir Pinkie dazu bringen, aus dem Wehrdienst eine freiwillige Angelegenheit zu machen. Eine starke, einsatzbereite Mūs-Armee wäre nicht das schlechteste. Wir alle könnten davon profitieren.«

Der Weise nickte. »In diesem Punkt stimme ich Euch zu, Eure Hoheit. Würde Pinkie, die Auserwählte, wie sie sich selbst nennt, zulassen, dass unsere Streitkräfte die Tunnel für uns *alle* sichern, wäre ich voll und ganz dafür, solange niemand zum Dienst gezwungen würde. Aber sie hat ganz andere Pläne.«

Hopper traute sich beinahe nicht zu fragen. »Was meint Ihr?«

»Sie hat diese neue, bessere Armee nur für das Wohl ihres eigenen Volkes aufgebaut, und befohlen, dass die Soldaten unter keinen Umständen irgendein anderes Lebewesen schützen dürfen.«

»Das ist ja schrecklich«, sagte Hopper. »Und was ist mit Pip? Er hat doch bestimmt versucht, ihr das auszureden.«

Der Weise lachte bitter auf. »Pip ist noch mal eine ganz andere Geschichte. Anfangs schien es, als sei dein kleiner Bruder von Pinkie beeinflusst worden. Sie machte ihn zu ihrer rechten Hand, und er war mächtig stolz darauf. Er war so unschuldig, dass er es nicht besser wusste. Ich glaube, seine Erfahrung auf dem Jagdgelände hat in derartig verstört, dass er bereit war, alles zu tun, was Sicherheit versprach. In den ersten Tagen tanzte er also nach ihrer Pfeife und stellte ihre Vorgehensweise nie infrage.«

In Zuckers Stimme schwang eine böse Vorahnung mit, als er fragte: »Und jetzt?«

»Jetzt ist der kleine Schlingel richtig aufsässig. Er lässt sich von Pinkie nichts mehr befehlen, sagt seine Meinung und zweifelt sie an – doch nicht für uns alle, sondern nur aus Eigeninteresse. Für eine so kleine Maus scheint er einen ganz schön großen Groll zu hegen.«

Der süße kleine Pip ... Zuerst ein Speichellecker und nun ein Meckerkopf? Es tat Hopper in der Seele weh, sich das vorzustellen.

»Ich werde mit ihnen reden«, sagte er und sprang von seinem Stuhl auf. »Aber so, wie ich Pinkie kenne, wird sie keinem Vorschlag zustimmen, außer, es ist etwas für sie drin.« Er wandte sich an Zucker. »Irgendwelche Ideen?«

»Ein verlässlicher Bündnispartner sollte reichen«, knurrte der Prinz. »Wir können ihr versprechen: Wenn sie uns jetzt hilft, tun wir dasselbe für sie, falls sie uns einmal brauchen sollte – vorausgesetzt, die Armee von Atlantia steht schon wieder. Du weißt schon ... ein Deal.«

Hopper dachte einen Moment darüber nach. »Und wenn dieses Deal-Dings ihr nicht genügt?«

Zucker lachte. »Wie wär's damit? Wenn die Rangers einen im Schloss verborgenen Schatz finden, gehört er ihr.«

Hopper nickte. »Gut. Pinkie wird die Vorstellung gefallen, reich zu sein. Und falls das nicht funktioniert, kann ich vielleicht zumindest Pip aus seinem Wahn herausholen und ihn hierher zurückbringen.«

Zucker blickte ihn düster an. »Und dann? Wie willst du ihn vor der Gefahr schützen? Unser Plan war doch, Pinkie zu bitten, uns alle im Dorf der Mūs Unterschlupf zu gewähren, hast du das schon vergessen?«

Hopper sank in sich zusammen. »Ach ja, stimmt.«

»Aber du versuchst trotzdem, Pinkie davon zu überzeugen, dass es schlecht ist, was sie tut, ja?«, bat der Weise. »Du kommst doch und triffst dich mit ihr, um nach einer Lösung zu suchen, von der sowohl die Mūs als auch Atlantia profitieren, oder?«

»Ich werde alles tun, was in meiner Macht steht«, versprach Hopper. Aber tief im Inneren nagte der Zweifel an ihm.

Was hatte Titus noch auf dem Marktplatz gesagt? *Für manche ist es einfach, böse zu sein.* Das galt auf jeden Fall für Pinkie. Zum ersten Mal in seinem Leben fragte Hopper sich, *warum*. Woher kam diese unbändige Wut im Herzen seiner Schwester, die sie dazu brachte, andere so hemmungslos zu attackieren? Was war ihr zugestoßen, dass diese Boshaftigkeit sich in ihr ausbreiten konnte? Bis zu dem Tag, an dem sie aus ihrem Käfig in der Zoohandlung geflohen waren, hatten sie beide dasselbe Leben geführt. Nun ja, außer dass Hopper die schlimme Erfahrung durchgemacht hatte, mit anzusehen, wie ihre Mutter mitten in der Nacht geraubt wurde. Sollte nicht *er* derjenige mit der Wut im Bauch sein?

»Wir bitten dich nur darum, Pinkie die Augen dafür zu öffnen, dass unsere einzige Überlebenschance in der Zusammenarbeit besteht«, sagte der Weise.

»Pinkie dazu bringen, etwas für jemand anderen zu tun?« Hopper seufzte. »Das wird ein Spaß. Aber ich könnte mich selbst nicht mehr im Spiegel ansehen, wenn ich es nicht wenigstens versucht hätte.«

»Dann also los«, sagte Zucker. »Je eher wir uns mit dieser verrückten kleinen Mäusetyrannin auseinandersetzen, desto besser. Mit etwas Glück schaffen wir es, sie bis heute Mittag zu überzeugen.«

»Bis heute Mittag?«, wiederholte der Weise. »Unter normalen Umständen ist es schon eine Reise von drei Tagen, aber jetzt, da die Katzen in den Tunneln Angst und Schrecken verbreiten, dauert es doppelt so lang, weil man sich ständig verstecken und dann wieder den richtigen Weg finden muss.«

»Oh, macht Euch darüber keine Sorgen.« Hopper grinste und ging mit großen Schritten auf die Tür des Streitraums zu. »Wir sind im Nullkommanichts da.«

»Wie das?«

»Ganz einfach. Wir nehmen die U-Bahn.«

Vier

Es kostete einige Überzeugungskraft, den Mūs-Ältesten überhaupt dazu zu bringen, auf das rasende Metallmonster aufzuspringen, doch am Ende hatten Hopper und Zucker ihn so weit.

»Was, wenn es uns an den falschen Ort bringt?«, fragte der Weise. Seine Schnurrhaare zuckten nervös. »Dieses schnelle, unheimliche Ding! Woher wisst ihr, dass es uns nicht zu irgendeinem großen Dämon bringt?«

»Fällt Pinkie nicht auch unter diese Kategorie?«, murmelte Hopper.

»Der Auserwählte hat sein Wanderverhalten entschlüsselt«, erklärte Zucker dem Weisen stolz.

»Na ja, eigentlich war eine Seite aus eurem Heiligen Buch ein U-Bahn-Plan«, stellte Hopper richtig. »Ich musste also nur die Nummern mit den Gleisen und Bahnsteigen abgleichen. Nach meinen Berechnungen müsste die nächste Bahn jeden Augenblick kommen.«

»Du sprichst in fremden Zungen«, sagte der Weise und schüttelte den Kopf. »Aber da du der Auserwählte bist, sollte ich dir wohl vertrauen. Und wenn dein wundersames Verständnis dieser rasenden Dinger tatsächlich aus La Rochas Prophezeiungen stammt, nun, dann habe ich wirklich nichts zu befürchten. Das geheimnisvolle Wesen hat die Antworten auf alle Rätsel des Lebens.«

»Oh Mann«, prustete Zucker. »Dieser La Rocha hat es wirklich drauf.«

Zuckers sarkastischer Tonfall ließ den Weisen überrascht blinzeln. »Du bist also kein Gläubiger, höre ich daraus?«

Der Prinz drehte die Innenflächen seiner Pfoten nach oben. »Also bitte, mal im Ernst. Eine Kakerlake? Niemand hat dieses magische Insekt jemals persönlich und von Nahem gesehen, oder? Es kommuniziert nur schriftlich mit euch Mūs, stimmt's?«

»Das ist richtig.«

»Also … findet Ihr das nicht ein wenig seltsam? Ich meine, wäre es nicht leichter, einfach miteinander zu reden? Selbst für eine Kakerlake.«

Der Weise erstarrte. »Eine derartige Legende wie La Rocha würde sich nie dazu herablassen, uns einfache Sterbliche die melodiöse Majestät seiner Stimme vernehmen zu lassen!«

»Okay.« Zucker schüttelte den Kopf. »Wie auch immer.«

Hopper runzelte die Stirn. Ihm war noch nie aufgefallen, wie skeptisch Zucker in Bezug auf La Rochas Prophezeiungen war. »Das verstehe ich nicht«, sagte er. »Du hast die

Prophezeiung über mich geglaubt. Du hast geglaubt, dass ich der Auserwählte bin.«

»Ich habe geglaubt, dass du der Sohn meines alten Freundes bist«, korrigierte der Prinz. »Und mehr musste ich nicht wissen, um an *dich* zu glauben.«

Hopper lächelte. Dann kam ihm noch etwas anderes in den Sinn. »Hat Dodger an La Rocha geglaubt?«

Zucker überlegte einen Moment. »Also, er hat geglaubt, dass es jemanden oder etwas hier unten gibt, das allen Hoffnung bringt, und das war okay für ihn. La Rocha war nützlich, um die Botschaft der Rebellen unter den Gläubigen zu verbreiten.«

»Genau deshalb gibt La Rocha seine Weisheit über rätselhafte Botschaften weiter«, beharrte der Weise ungehalten. »Damit seine Weisheit jene, die ihrer nicht würdig sind, nicht erreicht. Rätsel, Poesie, Chiffren, Codes. Auf diese Weise verwirrt er die Skeptiker und bewahrt das Geschenk seines Wissens für die wahren Gläubigen auf.« Der Älteste mit dem goldenen Mantel wandte sich an Hopper. »Du hast das Buch gesehen. Sag ihm, wie wunderbar und vielschichtig es ist.«

»Na ja, äh …« Hopper wollte den Weisen nicht kränken, aber nun, da er darüber nachdachte, hatte das Heilige Buch tatsächlich mehr wie eine Sammlung menschlichen Abfallpapiers ausgesehen als wie ein echtes altes, mystisches Buch. »Vielschichtig war es auf jeden Fall.«

»Was sagst du da?« Der Weise rang nach Luft.

»Ich weiß nicht, was ich denken soll«, gab Hopper zu. »Die Seiten, die ich gesehen habe, hatten alle verschiedene Formen und Größen, und auch die Qualität war unterschiedlich. Einige der Botschaften schienen in La Rochas eigener Handschrift verfasst worden zu sein, aber mir ist aufgefallen, dass andere – wie zum Beispiel der U-Bahn-Plan – ganz anders aussahen. Schwer lesbare, fließende Schrift, dann wieder klare, dick gedruckte Buchstaben – und in so vielen Farben! Ich kann mir nicht vorstellen, dass ein einziges winziges Wesen so viele verschiedene Effekte erzielen könnte.«

Der Weise schnaubte. »Aufgrund von verschiedenen Schriften, die er gewählt hat, zweifelst du seine Existenz an? Er ist ein geheimnisvolles Wesen, kein Schreiberling!«

»Es tut mir leid«, sagte Hopper. »Ich wollte Euch nicht verärgern. Ich glaube an La Rocha. Ehrlich! Schließlich hat er gewusst, dass ich hier sein würde …« Er lächelte den Ältesten so strahlend an, wie er konnte. »Und hier bin ich! Seht Ihr?«

Der Weise nickte knapp. Damit war die Diskussion beendet. Hopper sollte es recht sein. Trotzdem fragte er sich, woher das Heilige Buch wirklich stammte. Er erinnerte sich an einige Seiten, die ihm ins Auge gefallen waren, als der Rat sich darüber gebeugt hatte, um nach Antworten auf die Frage der zwei Auserwählten zu suchen. Er hatte ein paar »Botschaften« lesen können, die so rätselhaft waren, dass sich nicht einmal der Versuch einer Deutung lohnte:

In einem Fall waren die Worte »Jamba Juice Smoothie – zwei für einen« in verspielter Schrift schräg auf ein leuchtend rotes Rechteck gekritzelt.

Eine andere Botschaft, »*The New York Times* – 9. August 1974 – Nixon tritt zurück«, war wie ein Banner mit verschmierten, fett-schwarzen Buchstaben auf sprödes, gelbliches Papier gedruckt.

Und dann war da noch die Botschaft, die verkündete: »Madison Square Garden – Bruce Springsteen und die E Street Band – 1. Juli 2000, 19:30« in eckigen Buchstaben auf einem kleinen, abgerissenen Stück Pappe.

Was um alles in der Welt mochte all das bedeuten? Und wie konnte es je einer Maus von Nutzen sein? Aber Hopper hatte im Augenblick nicht vor, sich den Kopf über diese speziellen Rätsel zu zerbrechen. Er musste über wichtigere Dinge nachdenken. Seine Auseinandersetzung mit Pinkie war nur noch eine kurze Bahnfahrt entfernt, und dafür würde er mehr als wundersame, geheimnisvolle Weisheit benötigen.

Dafür brauchte er Mut.

Der Weise hatte sich an der Metallnoppe festgehalten und war so durch die Dunkelheit gesaust. Er hatte jede einzelne Minute der U-Bahn-Fahrt genossen: Ihm gefiel das Geräusch, die Geschwindigkeit, die Bewegung. Er mochte es, sein keckes braunes Gesicht in den Wind zu halten, der daran zog und zerrte, bis das Fell flach am Kopf lag, und seine kleinen schwarzen Augen tränten.

Einmal verlor er den Halt und wäre beinahe hinuntergefallen, doch Zucker erwischte ihn gerade noch rechtzeitig am Saum seiner goldenen Robe.

»Wir müssen irgendwann einmal herausfinden, wie man in das Ding *hinein*kommt«, hatte Zucker gemurmelt, als sie schließlich abgesprungen waren. »Ich glaube, diesmal sind mir ein paar Schnurrhaare weggeblasen worden.«

»Schnurrhaare werden nicht weggeblasen«, hatte Hopper gesagt und gelacht.

Den restlichen Weg zum Dorf der Mūs legten sie zu Fuß zurück und sie hielten sich im Schatten. Zweimal sahen sie Katzen auf der Jagd und mussten sich hinter Steinen oder tief in den schmalen Spalten der Tunnelwand verstecken. Nach der großen Flucht aus der Stadt wimmelten die Tunnel nur so von Nagern, und das nutzten die Katzen aus. Von den fernen Geräuschen umherhuschender Pfoten und dem Fauchen der Katzen wurde Hopper ganz schlecht.

Er war erleichtert, als sie die Tür in der gewaltigen grauen Mauer, die das Dorf der Mūs von den offenen Tunneln abschirmte, erreichten. Es war dieselbe Tür, durch die er mit Firren gegangen war. Damals hatten sie den Rat getroffen und um Beistand für den Kampf gegen Titus gebeten. Hopper hatte sein Gesicht nicht zeigen dürfen, da Firren wusste, dass ihn die Dorfbewohner sofort als den Auserwählten erkennen würden. Das wollte sie erst enthüllen, wenn sie direkt vor den drei mächtigsten Persönlichkeiten des Mūs-Stammes standen.

Mein Leben war damals noch ganz anders gewesen, dachte Hopper. Er hatte nicht gewusst, dass er der Sohn des großen Dodger war, des mutigen, heldenhaften Anführers der Mūs, der sein Leben im Kampf gegen den teuflischen General Cassius von Atlantia gegeben hatte.

Mein Vater starb als Held, rief Hopper sich nun in Erinnerung. *Und ich stehe hier zitternd, das Herz in der Hose, aus Angst vor einem Gespräch mit meiner eigenen Schwester.*

Er nahm seinen Mut zusammen und klopfte. Die Tür öffnete sich, und eine Wachmaus steckte die Schnauze heraus. Sie trug eine erstaunliche Uniform.

Die Jacke war offensichtlich brandneu. Sie war sauber und steif, mit einer silbernen Borte geschmückt und mit dekorativen Knöpfen versehen. Und sie war *pink*!

Pink. Wie Pinkie.

Hopper drehte sich ungläubig zu dem Weisen um. »Das ist nicht ihr Ernst, oder?«

Der Weise antwortete mit einem düsteren Seufzer. »Sie arbeitet schnell.«

»Willkommen«, sagte die Wache, doch ihr Tonfall war alles andere als einladend. »Habt ihr hinter dieser Mauer etwas zu erledigen?«

»Äh, *ja*«, sagte Hopper und zeigte auf den Weisen. »Er lebt hier, und ich bin Pinkies Bruder.«

»Ich dachte, Pip wäre ihr Bruder.«

»Ich bin ihr *anderer* Bruder«, schnauzte Hopper. »Und jetzt lass mich bitte rein, damit ich mit meiner Schwester sprechen kann!«

Die Wachmaus grummelte. »Ihr müsst euch ausweisen.«

Da schoss Zucker nach vorn und beugte sich so weit hinunter, bis er Nase an Nase mit dem winzigen Soldaten stand. »Hör mal, Kumpel, du fühlst dich wahrscheinlich wahnsinnig offiziell in dieser niegelnagelneuen Uniform da, aber ich muss sagen, dein Verhalten raubt mir den letzten Nerv. Ich schlage vor, du guckst dir meine Freunde mal genau an.« Er zeigte zuerst auf den weißen Fellkreis rund um Hoppers Auge, dann auf die glänzende, goldene Robe des Weisen. »Guck dir den Kreis an, guck dir den Mantel an. Und sieh genau hin, denn mehr Ausweise bekommst du nicht!«

Die Wache registrierte Zuckers beeindruckende Größe und das Schwert an seiner Hüfte. Sie warf einen raschen Blick auf Hopper und den Weisen und trat dann klugerweise beiseite.

»Genau das meinte ich«, brummte Zucker und schob Hopper durch die Tür.

»Ich werde ein paar Fußsoldaten rufen, die euch begleiten –«

»Nicht nötig«, sagte der Weise. »Ich werde uns selbst zu Pinkie, der Auserwählten, bringen.«

Die Wache sah aus, als wollte sie diskutieren, aber ein scharfer Blick von Zucker erledigte das.

»Ihr dürft eintreten«, fiepte sie.

»Danke.« Zucker grinste. »Übrigens, pink ist *überhaupt* nicht deine Farbe.«

Auf dem Weg zur Lokomotive bemerkte Hopper die vielen beunruhigenden Veränderungen im Dorf. Das letzte Mal, als er hier gewesen war, hatten die ordentlichen kleinen Höfe und sauberen Hütten gemütlich und einladend ausgesehen. Nun waren die meisten von Pinkies Armee als Baracken, Ausbildungsstützpunkte oder Lagerräume für Militärausrüstung beschlagnahmt worden. Durch eine offene Tür in einem dieser Häuser sah Hopper, wie ein Mūs-Schmied hektisch alle möglichen Waffen schmiedete. Die Funken seines Feuers hatten die hübschen, karierten Vorhänge im Fenster versengt, und statt Brot und Früchten lagen auf dem Esstisch stapelweise Schwerter, Säbel und Degen. Hopper brauchte einen Moment, bis ihm klar wurde, dass dies dasselbe Haus war, in dem damals das liebenswerte ältere Paar ihm, Firren und den Rangers eine Mahlzeit aufgetischt hatte. Er spürte einen kalten Klumpen im Bauch, als er sich fragte, wo die freundlichen alten Leute nun waren.

Er wandte den Blick und die dunklen Gedanken von dem Haus ab und konzentrierte sich auf die Lokomotive vor ihm.

Früher hatte die Lokomotive den Rat der Weisen beherbergt.

Außerdem hielt sich dort von Zeit zu Zeit der stets unsichtbare La Rocha auf, um den Ältesten zu helfen – wobei er sein Gesicht jedoch immer verbarg. Stumm gab er Sprichwörter und Prophezeiungen weiter, Sinnsprüche und Ratschläge (schriftlich, immer schriftlich). La Rocha lebte zurückgezogen in dem zylindrischen Schornstein, der aus dem stattlichen Gewirr aus mechanischen Kurbeln und Metalldrähten im Inneren der Maschine aufragte. Von da aus ließ er seinen Anhängern zahlreiche geheimnisvolle Offenbarungen zukommen. Diese wurden im Heiligen Buch gebündelt (wie Hopper bereits beschrieben hatte). Doch dann verschwand La Rocha ohne jegliche Vorwarnung … Wohin wusste niemand. Vielleicht hielt er sich in den Tunneln auf, oder – die Sichtweise hing davon ab, wie stark gläubig der jeweilige Nager war – vielleicht hatte er sich in einer magischen Rauchwolke in Luft aufgelöst.

Nun war das schwarze Stahlungetüm in der Mitte des Dorfes Pinkies Kommandozentrale. Hopper fand, dass die einst strahlende Lokomotive einiges von ihrem Glanz verloren hatte. Am Fuße der Lokomotive, im Schatten ihrer hoch aufragenden Metallräder, stand Schulter an Schulter eine Reihe Soldaten in pinken Uniformen, die Ohren angelegt. Jeder von ihnen trug ein frisch geschmiedetes Schwert. Ihre pelzigen braunen Gesichter waren ausdruckslos. Sie bildeten eine zwar pinke, aber dennoch eindrucksvolle Sperre.

Einer der Mūs-Soldaten am Ende der Reihe hatte etwas dunkleres Fell. Die Neigung seiner Ohren war anders und seine Augen glänzten erwartungsvoll. Hopper war sich sicher, dass er großen militärischen Ehrgeiz besaß. Wie war das Wort gewesen, das der Weise benutzt hatte? Wehrdienst. Hopper nahm an, dass dieser Soldat nicht eingezogen worden war, sondern Pinkies Armee freiwillig und mit großen Zielen beigetreten war. Die anderen sahen weniger begeistert aus über diese Wendung in ihrem Leben. Oh, das konnte Hopper gut verstehen! Er hatte nie vorgehabt, in einen U-Bahn-Tunnel zu fallen und Revolutionär zu werden; er hatte nie danach gestrebt, einen Kaiser zu stürzen und eine böse Katzenkönigin und ihre Bande zu bekämpfen. Doch nun war er hier. Und auch wenn im Moment alles nicht besonders rosig aussah, war Hopper für jeden einzelnen Augenblick davon dankbar. Er war genau da, wo er hingehörte. Daran glaubte er fest, er spürte es im tiefsten Inneren.

Denn der Auserwählte zu sein, war vielleicht nicht sein Wunsch gewesen. Aber es war sein *Schicksal*.

Die Soldaten traten beiseite, um dem früheren Ältesten und den Gesandten aus Atlantia den Zutritt zu der metallenen Leiter zu gewähren. Hopper, Zucker und der Weise kletterten hinauf in das geräumige Innere der Lokomotive. Dort erwarteten sie weitere pink gekleidete Soldaten. Pinkie saß an dem klobigen Tisch in der Mitte des Raumes und blätterte durch das Heilige Buch.

Hopper durchsuchte den Saal mit den Augen nach Pip. Dort saß er, auf einem Stuhl in einer Ecke, über ein Blatt Papier gebeugt. Hopper erkannte es sofort: Es war die Seite mit der pfotengeschriebenen Prophezeiung, welche die Ankunft des Auserwählten vorhersagte.

… dass Er allein das Licht der Weisheit bringt.
Preist Ihn und begrüßt Ihn freudig!

Im Augenblich wollte Hopper nichts lieber, als zu seinem Bruder zu laufen, aber er fürchtete, dann von der Schwertspitze eines übereifrigen Soldaten aufgespießt zu werden. Pip war so vertieft in seine Tätigkeit, dass er Hopper und die anderen nicht einmal bemerkte.

Im Gegensatz zu Pinkie. Sie blickte auf und musterte ihren Bruder mit Verachtung. »Was machst du denn hier? Ich kann mich nicht erinnern, dem Fiesling, der mir ein Stück Ohr herausgebissen hat, eine Einladung geschickt zu haben.«

»Nachdem *du* mir in *meines* gebissen hattest!«, gab Hopper zurück. Er starrte seine Schwester, die praktisch sein Zwilling war, finster an. Mit den auffälligen weißen Fellkreisen rund um ihr linkes Auge und der gezackten Wunde am rechten Ohr war sie sein Spiegelbild. Innerlich wie äußerlich gaben sie das entgegengesetzte Bild voneinander ab.

»Was willst du?«, knurrte sie.

»Ich bin aus zwei Gründen hergekommen«, begann Hopper. *Drei, wenn man mitzählt, dass ich Pip mit nach Hause nehmen will.* »Erstens möchte ich um Asyl für all die Bürger von Atlantia und die Flüchtlinge bitten, die im Augenblick nur mit Müh und Not in den Tunneln überleben.«

»Asyl?« Pinkie machte ein Gesicht, als habe sie das Wort noch nie gehört.

»Das bedeutet Zuflucht«, erklärte der Weise und schüttelte traurig den Kopf. »Siehst du, Pinkie? Du musst noch so viel lernen, bevor du diesen Stamm anführen kannst. Du besitzt noch nicht die notwendigen Fähigkeiten für eine Herrscherin. Du kennst noch nicht einmal die nötigen Worte.«

Pinkie verschränkte die Arme vor der Brust und funkelte ihn an. »Habe ich dich nicht erst vor einer Woche rausgeworfen?« Dann wandte sie sich wieder Hopper zu. »Die Antwort auf diese Bitte ist, wie du dir sicher gedacht hast, das gute, alte Nein. Nächste Frage.«

Hopper knirschte mit den Zähnen und ballte die Fäuste. »Warum?«

»Weil ab sofort keine Nicht-Mūs mehr hinter dieser Mauer erlaubt sind, darum. Keine Eichhörnchen, keine Streifenhörnchen und auch keine zirpenden, hüpfenden, käfrigen Viecher.« Sie lächelte Zucker eisig an. »Und keine Ratten. Du kannst froh sein, dass ich *dich* noch nicht an deinem Schwanz hinausgeschleudert habe.«

»Das würde ich gerne sehen«, erwiderte Zucker zornig. Seine Pfote lag an seinem Schwert.

»Und ich würde gerne sehen, wie du gegen meine persönliche Leibwache angehst. Du bist hier in der Unterzahl, also werd nicht frech.«

»Pinkie, bitte«, sagte Hopper und bemühte sich, seine Stimme ruhig klingen zu lassen. »Die Tiere sind in großer Gefahr. Weshalb willst du ihnen denn nicht helfen?«

»Warum können sie sich nicht selbst helfen? Weshalb sollte ich für sie die Verantwortung übernehmen? Ratten und Eichhörnchen sind viel größer als wir. Sie bräuchten mehr Nahrung, mehr Wasser – mehr von allem. Ich will nicht, dass diese übergroßen Nager die wertvollen Vorräte verbrauchen, die rechtmäßig den Mūs zustehen.« Sie hielt inne und strich ihren goldenen Umhang glatt, auf dem nun ein großes, sehr pinkes

P prangte. »Weißt du noch, wie es in der Zoohandlung war? Wie die schwimmenden Dinger unter den Schwimmenden lebten, und die Fedrig-flatternden die Käfige mit den anderen Fedrig-flatternden teilten? Diejenigen von uns mit Fell lebten mit anderen Felltieren zusammen, und die Schleimigen schlitterten mit –«

»Worauf willst du hinaus?«, unterbrach Hopper sie.

»Es war ein gutes System! Erinnerst du dich an irgendeinen großen Streit dort?«

Hopper hob eine Augenbraue. »Du meinst, außer denen zwischen dir und mir? Und seit wann ist der Besitzer dein Vorbild? Pinkie, wie tief bist du gesunken?«

»*Ich* bin nicht diejenige, die um Hilfe bettelt«, antwortete Pinkie. »Also wohl nicht so tief wie du. Deine schäbigen Nager-Versager sind *hier* nicht willkommen.«

»Es gibt ein Wort für das, was du beschreibst«, sagte der Weise leise. »Ein hässliches Wort: Rassentrennung. Es ist eine kurzsichtige, unkluge Gepflogenheit.«

»Nenn es, wie du willst«, sagte Pinkie und wischte seinen Einwand mit der Pfote beiseite. »Hier ist es jedenfalls Gesetz.«

Nun sprang Pip von seinem Stuhl auf und kam herübergerannt, um Pinkie das Blatt Papier zu bringen, über dem er gebrütet hatte. Als er Hopper bemerkte, breitete sich spontan ein Lächeln in seinem Gesicht aus.

»Hopper!«

»Pip …«

Doch als Pinkie Pip einen Blick zuwarf, verschwand sein

Lächeln so schnell, wie es gekommen war, und er bedachte seinen Bruder mit einem kühlen Blick. »Hallo.«

»Wie geht's dir, Pip?«

»Super«, prahlte Pip. »Ich bin Pinkies Stellvertreter. Ich sorge mit ihr dafür, dass hier alles läuft.« Er streckte die kleine Brust raus. Seine Augen strahlten jedoch nicht vor Stolz, sondern funkelten vor Arroganz.

Hopper wurde das Herz schwer.

»Übertreib mal nicht, Pip«, schnauzte Pinkie ihn an. »Du sorgst für gar nichts. Du hilfst mir nur ein bisschen aus, damit ich es leichter habe.«

Pip biss die Zähne zusammen, und in seinen Augen loderte etwas auf. Es war das allererste Mal, dass Hopper seinen süßen, kleinen Bruder wütend sah.

»Hier, Pinkie«, sagte Pip und hielt seiner Schwester das Papier hin. »Ich habe den Text ein wenig verändert. Du solltest ihn lesen. Ihr alle solltet ihn lesen.«

Pinkie nahm das Blatt und legte es auf den Tisch, sodass Hopper und die anderen mitlesen konnten. Als sie Pips Änderungen entziffert hatte, sträubte sich ihr das Fell, und sie fletschte unwillkürlich die Zähne. Hopper fiel die Kinnlade herunter, und der Weise schnappte vor Entsetzen nach Luft.

»Ich kann nicht lesen, deshalb hat eine der Wachen mir alle »Er« – und »Ihm«-Wörter gezeigt«, erklärte Pip in einem Ton höchster Selbstzufriedenheit. Das schien zu stimmen: Offenbar hatte Pip einen dunklen, pulverigen Stein genommen, jedes »Er« überkritzelt und jedes »Ihm« durchgestrichen. Und weil er nicht schreiben konnte, hatte er diese Worte

durch einfache, kleine Hieroglyphen ersetzt. Eine zeigte eine Maus mit einem weißen Kreis um das linke Auge, das sollte offensichtlich Pinkie sein.

Und neben das Bild von Pinkie hatte er das einer viel kleineren Maus gezeichnet: Ihr Gesichtsausdruck war böse, und rund um das linke Auge hatte sie einen dunklen, rußigen Kreis.

Mit einem Frösteln hob Hopper den Blick von dem Blatt Papier und sah seinem Bruder ins Gesicht. Er erschauerte. Während sie alle auf das Blatt mit den Unheil verkündenden Änderungen geschaut hatten, hatte Pip sich einem weiteren Kunstwerk gewidmet.

Mit demselben schwarzen Stein, mit dem er die Prophezeiung überarbeitet hatte, hatte er einen dunklen, erschreckend perfekten Kreis auf das Fell um sein linkes Auge herum gemalt.

Fünf

»Du hast die Prophezeiung entweiht!«, rief der Weise.

Pip verschränkte die Arme. »Ihr nennt es entweiht ... Ich würde eher sagen, auf den neuesten Stand gebracht.«

»Hast du deinen kümmerlichen Verstand verloren?«, schnauzte Pinkie, die herumgewirbelt war und Pip finster anstarrte. »Das hier sieht so aus, als würdest du damit rechnen, an meiner Seite die Führung zu übernehmen und mit mir gleichgestellt zu werden.«

Pip nickte.

»Ändere das wieder!«, verlangte Pinkie. »Und zwar sofort!«

Zucker sah zuerst Pinkie, dann Pip stirnrunzelnd an. »Die Sache mit geheimnisvollen Prophezeiungen ist die«, sagte er, und seine Stimme hallte von den metallenen Wänden wider, »wenn man daran glauben will, muss man sie in gewisser Weise so nehmen, wie sie sind. Man kann sie nicht einfach irgendwie ändern, sodass sie einem besser in den Kram passen.«

»Ich kann tun, was ich will«, schnauzte Pinkie. »Ich bin Pinkie, die Auserwählte, und die Mūs leisten mir Gehorsam.« Sie schnappte sich den Stein aus Pips Pfote und übermalte seine kleinen Mäusezeichnungen. »Nicht dem Rat, nicht Hopper und ganz bestimmt nicht Pip!«

Hopper linste hinüber zu Pip und sah das Funkeln eines kleinen Eckzahns, als sein Bruder vor Wut die Zähne fletschte. Hopper erwartete, dass er etwas entgegnen würde, aber die kleine Maus stand einfach nur da.

»So«, sagte Pinkie und warf den Stein über die Schulter. »Deine Bitte um Asyl habe ich bereits abgelehnt. Was war der zweite Punkt?«

Hopper atmete tief durch. »Wenn du die obdachlosen Nager schon nicht vorübergehend hier in Sicherheit leben lassen willst, würdest du dann wenigstens darüber nachdenken, deine unglaublich modisch gekleidete Armee hinaus in die Tunnel zu schicken, um sie zu verteidigen? Sie brauchen Schutz vor den Katzen. Ohne den können sie nicht nach Nahrung suchen. Entweder verhungern sie, oder sie werden selbst gefressen.«

Pinkie starrte ihn stumm an, mit einem Gesichtsausdruck, der zu fragen schien: *Und wieso soll das mein Problem sein?*

»Weißt du nicht mehr, Pinkie?«, drängte Hopper. »Du selbst warst hier unten doch einmal ganz verloren. Du bist durch die Tunnel gewandert und hast dich vor den räuberischen Katzen versteckt, hast gehört, wie dein Magen vor Hunger knurrte. Aber dann hast du an die Tür in der großen grauen Mauer geklopft, und sie haben dich hereingelassen und sich um dich gekümmert.«

»Mussten sie ja!«, sagte Pinkie schnippisch. »Ich war schließlich ihre Auserwählte.«

»Dann mach etwas daraus!«, forderte Hopper sie auf. »Entscheide dich dafür, die Unschuldigen zu beschützen, ob Mäuse, Ratten, Eichhörnchen oder … oder … oder Grillen, die alles vollkacken.«

Pip schnaubte.

»Bitte, Pinkie«, fuhr Hopper fort. »Momentan ist deine Armee die einzige in den Tunneln. Atlantia wird selbst eine neue aufbauen, und dann werden wir diesen Job gerne übernehmen, das verspreche ich. Aber das braucht Zeit. Also bitte sag, dass du deine Soldaten erst einmal für uns alle einsetzt.«

Pinkie schwieg. Hopper hielt den Atem an. In seinem Rücken spürte er Zuckers wachsende Anspannung. Der Weise tippte nervös mit einer Hinterpfote auf den metallenen Boden. Niemand sagte einen Ton. Sie konnten nichts tun, als auf Pinkies Antwort zu warten.

Und endlich kam sie.

»Nein.«

»Nein?«

»Nein. Meine Armee kämpft für mich, nur für mich. Die Sicherheit der Mūs ist garantiert. Alle anderen können sehen, wo sie bleiben.«

»Das verstehe ich nicht«, sagte Zucker aufgebracht. »Du hast dich beim Angriff auf das Lager dafür eingesetzt, die Nager zu befreien. Du hast an ihrer Seite auf dem Jagdgelände gekämpft. Warum willst du nicht zu Ende führen, was du angefangen hast?«

»Der Prinz hat recht«, sagte Hopper. »Es ist gerade einmal zwei Wochen her, dass du die Mūs-Soldaten in die Schlacht zur Befreiung der Flüchtlinge geführt hast. Der einzige Grund, weshalb wir gesiegt haben, war, dass wir *zusammen* gekämpft haben! Eichhörnchen, Streifenhörnchen, Mäuse und Ratten Seite an Seite! Sogar die Grillen haben geholfen. Sie waren unsere Waffenbrüder, Pinkie! Wie kannst du sie jetzt im Regen stehen lassen?«

»Weil mir klar geworden ist, was für eine Zeitverschwendung das war!« Pinkies Schnurrhaare zitterten vor Zorn. Sie legte die Pfoten in die Hüften und feuerte ihre Worte auf Hopper ab. »Unser Vater hat gegen diese Lager gekämpft, nicht wahr? Und wohin hat es ihn gebracht? Ins Grab. Kein Eichhörnchen, kein Streifenhörnchen und keine Ratte hat ihn beschützt, so sieht's aus. Und deshalb ist die Armee der Mūs nur für die Mūs da. Das ist Pinkies Gesetz. Und wo wir schon einmal dabei sind: Ich habe beschlossen, ein weiteres Gesetz zu erlassen.« Sie wandte sich dem Weisen zu. »Es wird keinen La Rocha mehr geben.«

»Das ist Gotteslästerung!«, rief der Weise.

»Ich habe den Ort untersucht, an dem er angeblich lebt«, sagte Pinkie mit einer Kopfbewegung in Richtung Schornstein. »Genauer gesagt, habe ich ihn auf den Kopf gestellt, um etwas zu finden, das beweist, dass er all das war, wofür ihr gläubigen Mūs ihn hieltet. Und jetzt kommt's: La Rocha war nicht da. Alles, was ich gefunden habe, waren ein weißes Blatt Papier, ein blauer Stofffetzen und ein oder zwei Schreibgeräte. Nichts, das beweisen würde, dass dort jemals irgendein fabelhaftes, geheimnisvolles Wesen vorbeigekommen wäre. Was mich betrifft, ist der Mythos La Rocha offiziell entlarvt. Von nun an wird jede Mūs, die sich auf seinen Namen oder seine Lehren beruft, bestraft werden!«

Hopper öffnete das Maul. Er wollte Pinkie daran erinnern, dass die Mūs sie nur als ihre Auserwählte empfangen hatten, weil La Rochas Prophezeiung ihre Ankunft angekündigt hatte. Doch er kam nicht so weit, denn ein paar Pfoten packten ihn am Kragen seiner Jacke.

Ehe er sich's versah, hatten fünf pink uniformierte Soldaten der Leibwache seiner Schwester ihn und seine beiden Begleiter aus der Lokomotive geworfen.

Die beiden übrigen Ältesten, Clemencia und Christoph, wurden zum Fuße der Lokomotivenleiter gebracht. Dort wurde ihnen mitgeteilt, dass sie gehen mussten.

Insgesamt acht Soldaten eskortierten Hopper, Zucker und die drei abgesetzten Ratsmitglieder zurück zu der grauen Mauer.

»Es sollte uns wohl nicht überraschen, dass sie abgelehnt hat«, sagte Zucker.

»Das stimmt«, gab Hopper ihm recht. »Aber wer mich überrascht hat, war Pip. Hast du gesehen, wie kalt er war? Er wirkte so bitter. So war er früher nie.«

»Er hat eine Schlacht miterlebt«, erinnerte Zucker ihn. »Das verändert jeden Nager. Und ich bin sicher, Pinkies Einfluss ist auch nicht der beste. Sie würde jeden ein bisschen bekloppt machen.«

Genau in dem Augenblick, als sie durch die versteckte Tür treten wollten, hörte Hopper eine vertraute Stimme nach ihm rufen.

»Warte! Hopper! Geh noch nicht.«

Er wirbelte herum, und ihm wurde ganz leicht ums Herz. Pip rief nach ihm. Eilig trippelte Hoppers kleiner Bruder hinter ihm her, um ihn einzuholen. Er trug ein Paket bei sich, das in verblichenen blauen Stoff eingewickelt war. Als er schlitternd vor ihnen zum Stehen kam, breitete Hopper die Arme aus. »Pip! Hast du dich entschieden, mit uns zu kommen?«

»Was? Nein!« Pip runzelte die Stirn. »Ich bin nur hier, um dir das zu geben.« Er schob Hopper das blaue Bündel zu.

Hopper öffnete es, um zu nachzusehen, was sich in den blauen Falten verbarg: Brotstücke, etwas Obst und Wasser in einem kleinen Apothekerglas. Angesichts dieser freundlichen Geste bekam Hopper einen Kloß im Hals. Vielleicht gab es doch noch Hoffnung für seinen kleinen Bruder. »Danke«, flüsterte er. »Das ist sehr großzügig von dir, Pip.«

»Es war nicht meine Idee, sondern Pinkies. Sie hat das Essen zusammengesucht und mich beauftragt, es dir zu bringen.« Pip stampfte mit einer Pfote auf. »Aber lass dir das gesagt sein, Hopper, ich werde nicht länger ihr kleiner Bote sein. Ich kann auch Großes erreichen. Ich kann ein Held sein.«

»Natürlich kannst du das«, sagte Hopper. »Wenn du mit uns kommst – «

Pip schüttelte den Kopf. »Ich brauche keine Hilfe von irgendeinem aufgeblasenen Auserwählten, egal ob Bruder oder Schwester.«

Pip machte sich auf den Rückweg zur Lokomotive, und Hopper wandte sich beunruhigt und verwirrt Zucker zu.

»Ich glaube, da ist gerade jemand etwas überdreht«, sagte Zucker.

»Das habe ich gehört!«, rief Pip. Er hielt nur kurz inne, um dem Rattenprinz einen vernichtenden Blick zuzuwerfen. Dann flitzte er davon. Im Laufen wirbelte er Staub auf.

Hopper war zu erschöpft, um lange über Pips merkwürdiges Verhalten nachzudenken. Er seufzte und betrachtete die ordentlich von seiner Schwester verpackte Mahlzeit. »Anscheinend weiß Pinkie trotz all ihrer Bitterkeit doch, dass Familie etwas bedeutet.«

»Ja«, murmelte Zucker. »Entweder das, oder das Essen ist vergiftet.«

Hoppers Bauchgefühl sagte ihm aber, dass es das nicht war. Als er die Ecken des Stoffs wieder einschlug, fiel ihm etwas Weißes an der Innenseite auf. In den königsblauen Stoff war ein großes weißes *D* eingestickt.

Dies war ein Stückchen von dem Wimpel der Dodgers, den er ganz am Anfang auf dem Markt gesehen hatte. Auf der Flucht hatte ihn wohl jemand aus der Stadt mitgenommen, und irgendwie war er dann in Pinkies Dorf gelandet. Der Anblick des Wimpels versetzte Hopper zurück zu seinem ersten Spaziergang durch Atlantia. Wehmut stieg in ihm auf.

Er beschloss, den weichen blauen Stofffetzen als Andenken aufzubewahren. So konnte er sich immer daran erinnern, wie herrlich die Stadt einst gewesen war und wie herrlich sie wieder sein konnte. Nur dass sie diesmal nicht auf finsteren

Lügen und barbarischen Verträgen aufgebaut werden würde. Diesmal würde sie für Gemeinschaft und einen freundlichen Umgang miteinander stehen.

Es war ihm nicht gelungen, Pinkie umzustimmen, und Pip schien auf dem besten Wege zu sein, genauso hartherzig und gefährlich zu werden wie ihre Schwester. Doch deswegen würde Hopper nicht aufgeben. Er würde weiter versuchen, die Dinge in Ordnung zu bringen. Nach einem letzten Blick über die Schulter folgte Hopper seinen Gefährten durch die Tür, hinaus in den Tunnel.

Sie teilten sich die Mahlzeit von Pinkie und aßen schnell. Als sie fertig waren, steckte Hopper den blauen Stoff zu La Rochas Nachricht in die Tasche. Dann machten sie sich auf den Weg zu der Stelle, an der, wie Hopper wusste, die Bahn vorbeifuhr. Es bereitete ihm etwas Sorgen, wie sie alle fünf auf einmal auf den rasenden Wagen aufspringen sollten, aber das behielt er für sich. Christoph und Clemencia hatten schon genug Angst davor, mit einem der Monster zu fahren.

Am Ende überzeugte sie der Weise. Er gab zu bedenken, dass dies um einiges sicherer war, als eine Begegnung mit den Katzen zu riskieren. Außerdem erinnerte er sie daran, dass er schon die Bahn von Atlantia aus genommen hatte – und unversehrt angekommen war.

Aus purem, glücklichem Zufall schoss die Bahn mit der Nummer 2 nicht wie sonst an ihnen vorbei, sondern kam in einem dunklen Abschnitt des Tunnels zum Halten. Es war die Stelle, an der er zum ersten Mal auf eine Bahn gesprungen war. Die Reisenden nutzten diese Verzögerung und kletterten problemlos auf den soliden Haken, der aus der Rückseite des letzten Wagens ragte.

»Das ist ein Geschenk von La Rocha«, sagte Clemencia. »Er hat die gütige Macht seines Geistes genutzt, um das Ungeheuer zu stoppen, damit wir es ohne Mühe besteigen können.«

»Ich dachte, La Rocha wäre Philosoph und Prophet«, sagte Zucker. »Jetzt ist er also auch noch Zauberer?«

»Er ist ein bisschen von allem«, stellte Christoph klar, während er sich auf dem Haken positionierte und sich an seinem Knauf festhielt.

»Ja«, bekräftigte Clemencia. »Er führt uns und wacht über jeden unserer Schritte.«

»Hat er auch über uns gewacht, als Pinkie uns allen einen Tritt in den Hintern versetzt hat, um uns rauszuwerfen?«, murmelte Zucker bei sich.

»Was hast du gesagt?«

»Äh … dass dieser La Rocha anscheinend echt viel zu tun hat.«

Als sich die Bahn in Bewegung setzte, schrie Clemencia auf und Christoph bedeckte die Augen mit den Pfoten. Doch ihre Panik hielt nicht lange an. Bald genossen die bahnfahrenden Nager das Gefühl, mit dem Wind in den Schnurrhaaren durch die Dunkelheit zu sausen. Auch Hopper genoss es. Seine Pfoten kribbelten durch die Vibration des Metallhakens.

Als die Bahn in die Station Atlantic Avenue hineinfuhr, waren die Mitglieder des ehemaligen Mūs-Rats so weit, dass sie vor Freude jauchzten.

»Wir sind da«, sagte Hopper und sprang geschickt von dem Haken hinunter. »Alle absteigen.«

»Können wir nicht noch ein bisschen länger fahren?«, fragte Christoph.

»Ja, können wir?«, echote Clemencia. »Wohin fährt dieser Wunderwagen von hier aus?«

»Gute Frage«, sagte Hopper. »Ich könnte es euch sagen, wenn ich den Plan dabeihätte. Vermutlich fährt die Bahn einfach weiter zu einer anderen Station. Und dann zur nächsten. Und zur übernächsten.«

»Bis in alle Ewigkeit!«, rief der Weise. Diese Vorstellung gefiel ihm. »Eine unendliche Reise. Ich schlage vor, wir fahren weiter und schauen, wohin das Ding uns bringt.«

Zucker runzelte die Stirn. »Seid Ihr sicher, dass Ihr das tun wollt?«

»Wir haben nichts zu verlieren«, argumentierte Clemencia. »Und wenn wir nicht finden, was wir suchen, können wir jederzeit wieder diesen schnittigen Silbersausewind mit der Nummer 2 an der Stirn besteigen und ihm befehlen, uns hierher zurückzubringen.«

Hopper und Zucker wechselten einen Blick. Der Gedanke daran, dass die Mūs-Ältesten unbegleitet durch die Tunnelwelt streiften, war ihnen nicht geheuer. Andererseits herrschte in Atlantia ein solcher Aufruhr, dass sie den Ratsmitgliedern dort auch nicht die nötige Sicherheit bieten konnten. Vielleicht wäre es *tatsächlich* klug, sie nach etwas Besserem suchen zu lassen.

»Na dann«, sagte Zucker. »Eine gute Reise. Ihr wisst, wo Ihr uns findet, wenn Ihr uns braucht.«

»Und wir können ja jederzeit La Rocha um Hilfe bitten«, erinnerte sie der Weise.

Rasch erklärte Hopper ihnen, wie sie Atlantia finden konnten, falls sie tatsächlich beschlossen, zurückzukehren. Er beschrieb ihnen genau, wo sich der Riss im Boden befand, durch den sie in den verlassenen Tunnel gelangten, wo einst die Stadt Atlantia geblüht hatte. *Und wieder blühen wird*, fügte er stumm hinzu. Er tastete in seiner Tasche nach dem weichen, blauen Stofffetzen, dann warnte er die drei Ältesten noch vor dem langen Sturz in den unteren Tunnel und umarmte schließlich jeden Einzelnen.

»Viel Glück«, rief er, als die Räder der Bahn schon auf den Schienen kreischten. »Ich hoffe, Ihr findet, was Ihr sucht.«

»Das wünschen wir dir auch, lieber Auserwählter.«

»Auf Wiedersehen, Hopper! Möge La Rocha mit dir sein und dich behüten!«

»Lebe wohl!«

Hopper und Zucker sahen zu, wie die Bahn mit den winzigen Abenteurern an Bord davonfuhr. Dann senkten der Prinz und der Auserwählte den Kopf und starteten den Spießrutenlauf durch die menschlichen Schuhe, Stiefel und Siebensachen. Sie rannten und hatten dabei nur ein Ziel: so schnell wie möglich auf den Spalt zwischen Wand und Fußboden zuzulaufen – ihr Eingangstor in den längst vergessenen Tunnel, in dem Atlantias Zukunft wartete.

Sechs

Als sie Atlantia erreichten, stand das Tor zur Stadt sperrangelweit auf. Nager strömten schreiend und schluchzend heraus … Sie rannten um ihr Leben. Die Soldaten Kralle, Garfield und Polhemus taten, was sie konnten, um etwas Ordnung in das Chaos zu bringen, doch der panische Mob ignorierte sie.

»Was ist los?«, wollte der Prinz wissen. »Warum fliehen sie? Ist Felina da?«

»Schlimmer«, antwortete Kralle. »Kammerjäger!«

Hopper sah durch das Tor, und es stimmte: Zwei riesig große Menschen in Overalls stapften durch die Stadt. Ratten und Streifenhörnchen kreischten vor Angst, während sie versuchten, nicht unter die schweren Stiefel zu geraten, und in der Hoffnung zu entkommen, davonrasten. Ab und zu rief einer der Kammerjäger: »Da ist eine!« und schwang seine Schaufel, die mit einem ohrenbetäubenden Scheppern landete … Und dann schrie jedes Mal eine Ratte weniger.

Zucker packte Hopper und zog ihn in den Schatten der Stadtmauer. »Duck dich, Kleiner«, sagte er. »Diese Typen sind darauf trainiert, bei Sichtkontakt zu töten.« Dann winkte der Prinz seine Soldaten herbei.

»Es ist der Wahnsinn, Eure Majestät!«, keuchte der erschöpfte Garfield. »Atlantia wird zerstört!«

»Warum sind die hier?«, fragte Zucker. »Normalerweise kommen nie Menschen so tief herunter. Der Tunnel ist verlassen. Seit einer Ewigkeit ist hier keine Bahn mehr durchgefahren. Was um alles in der Welt wollen die bloß in Atlantia?«

»Ich habe ihnen zugehört«, sagte Polhemus. »Sie sagten, der Verkehrsbetrieb habe sie geschickt.«

»Was ist das, der Verkehrsbetrieb?«, fragte Hopper.

»Wir wissen es nicht genau«, gab Kralle zu, »glauben aber, dass es irgendeine einflussreiche, übernatürliche Macht ist. Sie schickt Menschen, die ihr untergeben sind, unter die Erde. Dort müssen sie dann Suchaufgaben lösen und Prüfungen bestehen – so wie in diesem Fall. Die Kammerjäger sagten, die Pendler – was auch immer das ist – hätten sich beim Verkehrsbetrieb über die vielen Ratten auf den Bahnsteigen beschwert.«

Das ergab Sinn für Hopper. Die befreiten Flüchtlinge und früheren Bürger von Atlantia hatten sich wahrscheinlich aus Angst vor den Tunneln, und um den Katzen zu entkommen, weiter nach oben zurückgezogen.

»Es gibt noch mehr zu berichten«, sagte Kralle zu Zucker. »Anscheinend ist Euer Vater in dem Chaos entkommen. Die Fabrik, in der wir ihn gefangen gehalten haben, war eines der ersten Gebäude, das von den Kammerjägern zerstört wurde. Seine Wache wurde schwer verletzt, und Titus floh.«

»Wir haben überlegt, ihn zu verfolgen«, ergänzte Garfield, »dann aber entschieden, dass es sinnvoller wäre, bei der Evakuierung zu helfen.«

Zucker nickte. »Gute Entscheidung. Ohne die Unterstützung von Felina stellt Titus keine Gefahr dar. Und selbst wenn er sie aufsucht und um Hilfe bittet, bezweifle ich, dass er sie davon überzeugen könnte, ihr Abkommen wieder in Kraft zu setzen. Sie würde ihm den Kopf abreißen, bevor er auch nur das Maul aufgemacht hat.«

»Ihr wollt also nicht, dass wir ihn aufspüren?«

»Nein.« Zucker runzelte die Stirn. »Er wird versuchen müssen, in den Tunneln zu überleben … so wie wir alle.«

Der Klang menschlicher Stimmen unterbrach sie. Donnernd hallte er von den hohen, bogenförmigen Tunnelwänden wider.

»Sieh dir das an, Erik«, dröhnte einer der Kammerjäger. »Das ist doch kein gewöhnliches Rattennest, oder?«

»Auf keinen Fall, Buddy«, stimmte Erik ihm zu.

»Also«, sagte Buddy, »wenn ich es nicht besser wüsste, würde ich sagen, diese Tunnelviecher haben hier eine regelrechte Stadt gebaut.«

Erik gluckste. »Na klar. Nur in Brooklyn findet man Ratten, die zufällig auch noch Bauingenieure sind.« Erneut schwang er die Schaufel. »Du hast wohl zu viele Tunnelgase eingeatmet.«

»Ohne Scheiß«, beharrte Buddy. »Ein Teil des Nests sah

aus wie ein Markt. Ich schwöre, dass da ein Café war. Und da drüben ist ein Haufen Zeug, der aussieht wie ein … Schloss.«

»Ein Rattenschloss?« Eriks schallendes Gelächter ließ die Stadtmauern erzittern. »Dann sollten wir das wohl besser stehen lassen, für den Fall, dass der Rattenkönig zurückkommt. Du weißt ja, wie sehr ich es hasse, die Royals zu verärgern.«

»Zucker«, flüsterte Hopper. »Was, wenn Firren da drin ist? Was, wenn sie den Tunnelstreifzug schon beendet hat und zum Palast zurückgegangen ist, um auf uns zu warten?«

Ein Sturm der Gefühle fegte über das Gesicht des Prinzen. Er drehte sich um und packte Polhemus an der Uniformjacke. »Hast du sie gesehen?«, fragte er mit rauer Stimme. »Hast du Firren da drin gesehen?«

Polhemus schüttelte den Kopf. »Nein, Eure Hoheit. Habe ich nicht, aber –«

»Und du, Kralle?« Zucker ließ Polhemus los und richtete seinen glühenden Blick auf Kralle. »Hast du Firren gesehen?«

Kralle schluckte und zuckte mit den Schultern. Er fuhr zusammen, als wieder ein Schaufelhieb sein Ziel traf.

Zucker sprang auf die Füße. »Ich gehe rein!«

Gleichzeitig richtete Hopper sich auf und rief: »Los, wir suchen sie!«

Für einen Moment starrten die Ratte und die Maus einander nur an.

»Auf keinen Fall, Kleiner«, sagte Zucker. »Du bleibst hier.«

»Firren ist auch meine Freundin«, entgegnete Hopper.

»Unsere Chancen, sie zu retten, sind höher, wenn wir beide gehen.«

»Ich kann nicht nach Firren suchen und mir gleichzeitig um dich Sorgen machen!«

»Ich komme allein zurecht.«

Hopper war überrascht, dass Zucker grinste. »Ja, das tust du. Das hast du oft genug bewiesen. Aber diesmal ist es etwas anderes, Kleiner. Diese Typen sind *riesig*. Hast du nicht gehört, was für einen Krach diese Schaufeln da drin machen?«

Hopper öffnete das Maul, um zu diskutieren, als Zucker Garfield und Polhemus zunickte. Bevor er wusste, wie ihm geschah, hielten die beiden muskulösen Nager Hopper an den Armen fest und drückten ihn gegen die Wand.

»Zucker! Sag ihnen, sie sollen mich loslassen!«

»Das werde ich, Kleiner. Sobald ich zurück bin.« Der Prinz atmete tief durch. »Ich meine, sobald *wir* zurück sind. Firren und ich.«

»Zucker, nein!«, rief Hopper. »Hoheit! Eure Majestät … *Kaiserkumpel!!*«

Zu spät. Schon war nicht einmal mehr die Schwanzspitze des Prinzen durch das offene Tor hindurch zu sehen.

Eine Ewigkeit schien zu vergehen, bis das Klappern von Käfigen, die verteilt wurden, und das blecherne Scheppern der Schaufeln, die auf den Boden schlugen, endlich aufhörten.

Während dieser ganzen Zeit hielten die Soldaten den Auserwählten eisern an den Armen fest. Als die Riesen nun durch die bereits halb ausgerottete Stadt auf sie zukamen, drückten seine Wächter Hopper noch tiefer in den Schatten der Mauer.

»Morgen gucken wir wieder nach den Käfigen«, sagte Buddy. »Wird sicher ein ordentlicher Fang.«

»Ja«, stimmte Erik zu. »Wie wär's mit einer Pizza bei Spumoni Gardens? Ich lad dich ein. Und du kannst mir alles über dieses Rattenkönigreich mit seinen Cafés und Palästen erzählen.«

»Sehr witzig.«

»Ich mein's ernst, Bud. Vielleicht solltest du den Job wechseln und statt Ratten zu jagen Kinderbücher schreiben.«

»Ach, halt die Klappe.«

Die Nager rührten sich nicht, während die Menschen näher und näher kamen. Als sie über die Mauer traten, kickten sie mit ihren gigantischen Stiefeln eine dichte Staubwolke auf. Die verkratzte Spitze eines Stiefels verfehlte Kralle nur um ein Haar.

Vor Wut bebend, starrte Hopper die Kammerjäger an. Trotz des aufgewirbelten Staubs konnte er die grausigen Worte auf der Rückseite ihrer Overalls lesen:

PIER 1 SCHÄDLINGSBEKÄMPFUNG, BROOKLYN, NY
SIE MÖCHTEN
RATTEN LOSWERDEN?
WIR HELFEN – PROBLEMLOS!

Als die Schritte der Menschen in der Dunkelheit verklangen, richteten sich die Augen der Nager auf das Tor. Hopper wusste, alle hofften dasselbe: Dass Firren und Zucker dort jeden Augenblick auftauchen würden, in Sicherheit und unverletzt.

Aber aus dem Augenblick wurden Minuten, und von den beiden war immer noch nichts zu sehen.

»Wo sind sie?«, flüsterte Garfield. »Warum kommen sie nicht heraus?«

Polhemus zuckte mit den Schultern und antwortete ebenfalls flüsternd: »Vielleicht können sie nicht herauskommen.«

»Pssst!«, machte Kralle. »Geduld …«

Hoppers Herz klopfte wie wild. Er fixierte die Öffnung in der Mauer, blinzelte durch die bräunliche Staubwolke. Immer noch niemand.

Und dann … endlich … eine Bewegung! Zwei Gestalten, hinter dem Schleier aus Staub nicht genau zu erkennen, kamen strauchelnd durch das offene Tor.

»Zucker?«, rief Hopper »Firren!«

»Hilfe …«, ertönte eine kratzige Stimme aus der schmutzigen Wolke heraus.

Die Soldaten ließen Hopper los und rannten auf den Bittenden zu. Nun sah Hopper, dass es nicht der Prinz und die Rebellin waren, sondern das Eichhörnchen Driggs und die alte Beverly. Sie hinkte und hatte offenbar Schwierigkeiten, Luft zu bekommen. Driggs sah benommen aus. Von seiner Stirn tröpfelte Blut. Insgesamt schienen beide jedoch recht gut beieinander zu sein. Eine Welle der Erleichterung, dass diese beiden gutmütigen Nager davongekommen waren, überflutete Hopper.

Kralle führte die alte Dame zur Mauer und half ihr, sich zu setzen, während die anderen sich um Driggs kümmerten.

»Hast du Zucker da drin gesehen?«, platzte Hopper heraus. »Was ist mit Firren? Sind sie am Leben?«

Driggs sah ihn bedrückt an. »Wirklich schwer zu sagen, Auserwählter.«

»Was ist daran schwer?«, fragte Hopper außer sich. »Tot oder lebendig? Wer von beiden?«

»Gefangen«, piepste Beverly mit zitternder Stimme. »Diese menschlichen Bestien haben überall in der Stadt Fallen ausgelegt. Zum Teil Metallkäfige, zum Teil einfach klebrige Polster, wie Teergruben oder Treibsand. Bei dem Versuch, einem dieser Dinger auszuweichen, verdrehte ich mir das Bein und fiel hin. Firren kam auf mich zugerannt, aber eins der Scheusale entdeckte sie und benutzte seine Schaufel, um sie in einen Käfig zu schmettern.«

»Es war grauenhaft«, bestätigte Driggs und schüttelte den Kopf, als könne er immer noch nicht glauben, was er gesehen hatte. »Firren gab einfach nicht auf … Sie warf sich gegen die Käfigtür, um da rauszukommen.«

»Oh, wie sie kämpfte!«, rief die alte Dame.

»Wie wild!«, sagte Driggs. Er legte den Kopf in den Nacken, damit Garfield seine Wunde überprüfen konnte. »Für einen Moment dachte ich, sie würde es wirklich schaffen. Aber bei ihrem letzten Versuch, die Käfigtür aufzubrechen, schlug sie mit dem Kopf gegen die Stäbe.« Er schlug die Augen nieder und fügte leise hinzu: »Danach war es vorbei mit dem Kämpfen.«

»Da kam der Prinz angelaufen und rief ihren Namen!«, fuhr Beverly fort. »Er rannte direkt zu ihrem Käfig, aber Firren regte sich nicht. Er versuchte, die Tür aufzustemmen, aber der Ärmel seiner Uniformjacke verfing sich in dem Riegel! Er zog und zerrte. Er riss ein großes Stück Stoff aus seinem Ärmel und konnte ihn so befreien, aber es gelang ihm nicht, die Tür zu öffnen.«

»Dann stürzte er sich auf den riesigen Menschen«, sagte Driggs, »und schlug die Zähne in seinen Knöchel. Der Riese knurrte, fluchte und schwang die Schaufel. Der arme Prinz Zucker flog in die Seite des Käfigs. Und dann …«

Hopper kamen die Tränen. »Nein!«

Driggs seufzte. »Dann bewegte er sich nicht mehr. Er lag ganz still, alle viere von sich gestreckt, direkt neben Firrens Käfig. Ich konnte nicht erkennen, ob er …«

»Ob er *was*?«, drängte Hopper.

»Ob er atmete.«

Mehr brauchte Hopper nicht zu hören. Er rannte auf das Tor zu.

Hinter der Mauer sank der Staub hinab. Über der Stadt lag eine Grabesstille. Das einzige Gebäude, das noch stand, war der Palast. Doch auch er war schwer beschädigt – ein ganzer Flügel war niedergewalzt worden.

Doch die zerstörten Gebäude waren nichts im Vergleich zu dem Anblick der vielen gefangenen und verletzten Nager. Hopper wandte den Blick ab von denen, die Opfer der Klebefallen geworden waren. Er wusste, dass es für sie keine

Hoffnung gab. Diejenigen, die in die Käfige gezwungen worden waren, hatten etwas mehr Glück gehabt: Immerhin lebten sie noch.

»Auserwählter!«, rief ein Streifenhörnchen. »Du bist gekommen, um uns zu retten!«

»Ja, aber –«

»Lass mich zuerst raus«, bettelte eine Feldmaus. »Ich muss meine Familie suchen.«

»Nein, lass mich raus!«, bat eine schlanke Ratte. »Dann kann ich dir helfen, die anderen zu befreien.«

Hopper blickte von einem verzweifelten Gefangenen zum nächsten. Er wusste nicht, was er tun sollte. Das Gewicht seiner Verantwortung lastete auf ihm wie ein Ziegelstein. Er konnte sich die Zeit nehmen, diese Käfige zu öffnen, aber jede Sekunde, die verstrich, war eine mehr, in der Zucker bewusstlos dalag. Was, wenn das Leben des Prinzen davon abhing, wie schnell Hopper bei ihm war und seine Wunden versorgte?

»Steh da nicht einfach nur so herum«, sagte das Streifenhörnchen scharf. »Bist du nun der Auserwählte, oder bist du es nicht?«

»Ja, bist du ein Held?«, stichelte die Feldmaus. »Oder ein nichtsnutziger Aufschneider?«

Hoppers Gedanken rasten. Auch wenn sie ihn beleidigten – es war seine Pflicht, diesen Nagern zu helfen. Aber Zucker und Firren … Vielleicht lagen sie im Sterben.

Oder waren schon tot.

Und diese Tiere lebten noch.

Hopper schoss auf den Käfig der schlanken Ratte zu, die

ihre Hilfe angeboten hatte. Wenn sie die anderen zu zweit befreiten, konnte Hopper umso schneller bei Zucker sein. Mit zitternden Krallen versuchte er, den Riegel zu öffnen. Nach drei Anläufen hatte er das Schloss endlich geöffnet, und die Tür schwang auf.

Die Ratte sprang heraus.

»Da drüben«, wies Hopper sie an und zeigte auf die Feldmaus. »Mach den Käfig auf und dann – «

Die Ratte lachte. »Machst du Witze? Ich bleibe hier keine Sekunde länger. Diese Menschen könnten zurückkommen! Sorry, Auserwählter, aber ich bin weg.«

Für Hopper fühlten sich diese Worte an wie ein Tritt in die Magengrube. »Und was ist mit den anderen?«

»Nicht mein Problem.«

»Aber du hast gesagt, du würdest mir helfen!«

»Und es hat funktioniert. Ich bin frei, die da nicht.« Als Gipfel der Unverschämtheit schnappte die Ratte sich Hoppers Schwert und zog es aus der Scheide. »Das kann ich da draußen bestimmt gut gebrauchen«, sagte sie höhnisch. »Tschau.«

Und damit rannte sie weg, auf das Tor zu, und nahm Hoppers Waffe mit sich. Hopper konnte ihr nur hinterherstarren, ganz baff vor Schock und Sorge.

Und Wut.

»Hat sie gerade gesagt, die Menschen könnten zurückkommen?«, rief das Streifenhörnchen. »Na los, mach schon! Lass uns raus!«

Hopper war schlecht vor Sorge um Zucker, aber er wusste, der Prinz hätte gewollt, dass sein Freund sich zuerst um seine

Untertanen kümmerte, bevor er nach ihm sah. Angestachelt von der Hitze seiner Wut, rannte Hopper von Käfig zu Käfig, mühte sich mit Schlössern ab, riss Türen auf. Von all den Tieren, die er befreite, blieb nur ein einziges, um ihm zu helfen – ein halb blindes, altes Rattenmännchen, das am Stock ging.

Als alle anderen gefangenen Nager befreit worden waren, führte Hopper die blinde Ratte zum Tor und gab sie in Kralles Obhut.

»Er ist ein Held«, erklärte Hopper. »Behandelt ihn entsprechend.«

»Jawohl, Auserwählter.«

Als Hopper sich umdrehte, um wieder in die Stadt zu laufen, war Garfield dicht hinter ihm.

»Diesmal komme ich mit!«, sagte er entschieden.

»Ich auch«, rief Polhemus.

»Nein«, widersprach Hopper. »Da drinnen ist ein Minenfeld aus Fallen. Ihr könntet euch verletzen, aber ihr solltet unversehrt und bereit sein, wenn ich Zucker und Firren zurückbringe.«

Falls ich sie zurückbringe.

Von diesem Gedanken beherrscht, schoss Hopper wieder durch das Tor.

Hopper rannte durch die zerstörte Stadt. Er fand den Prinzen schließlich auf dem ehemaligen Spielplatz. Sein Herz tat einen Sprung, als er neben seinem Freund niederkniete.

»Zucker! Antworte mir! Kannst du mich hören?«

Der Prinz sagte keinen Ton. Seine Augenlider flatterten nicht, sein Körper lag reglos da.

»Zucker, bitte! Du musst überleben! Du musst!

Der Prinz antwortete nicht. Dass er selbst weinte, bemerkte Hopper erst, als er sah, wie seine Tränen auf Zuckers purpurne Jacke hinabfielen. Diese war schmutzig und zerrissen von dem Kampf mit der Käfigtür.

Der Käfig …

Firren!

Erst jetzt bemerkte Hopper den Käfig. Er war ziemlich weit entfernt von der Stelle, an der Zucker lag. Das war seltsam – Driggs hatte doch gesagt, dass Zucker direkt neben den Käfig gefallen war. War der Prinz vielleicht kurz aufgewacht und ein Stück weiter gekrochen? Und war das womöglich seine letzte Anstrengung gewesen?

Hopper schob diesen furchtbaren Gedanken beiseite und rannte zum Käfig.

Die Tür stand offen. Und Firren war nicht darin.

Was konnte das bedeuten? War sie zu sich gekommen und ausgebrochen? Oder hatten die Kammerjäger ihr etwas noch Schlimmeres angetan, nachdem sie zusammengebrochen war?

Hopper wusste ohne den geringsten Zweifel, wo Firren sein würde, wenn sie sich hätte befreien können: Genau hier an Zuckers Seite. Ganz gleich, wie viel Kraft sie noch übrig hatte, sie würde alles tun, um ihm zu helfen.

Aber sie war nicht da. Und das konnte nur bedeuten, dass ihr etwas Schreckliches zugestoßen war.

Schmerz erfüllte ihn, er stieg in ihm auf und wirbelte in ihm herum wie der Tornado aus Staub, den die Menschen verursacht hatten. Ohne nachzudenken, griff Hopper nach dem purpurnen Stofffetzen, der noch an dem Käfigriegel hing, und ließ ihn in die Tasche gleiten.

Dann wimmerte er. Es war ein Klagelaut, der aus der Tiefe seiner Seele kam.

Sie waren fort. Er hatte sie beide verloren. Seine zwei tapferen Freunde … *tot*.

Und um ihn herum so viele andere Tote oder dem Tode Nahe. Die Stadt lag in Ruinen. Die Tunnel waren eine Todesfalle. Die Zukunft versprach nichts, und die Vergangenheit war mit Enttäuschung und Scham befleckt. Hoppers Herz schien in seiner Brust zu zerspringen.

Er hatte *wirklich* versagt. Wieder. Und wieder. Und wieder.

Mit einer schlingernden Übelkeit im Bauch und hämmerndem Schädel machte er sich auf den langen, langsamen Weg zurück zum Tor.

Und dann hörte er das Miauen.

Unwillkürlich zuckte seine Nase. Hopper konnte riechen, wie die Katzen näher kamen. Er stellte sich vor, dass ihnen vor lauter Vorfreude auf so eine üppige, leicht zu habende Mahlzeit die Mägen knurrten.

Wahrscheinlich hatte der Geruch von verängstigten Nagern – nun vermischt mit dem ekelerregenden Duft des Todes – die Katzen aufmerksam gemacht.

Und nun kamen sie, um zu schlemmen!

Hopper war klar, dass er sich verstecken sollte, aber die Stadt bot keinen Schutz mehr, alles war dem Erdboden gleichgemacht. Mit den Augen suchte er das Gebiet ab, bis er einen riesigen Haufen glänzenden dunkelgrünen Stoff entdeckte. Er erinnerte sich nicht, vor dem Angriff jemals einen so großen Stoffberg in Atlantia gesehen zu haben. Aber vielleicht war er früher von Gebäuden verdeckt gewesen, die nun eingestürzt waren. Auf Hopper wirkte er wie eine Art Zelt, das in sich zusammengefallen war.

Inzwischen waren die Katzen näher gekommen, so nah, dass er ihr Schnurren hören konnte. Und neben diesem entsetzlichen Geräusch hörte er noch etwas anderes … Stimmen. Menschliche Stimmen!

Die Kammerjäger kamen zurück.

Sieben

Derjenige, der Erik hieß, zog seinen Kollegen, Buddy, immer noch wegen der unglaublichen Geschichte der Rattenstadt auf, und Buddy grummelte verärgert.

Katzen! Menschen! Beinahe hätte Hopper die Nerven verloren und wäre wie angewurzelt stehen geblieben.

Doch als die Schritte der Kammerjäger sich näherten, kam Bewegung in ihn. Er musste sich verstecken, sonst riskierte er, in die Fänge der Katzen oder unter die höllische Schaufel zu geraten. Da es keine andere Möglichkeit gab, rannte er zu dem zusammengesunkenen grünen Zelt. Er zog gerade noch rechtzeitig seinen Schwanz unter dieses Schutzdach, als die Kammerjäger wieder in die Stadt stapften.

Unter dem Stoff war es dunkel. Trotzdem entdeckte Hopper eine Öffnung, einen schmalen Schlitz. Er führte zu einem in die Falten genähten, bauschigen Beutel. An beiden Seiten der Öffnung befanden sich Streifen mit gezackten Metallzähnen.

Hopper hechtete hinein, purzelte durch den Schlitz und verzog das Gesicht, als die Metallspitzen in die zarte Haut seiner Ohren und seines Schwanzes piksten. Drinnen zwang er sich, mucksmäuschenstill zu sein, denn nun kamen die Kammerjäger – und mit ihnen schlichen sich die Katzen an.

»Ganz schön viele von diesen räudigen Katzen hier«, kicherte der, der Erik genannt wurde.

»Die sehen echt fies aus«, sagte Buddy nervös.

Weil sie es sind, dachte Hopper.

»He, Erik, siehst du diese weiße Katze da drüben mit den verschiedenfarbigen Augen?«

»Klar, Bud. Was soll mit der sein?«

»Ich habe das Gefühl, sie starrt mich regelrecht nieder!«

»Jetzt bekommst du auch noch böse Blicke von den Katzen zugeworfen?«, johlte Erik. »Oh Mann!«

»Ich meine das ernst!«

»Oh, ich weiß, Bud, ich weiß. Sag mal, glaubst du, dass sie vielleicht ihr eigenes kleines Katzenkönigreich da drüben auf der anderen Seite der Schienen haben, mit Feldern voller Katzenminze und Katzenklos mit Wasserspülung?« Erik brach in Gelächter aus.

»Sieh mal, jetzt nimmt sie eine der toten Ratten und läuft damit weg. Nur eine! Das ist doch merkwürdig, oder etwa nicht? Warum sollte sie das tun, wenn es so viel mehr zu holen gibt?«

»Vielleicht achtet sie auf ihre Linie. Oder sie denkt, *du* wirfst *ihr* böse Blicke zu.«

»Ach komm, halt die Klappe«, wehrte Buddy sich. »Lass

uns meine verdammte Jacke suchen und dann von hier verschwinden.«

»Das ist die offizielle Firmenjacke, ist dir das klar? Wenn du sie verloren hast, lässt der Boss dich das bezahlen.«

»Glaub mir, Erik, ich bezahle jeden Tag, den ich mit dir arbeiten muss …! Oh Mann, jeden einzelnen Tag.«

»Was soll das denn heißen?«

Buddy antwortete nicht. Im nächsten Augenblick spürte Hopper, wie der grüne Stoff vom Boden hochgehoben wurde. Es dauerte nur eine Sekunde, bis er begriff, dass der Stoffhaufen, den er für ein Zelt gehalten hatte, in Wirklichkeit die Jacke war, die Buddy verlegt hatte. Hopper hatte sich unter ihr versteckt. Und jetzt saß er auch noch in der *Tasche* fest!

»Also, Erik …«, begann Buddy. Er strich über die Jacke und schüttelte sie, sodass Hopper beinahe aus der Tasche gefallen wäre. Ein paar Münzen, die sich ebenfalls darin befanden, klimperten herum und trafen ihn beinahe am Kopf. »Was sollen wir mit den Katzen machen?«

»Sie in Ruhe lassen. Der Boss bezahlt nicht gut genug, als dass wir jetzt auch noch anfangen müssten, Haustiere zu töten. Das ist der Job des Tierheims.« Wieder kicherte er. »Außerdem freuen die Katzen sich gerade auf ein nettes Menü: Rattenkadaver à la carte.«

»Das ist ekelhaft.« Die Jacke schwang seitwärts, und Hopper wurde hin- und hergeschleudert, als Buddy erst den einen, dann den anderen Arm in die Ärmel steckte und loslief.

»Das Beste daran ist, dass wir heute Abend viel weniger

tote Nager von hier fortschaffen müssen, nachdem die Katzen sich sattgegessen haben.«

Tief in Buddys Tasche biss Hopper sich auf die Zunge, um nicht vor Entsetzen aufzuschreien.

»Meine Damen und Herren«, flötete Erik. »Das Rattenbüfett ist eröffnet.«

»Bäääh«, sagte Buddy und beschleunigte seine Schritte. »Mir wird übel.«

Hopper hörte, wie das Miauen lauter wurde, als Felinas Bande das Trümmerfeld erreicht hatte. Die Ankunft von weiteren hungrigen Katzen veranlasste Buddy, noch schneller zu gehen. Die Jacke raschelte, als der ängstliche Kammerjäger sich beeilte, Atlantia zu verlassen.

Hopper hielt sich an dem rutschigen Stoff fest. Seine Gedanken rasten. Er musste da raus. Vielleicht konnte er durch dieselbe Öffnung verschwinden, durch die er hineingeklettert war. Er konnte sich zu dem Schlitz mit den Metallzähnen durchwühlen und springen! Es würde ein langer Fall werden, aber er war schon aus größeren Höhen gestürzt.

Doch wenn er den Sprung überlebte, bedeutete dies, dass er sich buchstäblich vor die Füße der Kammerjäger warf. Er würde von ihren riesigen Stiefeln zertrampelt werden. Aber was noch schlimmer war: Seine Flucht konnte Erik und Buddy möglicherweise auf die Soldaten und Flüchtlinge aufmerksam machen, die – wie Hopper inständig hoffte – nach wie vor in Sicherheit vor dem Tor warteten. Die Soldaten hatten vielleicht eine Chance zu fliehen, wenn sie in verschiedene Richtungen davonliefen, aber Driggs war durch seine

Kopfverletzung wahrscheinlich zu benommen, um schnell genug zu sein, und Beverly konnte ja kaum humpeln, geschweige denn rennen.

»Mach mal besser deine Taschen zu, Bud«, riet Erik ihm. »Sonst verlierst du noch dein Kleingeld. Und das brauchst du ja für die Pizza.«

»Was? Hast du nicht gesagt, du lädst mich ein?«

Buddys Finger griffen nach dem Reißverschluss und zogen ihn zu. Hopper vergrub sich in die hinterste Ecke der Tasche, aber der Lärm der Metallzähne, die ineinander griffen, war für seine winzigen Lauscher ohrenbetäubend. In Dunkelheit gehüllt, spürte er das rhythmische Stampfen der Schritte des Kammerjägers, der sich immer weiter von der Stadt entfernte.

Plötzlich änderte Buddy die Richtung. Er lief immer noch, aber anstatt vorwärts schien es nun aufwärts zu gehen ... langsam und stetig immer höher.

Treppen!

Hopper gefror das Blut in den Adern. Buddy, der Kammerjäger mit der Jacke, stieg einige Stufen hinauf. Sie konnten nur in eine Richtung führen ... nach oben und aus der U-Bahn hinaus.

Buddy war dabei, den Tunnel zu verlassen.

Und Hopper mit ihm.

Hopper nagte.

Er kniff und biss und kratzte an dem seidigen, grünen Stoff der Jackentasche herum. Er zerriss, zerfetzte, durchbohrte sie mit seinen Schneidezähnen. Kleine Stückchen Stoff verfingen sich in seinen Zähnen, dreimal erstickte er beinahe an einem verknoteten Garnknäuel. Ausgefranste Fäden wickelten sich um seine Zunge; er spuckte sie aus und nagte weiter.

Sein Nagen, Kauen und Knabbern hatte nur ein Ziel: ein Loch, groß genug, dass er hindurchschlüpfen konnte.

Da er wahrnahm, dass mehr Licht in die Jacke drang, wusste Hopper, dass Buddy ihn bereits aus dem Tunnel hinausgebracht hatte. Er war oben, in der Oberwelt, in der Welt des Tageslichts.

Sonnenschein … Er erinnerte sich daran, ihn durch die Fenster der Zoohandlung gesehen zu haben. Damals hatte er sich gefragt, wie es wäre, wenn die Sonne auf sein Fell schiene, wie warm sich das wohl anfühlte. Sein ganzes Käfigleben lang hatte er sich danach gesehnt. Doch nun machte es ihm Angst. Er würde von Kralle und den anderen getrennt sein, allein in der Welt der Menschen.

Er nagte weiter.

Dann hörte Buddy auf zu gehen und setzte sich. Hopper hörte ein Knirschen, ein mechanisches Brummen und dann spürte er wieder Bewegung. Diesmal war es aber nicht Buddys Körper, der sich bewegte. Er hatte sich in etwas hineingesetzt, und dieses Etwas bewegte sich. Dieses Etwas transportierte Buddy, so wie Buddy Hopper transportiert hatte.

Vielleicht eine Bahn? Soweit Hopper wusste, transportierten die U-Bahnen Menschen nur unten in den Tunneln.

Er dachte zurück an die regnerische Nacht, als er aus der Zoohandlung entkommen war. Damals hatte er rollende Maschinen mit leuchtenden Augen und Menschen im Inneren gesehen. Bestimmt saß Buddy in einem dieser Oberweltfahrzeuge. Wie Hopper nun klar wurde, lag der Sinn dieser rundfüßigen Kreaturen darin, dass Menschen in kurzer Zeit große Distanzen zurücklegen konnten – genau wie bei den Bahnen. Das bedeutete, je länger er und Buddy in diesem rollenden Monsterding blieben, desto weiter würde er sich von Atlantia entfernen.

Hopper nagte verbissener und schneller. Er kämpfte gegen den grünen Stoff von Buddys Tasche, als wäre er ein Angreifer. Endlich gaben die Fasern nach, und ein Loch öffnete sich, gerade groß genug, dass Hopper sich hindurchwinden konnte.

Er purzelte aus der Tasche hinaus und landete unter der Jacke auf Buddys Schoß. Buddy zuckte.

Außerhalb der Tasche war es um einiges heller. Durch den grünen Vorhang des Jackenstoffs konnte Hopper erkennen, dass Erik links von Buddy saß. Erik umfasste einen großen Reifen, den er von einer Seite zur anderen kreisen ließ. Immer wenn Erik den Reifen bewegte, schlingerte das Fahrzeug.

Zitternd vor Angst kroch Hopper dorthin, wo der Saum der Jacke auf den groben weißen Stoff von Buddys Overall-Bein traf.

Wieder zuckte Buddy.

»Was'n los mit dir?«, schnauzte Erik. »Ich kann mich nicht auf die Straße konzentrieren, wenn du auf dem Beifahrersitz Mambo tanzt! Halt doch mal still! Wir sind fast bei der Brücke.«

»Aber da krabbelt was auf mir rum!«, protestierte Buddy und begann, hin- und herzuwackeln.

»Der krabbelt was auf dir rum? Was sollte das denn sein?«

Genau in diesem Moment steckte Hopper die Nase unter dem Saum der Jacke hervor.

Buddy quietschte, als wäre er selbst eine gigantische …

»MAUS!«, schrie er und hüpfte hysterisch auf seinem Sitz auf und ab. »Erik, da ist eine *Maus* auf meinem *Schoß*!«

»Vielleicht will sie dir sagen, was sie sich zu Weihnachten wünscht.«

»Erik! Hilfe!«

»Oh, zum Teufel noch mal!«

Wie ein Wahnsinniger raste Hopper auf Buddys Knie zu, aber Erik war schneller. Er ließ das runde Ding los, packte Hopper am Schwanz und pflückte ihn von Buddys Bein. Dann ließ er ihn in der Luft baumeln. Nun war es Hopper, der sich wand und wackelte.

»Süßes kleines Kerlchen«, bemerkte Erik. »Ungewöhnliche Markierung.«

»W-w-wirf das Vieh doch w-w-weg, Mensch!«

Wieder gluckste Erik fröhlich. »Tja, Bud, für einen professionellen Kammerjäger hast du's nicht so mit Nagern, was? Mach mal dein Fenster auf.«

Mit großen Augen beobachtete Hopper, wie das eckige Glas zu Buddys Rechten wie von Zauberhand nach unten glitt. Ein Stoß kalter Luft kam herein. Der eisige Wind ließ ihm die Haare zu Berge stehen.

»Lehn dich zurück, damit ich das Kerlchen rauswerfen kann.«

Rauswerfen? Das gefiel Hopper *gar* nicht.

Buddy drückte sich mit dem Rücken gegen den Sitz, Erik nahm Schwung, ließ Hoppers Schwanz los, und Hopper flog an Buddys entsetztem Gesicht vorbei.

Das Gefühl war fast dasselbe wie beim Bahnfahren – bloß ohne den stabilen Haken unter den Pfoten, an dem man sich festhalten konnte. Hopper flog seitwärts auf die Kälte zu, überschlug sich, stürzte aus dem Wagen heraus und segelte durch die Luft.

Wuuuuuummms.

Er landete hart, doch damit war es noch nicht vorbei. Hopper hatte so viel Schwung, dass sein geschundener Körper Purzelbäume schlagend über die schwarze Fläche rollte –geradewegs auf die brüllenden, rundfüßigen Monster zu. Wie es ihm gelang, nicht von ihnen zerquetscht zu werden, wusste er nicht. Er spürte das gewaltige Zischen, wenn sie über seinen Kopf hinwegsausten, aber irgendwie schaffte er es, nicht unter ihre schweren Gummifüße zu kommen. Auf der anderen Seite wurde er allmählich langsamer … Noch kullerte er jedoch, aber wohin … Wohin?

Die Welt war ein einziges herumwirbelndes Durcheinander. Über sich erhaschte Hopper den Anblick von etwas Blauem – eine helle, endlose Weite. In dieses Blau hinein ragten zwei Steintürme. Von ihnen ging ein kompliziertes, sich kreuzendes Stahlnetz aus.

Dann gab es auf einmal keine feste Oberfläche mehr, und Hopper spürte nur noch einen kalten Rausch von … *nichts*. Rings um ihn herum nichts als Luft und wieder Luft. Kühle Leere überall. Sein Magen schlingerte. Er fiel erneut.

Acht

La Rochas Tagebuch – aus dem Heiligen Buch der Mūs:

Es kommt mir vor, als würde ich mich seit einer Ewigkeit verstecken. Seit Kurzem tue ich das mithilfe eines Kapuzenmantels, den ich aus einem blauen Stück Stoff angefertigt habe. Ich habe es auf der wilden Flucht aus der Stadt gefunden. Mir scheint, dass es irgendwann einmal eine besondere Bedeutung hatte. Auf jeden Fall taugt es als warmes Kleidungsstück. Und als gute Tarnung.

La Rocha darf nie gesehen werden. Das ist die wichtigste Regel.

Und es hat mich auch niemand gesehen, als ich mich in den Palast schlich, um zuzuhören, wie der Weise Zucker und dem Auserwählten berichtete. Pinkie von den Mūs scheint eine ganz neue Art Ärger zu verursachen. Sie hat nur ein Ziel vor Augen und ist nicht bereit, Kompromisse zu schließen. Sie hat etwas Eisernes in ihrer Seele, und ich kann nicht anders, als das zu bewundern. Sie ist stolz und schlau – zwei Eigenschaften, vor denen ich großen Respekt habe. Andererseits ist sie viel zu stur und eigennützig für eine Herrscherin: Um ein Volk zu führen, muss man mitempfinden können. Für die sanfteren Gefühle hat Pinkie jedoch kein Talent. Dafür kann sie nichts. Tiefe Verletzungen führen oft zu solchen Wesenszügen – und dafür trage ich allein die Verantwortung. Pinkie ist Pinkie, und das ist meine Schuld. Dies ist ein weiteres meiner Geheimnisse. Und so bleibe ich im Verborgenen.

Stunden sind vergangen, seit der Auserwählte, der Prinz und der Älteste auf die Bahn in Richtung des Mūs-Dorfes gesprungen sind. Ich warte am Rande von Atlantia auf ihre Rückkehr. Ich möchte so viel wie möglich von ihrem Treffen mit Pinkie erfahren. Doch nun gibt es einen Tumult, und ich sehe, dass Menschen kommen.

Es ist so lange her, dass ich einen von ihnen gesehen habe – zuletzt bin ich diesen riesigen Kreaturen auf meiner einzigen Reise in die Oberwelt begegnet. Diese Größe, diese Kraft und diese Zerstörungswut.

Auf dem Rücken ihrer Uniformen befindet sich eine Inschrift, die sich in mein Gedächtnis einbrennt.

Wie erwartet bringen sie den Untergang: Sie zerstören und zerquetschen alles, was von der Stadt übrig geblieben ist, und nehmen so viele Gefangene, wie es geht. Ich kann nur herumsitzen und zuschauen. Das beschämt mich zutiefst. Ich war einmal ein Krieger! Ich konnte kämpfen! Doch heute muss ich mich still verhalten, mich zurückhalten und mitansehen, wie das Chaos ausbricht.

Jetzt betritt Firren das Schlachtfeld. Sie ist mutig, vielleicht so sehr, dass es für uns beide reicht. Sie stürmt herbei und schwingt ihr Schwert. Aber sie ist klein, und die Menschen sind groß, und sie wird bald gefangen genommen. Verdammte Geheimhaltung! Ich bereite mich darauf vor, alles zu riskieren, indem ich zu ihr laufe, um ihr zur Seite zu stehen. Doch da naht Zucker … Und ich muss lächeln. Wie konnte ich nur daran zweifeln, dass er kommen würde? Er würde alles tun, um der Rebellin zu helfen.

Oh, aber diese Menschen sind kaltblütig. Sie schlagen mit ihrer Schaufel zu, und der Prinz sinkt zu Boden. Mich überkommen Wut und Hilflosigkeit – immer dieses Warten, Zusehen ….

Es dauert nicht lange, und Hopper taucht auf. Das erleichtert mich, doch gleichzeitig fühle ich mich schuldig. Ich habe ihm gesagt, ich würde zu ihm kommen, und das hatte ich auch fest vor. Doch dann geschah so viel, was das unmöglich gemacht hat. Und so ist es auch in diesem Moment, da ich nah genug bin, ihn beim Namen zu rufen. Doch es ist noch nicht an der Zeit, mich zu zeigen.

Seine Gegenwart sorgt für die nötige Ablenkung. Während er so viele Nager wie möglich befreit, krieche ich in die Ruinen von Atlantia und ziehe die bewusstlose Firren aus ihrem Käfig heraus. Ich bringe sie zu meinem derzeitigen Versteck in der Dunkelheit der Tunnel, unweit von Atlantia, aber ein ganzes Stück, wenn man jemanden trägt. Glücklicherweise ist sie klein für eine Ratte.

Vor vielen Tagen habe ich den ausrangierten weggeworfenen

Menschengegenstand gefunden, in dem ich nun lebe. Ich glaube, sie nennen das Ding Koffer. Zu der Lokomotive im Dorf der Mūs kann ich nicht zurückkehren, deshalb nutze ich nun dies als Unterschlupf. Wer weiß, wann der Koffer verloren ging und seit wann er hier in der Dunkelheit vermodert. Er trägt eine Plakette, die mir sagt, dass er nach einem Menschenurahn benannt wurde, der für seine Stärke bekannt war – Samson. Das ist ein gutes Zeichen, denn was ich brauche, ist eine geräumige, schwer einzunehmende Festung. Bislang haben sich die Katzen nicht für diesen Koffer interessiert, also bin ich hier vorerst in Sicherheit. Und Firren auch.

Ich lasse sie im Schutz des Koffers zurück und eile zurück zur Stadt. Wenn es gut läuft, kann ich dem Prinzen genauso helfen wie ihr. Als ich ankomme, versteckt Hopper sich gerade unter einem grünen Stoffhaufen. Zucker ist nicht mehr an der Stelle, an der er lag, als ich Firren holte. Genau genommen ist er nirgendwo.

Ich kann nur hoffen, dass die Soldaten ihm zu Hilfe gekommen sind. Ein Schauer durchfährt mich, als ich die lauernden Katzen höre. Es ist genauso gut möglich, dass sie sich Zucker während meiner kurzen Abwesenheit geschnappt haben. Vielleicht liegt er schon irgendwo tot in einem Tunnel. Oder die Menschen haben ihn in einen Sack gesteckt, in den keine Luft dringt, um ihn wegzubringen und wie Müll zu verbrennen. Ehrlich gesagt weiß ich nicht, welche Vorstellung ich entsetzlicher finde.

Und nun wird der Stoff, unter dem Hopper sich verbirgt, von einer Menschenhand hochgehoben. Mit vor Entsetzen aufgerissenen Augen schaue ich zu. Egal, wo der Stoff hingebracht wird – der Auserwählte muss mit.

In meinem Leben habe ich bisher erst einmal ein so starkes Verlustgefühl gehabt.

Ich wende mich ab und nehme all meine Kraft zusammen, um schnell zu der Stelle zurückzukehren, an der ich Firren zurückgelassen habe.

Als ich meine Festung erreiche, wartet dort jemand auf mich. Eine weibliche Ratte, die sofort zu wissen scheint, wer ich bin und was meine Absichten sind … und schon immer waren.

»La Rocha?«, fragt sie.

»Wenn du so willst«, antworte ich.

Sie lächelt und erklärt, dass sie, genau wie Firren, die reglos, aber lebendig in meiner Festung liegt, der Gewalt in der Stadt gerade eben entkommen ist. Deshalb ist sie hier in meinem Versteck. Ich sage ihr, dass sie gerne bleiben kann, denn ich sehe eine Aufgewecktheit und ein Feingefühl in ihr, die man selten antrifft. Sie könnte gut diejenige sein, die es schafft, diejenige, die als Nächste an der Reihe ist … Wenn sie es will.

Das sage ich ihr. Es ist ein großes Risiko, ein solches Geheimnis so schnell zu teilen, aber ich bin mir sicher, dass ich ihr vertrauen kann. Sie ist geschmeichelt von meinem Angebot. Doch nicht nur das, sondern auch … interessiert. Aber dann sagt sie, dass sie zurück in die Stadt müsse, um ihre Familie zu suchen. Sie habe dort Brüder.

Aber können wir uns wiedersehen?

Natürlich.

Denn es gibt viel weiterzugeben und viel zu lernen.

Die Ratte, deren Zukunft nun mit meiner eigenen verwoben ist, bricht mit meinem Segen auf, und ich wende meine Aufmerksamkeit wieder Firren zu. Nun, da Zucker fort ist und der Auserwählte in Gefangenschaft, ist sie als Einzige übrig geblieben. Es ist nun meine Aufgabe, mich um sie zu kümmern und dafür zu sorgen, dass es ihr gut geht.

Mit ein bisschen Glück wird sie überleben.

Und wenn nicht, bekommt sie von mir einen Abschied, der einer Heldin würdig ist. Das ist das Mindeste, was ich für sie tun kann.

Schließlich sind wir alte Freunde.

Neun

Streck dich!

Das Wort explodierte in Hoppers Kopf, halb Gedanke, halb Instinkt, und er zögerte keine Sekunde. Von der Luft getragen, reckte er beide Arme nach oben.

Greif zu!

Und auch das tat er. Seine Pfoten bekamen etwas zu fassen – eine Kante, etwas Festes, das dort im Himmel zu schweben schien. Mausekrallen auf Metall, die zupackten, sich festklammerten. Und noch eine Anweisung, die ihn durch seine Angst hindurch erreichte:

»Halt dich fest! Nicht loslassen!«

Doch diesmal waren die Worte nicht in seinem Kopf. Jemand rief sie ihm zu.

»Ich komme. Halte durch!«

Hopper hielt sich so fest, wie er konnte. Seine Muskeln brannten vor Anstrengung. Er riskierte einen Blick nach unten und sah, dass er hoch über etwas Blaugrauem, Fließendem hing. Wasser. Ein Fluss, wie der wild wirbelnde, der ihn überhaupt erst in den Tunnel gespült hatte. Doch verglichen mit diesem hier war der erste nicht mehr als ein Rinnsal gewesen. Dieser Fluss war gewaltig, ungeheuer breit und unermesslich tief. Und Hopper hing in unvorstellbarer Höhe darüber.

»Hör zu …«, sagte die Stimme. »Ich schwinge jetzt meinen Schwanz zu dir rüber, und du schnappst ihn dir. Alles klar?«

Hopper ächzte zustimmend.

Seidiges schwarzes Fell wurde ausgerollt wie ein Seil und auf ihn zu geschleudert. »Halt dich daran fest!«

Hopper befahl sich, nach dem Schwanz zu greifen, aber seine Pfoten lösten sich nicht von der Kante.

»Hab keine Angst«, rief die Stimme. »Du musst die Brücke loslassen und meinen Schwanz packen.«

Brücke. Da war er also. Er baumelte mitten in der Luft vom Rand einer Brücke über einem ganz bestimmt kalten, unendlich tiefen Wasser. *Na toll.*

Seine Pfoten wurden langsam taub, und seine Muskeln verkrampften sich.

»Ich werf ihn dir noch mal zu! Jetzt lass los und halt dich daran fest.«

Das glänzende schwarze Rettungsseil sauste noch einmal in Hoppers Blickfeld. Diesmal ließ er los. Er spürte, dass er stürzte, aber nur einen Herzschlag lang – im nächsten Moment bekamen seine Pfoten Fell zu fassen.

»Du hast es geschafft!« Der Schwanz schwang einmal zur Seite, dann wurde er hochgerissen, und Hopper landete auf der Brücke. Er fiel auf die Knie. Sein Puls raste, er rang nach Luft, sie war eiskalt. Die eleganten Steintürme und das Metallnetz ragten über ihm auf.

Endlos viel Wasser und der sichere Tod lauerten unter ihm.

Doch dank des Schwanzes – und seines Besitzers – war Hopper am Leben.

Es dauerte einen Augenblick, bis seine Pfoten nicht mehr taub waren. Die Luft war kühl, und nach seiner Zeit in den Tunneln empfand er das Gefühl von so viel Raum als schwindelerregend. Er war benommen und hatte Schmerzen, doch zugleich war er unglaublich erleichtert.

»Danke«, sagte er und wandte sich lächelnd zu seinem Retter um.

Da gefror ihm das Blut in den Adern.

Eine schwarz-weiße Katze lächelte ihn an.

»Aaaah!« Hopper quiekte. Er sprang auf die Füße und gleichzeitig rückwärts, sodass er wieder am Rand des Abgrunds wankte.

Die Katze ließ eine Pfote vorschnellen, packte Hopper an der Jacke und zog ihn zurück in Sicherheit.

Hopper griff nach seinem Schwert, aber das war ja nicht mehr da. Er hielt die Vorderpfoten hoch, um zu zeigen, dass er sich ergab. Doch als er in die hellen grünen Augen der fremden Katze sah, ließ seine Furcht etwas nach. Dies war nicht der feindselige Blick von Felinas verschiedenfarbigen Augen oder Klops' einem Auge. Diese Augen blickten freundlich. *Und außerdem*, überlegte Hopper, *wenn diese Katze mich fressen wollte, wäre ich schon längst tot.*

»Tut mir leid«, sagte er und senkte die Pfoten. »Dort, wo ich herkomme, ist es nicht üblich, dass Katzen Mäuse retten. Im Gegenteil, dort müssen die Mäuse vor den Katzen gerettet werden.«

»Ich verstehe deine Bedenken«, sagte die Katze nickend. »Aber ich verspreche dir, bei mir bist du sicher. Willkommen in Brooklyn. Ich heiße Eugene, aber jeder nennt mich Ass – wie die Spielkarte.«

»Hopper.«

»*Hopper*, ja?« Ass hob eine buschige Augenbraue. »Bist du sicher, dass du nicht Hoppla heißt?« Er sah vielsagend zu der Kante hin, an der Hopper eben noch gehangen hatte.

»Hä? Ach so …« Hopper schüttelte den Kopf. »Nein, nein … Normalerweise … passiert mir so was nicht.«

»Hab ich auch nicht wirklich geglaubt«, sagte Ass und nickte wieder. »Du wirkst nicht besonders tollpatschig.«

Hopper betrachtete die Katze einen Moment lang. Es war ein Kater mit hauptsächlich schwarzem Fell, doch Brust und Pfoten waren leuchtend weiß. Ass sah geschmeidig und gelenkig aus, und Hopper vermutete, dass er noch nicht sehr lange erwachsen war. Er wirkte stark und flink, schien gern zu grinsen und strahlte ein jugendliches Selbstvertrauen aus.

»Nur um das klarzustellen … Du wirst mich nicht auffessen, stimmt's?«

Ass lachte. »Keine Sorge, Kumpel. Ich esse keine Mäuse. Ich ziehe die Tischabfälle und Fertigfutter aus dem Laden vor.«

Das waren mit die besten Nachrichten, die Hopper je gehört hatte. Ihm war nicht ganz klar, was »Fertigfutter« und »Tischabfälle« waren, aber er begriff, dass Ass keine unmittelbare gastronomische Gefahr darstellte. Er entspannte sich, aber nur ein wenig. Schließlich stand er auf einer gigantischen Brücke in der Tageslichtwelt, wo er kein Zuhause, keine Freunde und keine rosigen Zukunftsaussichten hatte.

»Also, wie bist du hergekommen?«, fragte Ass. »Hat dich ein Vogel fallen lassen?«

Die einzigen Vögel, die Hopper kannte, waren die bunten aus der Zoohandlung, die immer so fröhlich gesungen hatten.

»Nein, ein Mensch.« Hopper zeigte auf die rollenden Monster, die nach wie vor nur ein paar Zentimeter von ihnen entfernt vorbeirasten. »Der hat mich aus einem von diesen hier geworfen.«

»Wow.« Ass sah beeindruckt aus. »Du musst eine zähe kleine Maus sein, dass du das überlebt hast.«

»Wahrscheinlich«, sagte Hopper, auch wenn er sich nicht so fühlte. Er fühlte sich wackelig, ängstlich und sehr, sehr verloren. Seine zwei allerbesten Freunde war nicht mehr da, und er hatte unzählige andere zurückgelassen, die darauf gezählt hatten, dass er für sie wieder eine sichere und blühende Stadt errichtete. Auf einmal wurde ihm das ganze Elend seiner Lage bewusst. »Vielleicht hättest du mich einfach fallen lassen sollen.«

»Ach komm schon, Hopper. So schlimm kann es nicht sein.«

»Glaub mir.« Hopper seufzte. »Es ist so schlimm.«

»Vielleicht musst du nur mal etwas Gutes essen und dich ein wenig ausruhen«, schlug Ass vor. »Meiner Erfahrung nach wird alles besser, wenn man einfach abwartet, bis es vorbei ist. Du musst das Schlechte hinter dir lassen, nach vorn blicken und dein Leben weiterleben.«

»Du hast gut reden«, murmelte Hopper. »Du hast sieben davon. Die Chancen, dass zumindest eins davon gut wird, stehen definitiv nicht schlecht.«

Ass lachte. »Zäh *und* clever. Das gefällt mir. Wollen wir John Roeblings Meisterwerk jetzt mal verlassen? So nah am Verkehr kriege ich Zustände. Außerdem sollst du jetzt mal ein bisschen was zwischen die Zähne bekommen.«

Hopper wusste nicht genau, welche Zustände Ass meinte, aber er folgte ihm zum Ende der Brücke. Und etwas zu essen klang toll.

»Wo suchen wir uns denn was zu essen?«, fragte Hopper argwöhnisch.

»Bei mir zu Hause«, antwortete Ass und grinste Hopper breit an. »Ich hoffe, du magst Italienisch.«

Die Strecke zu Ass' Zuhause legten sie auf dem Bürgersteig zurück, um den rundfüßigen Scheusalen, die überall zu sein schienen, aus dem Weg zu gehen. Ass erklärte, dass sie Autos genannt wurden und aus seiner Sicht der schlimmste Albtraum eines jeden Tieres waren. Hopper dachte, Ass würde bestimmt seine Meinung ändern, wenn einmal eine U-Bahn auf ihn zugerast käme.

Die Menschen, die über die Bürgersteige Brooklyns hetzten, ignorierten das seltsame Duo aus Katze und Maus größtenteils. Nur ein paar von ihnen blieben stehen, um Ass zu streicheln. Dann drückte Hopper sich jedes Mal an eine Wand und machte sich, so gut es ging, unsichtbar.

»Du bist hier ganz schön beliebt«, bemerkte er. »Ich wusste gar nicht, dass Menschen so freundlich sein können.«

»Ich nehme an, es ist genau wie bei Katzen und Nagern«, sagte Ass. »Manche sind okay, andere … nicht so. Man muss wissen, wem man vertrauen kann.«

Sie bogen in eine Gasse ein und gingen auf den Hintereingang eines Gebäudes zu.

»Hier ist es«, verkündete Ass. »Meine Bude.«

»Deine *was*?«

»Mein Zuhause.« Ass schob mit der Schulter eine hohe Glastür auf und bedeutete Hopper, hineinzugehen.

Sofort kam der Maus ein Schwall Gerüche entgegen. Gute Gerüche. Seine Nase zuckte wie wild, als er versuchte, die vielen unbekannten Düfte einzuatmen – alle fremdartig, köstlich und appetitanregend.

»Was ist das hier?«, fragte er.

»Guido und Vito, die beiden Typen, denen es gehört, nennen es Bellissimo's Deli. Ich nenne es Zuhause.« Ass schnüffelte und lächelte. »Riecht so, als gäbe es heute *Parmigiana di melanzane*.«

Hopper lief das Wasser im Maul zusammen. »Das klingt ja fantastisch.«

»Oh, das ist es auch!«, sagte Ass, leckte sich die Pfoten und wusch sich rasch das Gesicht. »Ich gehe mal nach vorne und schaue, was ich auftreiben kann. Du bleibst hier.«

»Warum muss ich hierbleiben?«

»Weil Mäuse und Speiselokale definitiv keine gute Kombination sind.« Mit dem Kopf drückte Ass eine quietschende Schwingtür auf und verschwand.

Hopper blickte sich um. Der Raum war gemütlich. An den Seiten befanden sich hohe Regale voll mit Dosen und Gläsern. Auf den Schildern konnte man EINGELEGTE PAPRIKA, ITALIENISCHES OLIVENÖL und GRIESS lesen.

Neben der Tür ragte ein dürres, baumähnliches Ding auf. An seinen Zweigen hingen weiße Schürzen und dicke Mäntel. An die Wand war ein rechteckiges Stück Papier geheftet, auf dem oben das Wort JANUAR prangte. Hopper nahm sich vor, Ass zu fragen, was es bedeutete.

In einer Ecke standen vier Metallschüsseln auf dem

zerkratzten Holzfußboden – zwei kleine und zwei große – und daneben befand sich ein riesiges Bett, das aussah wie ein Kissen. Den Geruch, der davon ausging, kannte Hopper nicht. Er stammte weder von einem Menschen noch von einer Katze und auch nicht von einem Nager – aber zweifellos von einem Tier. Bei näherer Betrachtung erkannte er, dass die Delle in der Mitte des Kissens viel zu groß und tief war, um von dem schlanken Ass herzurühren. Der Größe des Abdrucks nach zu urteilen, war das Lebewesen, das in diesem Bett geschlafen hatte, kein Leichtgewicht.

»*Buon giorno.*«

Hopper schluckte. Tiefe Stimme. Heißer Atem. Direkt hinter ihm.

»*Come si chiamo?*«

Langsam drehte Hopper sich um und starrte in das vielleicht merkwürdigste und hässlichste Gesicht, das er je gesehen hatte: breit und flach, mit faltiger Haut und hängenden Augenlidern. Die unteren Zähne standen weiter vor als die oberen, und die lange rosafarbene Zunge hing seitlich aus dem Maul heraus. Von ihr troff eine unglaubliche Menge Spucke herunter. Verglichen mit diesem Gesicht war selbst die vernarbte Schnauze von Kaiser Titus schön. Und der Körper war nicht viel besser: stämmig, kurzbeinig, mit rauem Haar und einem Stummelschwanz.

Doch dieser Stummelschwanz wedelte. Und die Falten des grässlichen Gesichts verzogen sich zu einem schiefen Grinsen.

»*Ciao, piccolo.*«

Die Worte verstand Hopper nicht, aber der Tonfall war freundlich, und Hopper sah, dass das Lächeln aufrichtig war. Trotz seines abstoßenden Äußeren strahlte dieses Geschöpf Wärme und Freundlichkeit aus.

Es neigte seinen großen Kopf. »Einer von Ass' Findlingen, nehme ich an?«

»Ja«, sagte Hopper mit einem Stechen in der Brust. Zucker hatte ihn einmal als Findling bezeichnet. »Ja, das bin ich wohl.«

»Ich heiße Capone«, sagte die Kreatur und fügte erklärend hinzu: »Hund.«

»Maus«, sagte Hopper.

»Ja«, sagte Capone lachend. »Schon klar.«

Die Hautfalten am schlaffen Kinn des Hundes wackelten. »Dieser Kater hat mir das Leben gerettet. Hat mich halb verhungert in der Navy Street gefunden. War auf der Flucht vor der Justiz.«

»Justiz?«

»Na ja, nicht direkt. Aus dem Tierheim. Der Punkt ist, Ass hat mich hierhergebracht und die Bellissimo-Brüder haben mich aufgenommen. Von Natur aus habe ich eigentlich nichts für Katzen übrig, aber bei Ass ist es was anderes. Ich würde alles für diesen Kater tun.«

»Du lebst also hier?«, fragte Hopper.

»Nur tagsüber. Abends nehmen die Bellissimo-Brüder mich mit zu sich nach Hause. Ass ist etwas unabhängiger; er ist Tag und Nacht hier.«

Die Schwingtür wurde aufgestoßen, und Ass kehrte

zurück. Er sah besorgt aus. »Wie ich sehe, hast du meinen Mitbewohner kennengelernt. Super. Aber, Hopper, tust du mir bitte ganz schnell einen Gefallen?«

»Klar. Was denn?«

»Versteck dich!«

Genau in dem Moment, als die Schwingtür sich wieder mit einem Quietschen öffnete, stürzte Hopper unter Capones Bett. Von dort aus sah er die Schuhe eines Menschen. Sie wirkten biegsamer als die Stiefel der Kammerjäger, weniger wuchtig, hatten federnde Sohlen und an der Seite eine Markierung mit einem knalligen schwungvollen Bogen.

»Hier, Freunde«, sagte der Mensch. Er füllte die Metallschüsseln mit etwas, dessen Geruch Hopper das Wasser im Maul zusammenlaufen ließ. Dann beugte der Mensch sich hinunter, um Ass am Kinn zu kraulen.

»Yo, Ass, alter Junge. Gibt wieder was zu tun für dich. Frau Fiorenza hat ein paar Mäuse im Keller. Sie meint, sie hätten es auf ihre Biscotti abgesehen! Ich habe ihr versprochen, dass du morgen mal vorbeikommst und dich darum kümmerst.«

Die Katze schnurrte zufrieden. Es klang, als wäre Ass einverstanden.

Er hatte also gelogen! Er aß *doch* Mäuse … und wahrscheinlich würde er auch Hopper verspeisen! Heute auf der Karte: *Parmigiana di melanzane mit Mäusebeilage*! Hopper platzte fast vor Wut, während er zusah, wie die hinterlistige Katze sich am Bein des Menschen rieb.

Dieser bückte sich, um Capone kurz am Bauch zu kraulen, dann verschwand er wieder durch die Schwingtür.

Hopper kroch unter dem Bett hervor und machte ein finsteres Gesicht. »Hast du nicht gesagt, du würdest keine Mäuse essen?«

»Ich *esse* sie nicht«, sagte Ass und senkte den Kopf, um ein Stückchen Aubergine aus dem Auflauf zu picken. »Ich siedele sie um. Das wissen die Ladenbesitzer natürlich nicht.«

»Das verstehe ich nicht«, sagte Hopper. Trotz seiner Furcht fiel es ihm schwer, sich zu konzentrieren. Der Geruch des Menschenessens war einfach zu herrlich.

»Ass ist der beste Mäusejäger im ganzen Viertel«, erklärte Capone. »Wenn die Ladenbesitzer Nager in ihren Lokalen haben – Mäuse, Ratten, was auch immer –, ist das richtig schlecht fürs Geschäft. Kammerjäger sind teuer und nicht besonders unauffällig, deshalb leihen die Besitzer sich Ass für einen Nachmittag aus, und er löst das Problem.«

»Das ist es, was mich beunruhigt«, murmelte Hopper, während er näher an das Essen heranging. »Der Teil mit dem Problemlösen.«

»Ich hab's dir doch gesagt«, beruhigte Ass ihn. »Ich mag überhaupt kein Mäusefleisch. Nichts gegen dich, Kumpel.«

»Schon in Ordnung.« Hopper knabberte ein wenig an der käsigen, soßigen Mahlzeit in der Schüssel und hätte beinahe vor Wonne gestöhnt. »Wow. Das ist der Wahnsinn!«

»Wo du recht hast, hast du recht«, sagte Ass. »Ich habe es gar nicht *nötig,* Mäusefleisch zu essen, weil ich Unmengen hiervon bekomme! Deshalb halte ich mich an eine strikte Fangen-Freilassen-Regel: Ich fange die Nager, erkläre ihnen kurz, wie man in der großen Welt da draußen überlebt, und dann bringe ich sie zu den Wiesen und lasse sie ziehen. Leben und leben lassen. Darum geht's, Hoppla.«

»Hopper.«

»Ach ja, richtig.«

»Und was sind diese Wiesen?«

Ass nahm einen großen Bissen vom italienischen Auflauf. »Die Menschen nennen es Park. Viel Platz, viele Orte zum Verbuddeln und immer genug Futter.«

Hopper dachte darüber nach. »Das ist sehr großmütig von dir, Ass«, sagte er schließlich. »Ich wünschte, alle Katzen würden so denken wie du.«

Ass schluckte den Auflauf hinunter und forderte Hopper mit einer Geste auf, sich auch noch etwas zu nehmen. »Klingt, als würdest du aus Erfahrung sprechen.«

Hopper öffnete das Maul und wollte eigentlich nur mit einem Ja antworten, doch heraus kam die ganze entsetzliche, aufregende, triumphale und tragische Geschichte.

Zehn

Begleitet von einem Schwall heißer Tränen erzählte Hopper Ass und Capone alles: von dem dünnen Jungen mit der Schlange über die Flucht aus dem Pappkarton bis zu dem Wasserfall, der ihn in die Tunnel geschwemmt hatte. Er erzählte ihnen von Zucker und Firren, Pinkie und Pip. Er erklärte den unfassbaren Friedensvertrag des Rattenkaisers mit der Katzenkönigin und berichtete ihnen von all den armen, unschuldigen Nagern, die in den Flüchtlingslagern gefangen gehalten und kaltblütig geopfert worden waren.

Mit unverhohlenem Stolz beschrieb er den Sieg der Rebellen auf dem Jagdgelände, und ehrlich verzweifelt gab er zu, dass die Zeit danach eine heillose Katastrophe gewesen war. Er erwähnte das Schreiben, das er von La Rocha erhalten hatte, und in dem das geheimnisvolle Wesen versprach, es werde Hopper zu Hilfe kommen, was jedoch nie geschah war. Er erzählte die grausige Geschichte von den riesigen Kammerjägern, die durch die Stadt trampelten. Und schließlich gestand er Ass und Capone, dass er blauäugig geglaubt hatte, er könne das alles irgendwie wieder in Ordnung bringen – bis er Zucker ausgestreckt in der Nähe von Firrens leerem Käfig liegen gesehen hatte.

»Wow«, sagte Ass. »Kein Wunder, dass du Angst vor mir hattest. Hört sich so an, als wären die Katzen, denen du bisher über den Weg gelaufen bist, ziemlich scheußlich gewesen. Besonders diese Katzenkönigin ist ja richtig fies.«

Felina, dachte Hopper und stellte sich ihr weiches Fell und ihre verschiedenfarbigen Augen vor. »Felina ist ein Monster.«

»Was?« Ass' schwarze Ohren stellten sich auf. »Wie hast du sie genannt?«

»Felina. So heißt die Katzenkönigin. Die, mit der Titus damals das Friedensabkommen geschlossen hat.«

Ass erstarrte. »War ihr Fell zufällig ganz weiß?«

»Ja«, antwortete Hopper. »War es.«

»Und ihre Augen – hatte jedes eine andere Farbe? Eins blau, das andere grün?«

Hopper nickte. »Woher weißt du das?«

»Wir sind uns schon mal begegnet«, antwortete Ass knapp. »Vor langer Zeit. Als kleiner Kater habe ich eine Weile im Tierheim gelebt und … Na ja, deine Königin Felina war auch da.«

»Sie ist nicht meine Königin«, stellte Hopper klar. »Sie ist ein Albtraum.«

Capone sah in Ass' angewidertes Gesicht. »Kein Wunder, dass du dich an sie erinnerst.«

»Ich werde sie nie vergessen.« Ass' Blick wurde starr, als

würde er in die Vergangenheit blicken und nicht mögen, was er da sah. »Felina war böse. Herzlos. Sie liebte es, andere leiden zu sehen.« Er schüttelte die Erinnerung ab und fragte: »Trägt sie denn immer noch das rote Halsband mit den Edelsteinen?«

»Das letzte Mal, als ich sie gesehen habe, ja«, bestätigte Hopper. »Warum?«

Ass antwortete nicht. Er rollte sich den Schwanz um den Körper und blickte zur Seite. Für ein paar Minuten schwieg er. Als er schließlich sprach, verblüffte er Hopper mit einem Angebot.

»Ich helfe dir, dorthin zurückzukehren, Hopper. Ich werde persönlich dafür sorgen, dass du sicher in die Tunnel zurückkehren kannst, um deinen Kampf zu beenden.«

Hopper blinzelte erstaunt. »Es gibt nichts, wohin ich zurückgehen könnte. Ich habe versagt. Meine Freunde sind tot, meine Familie verachtet mich. Ich habe nichts. Warum sollte ich dorthin zurückwollen?«

Nun war Ass an der Reihe, erstaunt zu sein. »Weil du da noch etwas zu erledigen hast. Du musst Felina besiegen und deine Stadt wieder aufbauen. Du kannst dein Schicksal nicht einfach so hinter dir lassen.«

»Wer sagt, dass ich das nicht kann?«, fragte Hopper seufzend. Er leckte etwas würzige Marinarasoße weg, die auf seine Pfote getropft war. »Warum sollte ich zurückgehen? Zucker und Firren sind tot. Die anderen, die dort leben, interessieren sich nur für sich. Und sie hassen mich alle dafür, dass ich sie enttäuscht habe.«

»Du hast gesagt, die Soldaten des Prinzen wären noch bereit zu kämpfen.«

Hopper bekam plötzlich Schuldgefühle, als er an Bartel, Richard und die anderen dachte. »Ja, aber sie sind hoffnungslos in der Unterzahl. Diesen Kampf können wir nicht gewinnen.«

»Du kannst nicht gewinnen, wenn du es nicht *versuchst*.«

»Aber ich *habe* es versucht. Und ich bin gescheitert.« Hopper verbarg das Gesicht in den Pfoten. Für ihn war es offensichtlich, dass die anderen ohne ihn besser dran waren. Auserwählt oder nicht, er hatte alles ruiniert. »Kann ich nicht bitte einfach hier bei dir bleiben, Ass? Ich würde mich auch immer vor den Bellissimo-Brüdern verstecken.«

Mit einem bekümmerten Blick dachte Ass über diese Bitte nach. Es dauerte so lange, bis er antwortete, dass Hopper fürchtete, er werde Nein sagen.

»In Ordnung, du kannst bleiben«, sagte der Kater jedoch schließlich. Dann grinste er Hopper schief an. »Ich hoffe nur, du kommst mit dem Schnee zurecht.«

»Oh, natürlich!«, versicherte Hopper. »Damit komme ich klar.« Er wusste zwar nicht, was Schnee war, aber wenn er ihn angriff, würde er ihn notfalls mit bloßen Pfoten bekämpfen. »Danke, Ass.«

»Gern geschehen. Okay, morgen früh gehen wir als Erstes zu Frau Fiorenza und gucken, wie wir ihr Schädlingsproblem lösen. Aber jetzt solltest du dich erst einmal ein bisschen ausruhen.«

»Ja, gute Idee«, sagte Hopper und kuschelte sich in das riesige Kissen. Sekunden später schlief er bereits tief und fest.

Am nächsten Morgen ging Hopper mit Ass die Straße hinunter zu der Bäckerei. Frau Fiorenzas Schädlingsproblem stellte sich als eine äußerst liebenswürdige Mäusefamilie heraus, die in dem alten Steinkeller des Gebäudes einen warmen Unterschlupf gefunden hatte.

Ass schickte Hopper in die Bäckerei vor, um den Mäusen Bescheid zu sagen, dass eine Katze sie besuchen werde. Ass sagte, dies sei immer der schwierigste Teil der Umsiedlung: Die Nager waren es nicht gewohnt, von Katzen Hilfe zu erhalten, und Ass musste sie meistens erst mühsam beruhigen, bis sie ihm glaubten, dass er ihnen nichts Böses wollte. Nun nahm Hopper ihm diese Arbeit ab. Er war froh, sich nützlich machen zu können.

Hopper hätte es nie für möglich gehalten, aber in der Bäckerei roch es noch herrlicher als im Bellissimo's. Er fand die Mäuse in ihrem Nest beim Ofen. Er erzählte ihnen von Frau Fiorenzas Vorhaben, sie entfernen zu lassen. Dann kündigte er an, dass gleich ein Kater hereinkommen werde, und versicherte ihnen, sie bräuchten keine Angst zu haben. Als Ass hereingeschlichen kam, waren die Mäuse auf der Hut, aber sie verfielen nicht in Panik.

Ass erzählte ihnen von den Wiesen und erklärte ihnen genau den Weg zum Park. Sie sollten nach einem Streifenhörnchen namens Valky suchen, das Ass ebenfalls gerettet hatte. Valky werde ihnen gern helfen, dort heimisch zu werden.

Die Mäuse waren froh, gewarnt worden zu sein, und bestanden darauf, Ass und Hopper zum Dank etwas zu geben.

Auf diese Weise kam Hopper zum ersten Mal in den unbeschreiblichen Genuss von Cannoli.

»Für einen so kleinen Kerl hast du aber einen ordentlichen Appetit«, neckte Ass ihn auf dem Rückweg zum Bellissimo's.

»Ich glaube, ich mag Brooklyn«, sagte Hopper und wischte sich ein paar Cannoli-Krümel von den Schnurrhaaren.

»Wie auch nicht? Es ist das beste …« Mitten im Satz hielt Ass inne.

Hopper folgte seinem Blick. Drei struppige Kater belauerten eine verletzte Taube. Der arme Vogel humpelte hin und her und versuchte, zu entkommen. Aus gutem Grund: Grausamkeit blitzte in den drei schwefelfarbigen Augenpaaren auf.

Ass fauchte die Kater an. Der größte der drei fauchte zurück.

»Ja, wen haben wir denn da?! Ass, den Guten Samariter, in seinem schicken Smoking.«

»Lasst den Vogel in Ruhe«, zischte Ass durch die zusammengepressten Zähne.

»Warum? Wir werden ihn nicht essen. Wir wollen bloß ein bisschen Spaß mit ihm haben.«

»Genau deshalb sollt ihr ihn in Ruhe lassen.« Ass fauchte noch einmal. »Und jetzt haut ab!«

Die anderen beiden Kater machten einen Buckel. Ihr Fell sträubte sich bedrohlich. Hopper sah ihre funkelnden Zähne; aber keiner griff an.

»Wie wär's mit einem Tausch: den Vogel für die kleine Maus, die du da hast«, sagte der große Kater. »Einen kleinen Snack könnte ich gerade gut gebrauchen.«

Zitternd drängte Hopper sich an Ass. Er dachte an Zyklop mit seinen vielen Kampfnarben und dem feindseligen Gemüt. Verglichen mit diesen wilden Katern war Klops ein Gentleman.

»Vergiss es«, sagte Ass.

Der Kater miaute schrill. Die anderen beiden lachten. Ohne Vorwarnung schnellte die Pfote des großen Katers in Hoppers Richtung. Ass reagierte wie der Blitz und schlug seinerseits zu. Beinahe hätte er ihm mit seinen Krallen eine große Wunde in den Nacken gerissen. Hopper war – genau wie dem großen Kater – klar, dass Ass absichtlich daneben gezielt hatte.

Ebenso klar war, dass das Ergebnis des nächsten Schlags ganz anders aussehen würde.

Die drei Kater machten sich aus dem Staub.

»Ja, so seht ihr aus!«, rief Ass ihnen hinterher. Dann wandte er sich der verletzten Taube zu. »Hi, Pilot.«

»Ass.« Die Taube nickte mit ihrem grauen Kopf. »Danke. Du hast einen gut bei mir.«

Hopper war von der Stimme des Vogels überrascht: Sie war ein tiefes Gurren, begleitet von einem melodiösen Blubbern oder Trällern. Der Klang hatte etwas Beruhigendes. Er erinnerte Hopper an das Plätschern der Aquarien in der Zoohandlung.

Er hatte häufig Tauben beobachtet, die vor dem Laden durch die Luft sausten, und hatte gehört, wie der Besitzer sich über diese »Ratten der Lüfte« beschwerte. Nun, da Hopper so viele Ratten persönlich kannte, erschien ihm dies nicht mehr als Beleidigung.

Doch nie zuvor hatte Hopper eine Taube von Nahem gesehen. Er hatte nicht damit gerechnet, dass sie so schön war. Die Federn des Vogels waren größtenteils grau und weiß gefleckt, über den unteren Rücken und die Flügel zogen sich zwei Streifen. Die Taube hatte eine breite, stolze Brust und raue, orangefarbene Krallen, auf denen sie mit kecker Eleganz herumstolzierte und sprang. Doch das Allerschönste war der lange, schmale Hals: Die Federn dort waren glänzend und bunt. Sie fingen das Wintersonnenlicht in einer schillernden Pracht aus Rosa, Grün und Lila ein.

»Immer gerne«, sagte Ass zu Pilot. »Und du kennst ja das Signal, falls diese Rüpel dich noch einmal belästigen, oder? Dreimal kurz, dreimal lang, dreimal kurz.«

Pilot nickte und stieß einige Pfiffe in genau dem Rhythmus aus, den Ass beschrieben hatte: dreimal kurz, dreimal lang, dreimal kurz.

»Perfekt«, sagte Ass grinsend. »Das ist das SOS-Signal. Wenn ich das höre, komme ich, so schnell ich kann. Aber sag mal, wie geht es eigentlich deinem Flügel?«

»Schon besser«, antwortete der Vogel. »Tut noch ein bisschen weh, aber ich denke, morgen oder so kann ich wieder fliegen.«

Ass schob Hopper nach vorne. »Hopper, sag Pilot Hallo. Pilot, das ist Hopper.«

Die Taube grüßte Hopper nickend, und Hopper winkte ihr zu. Dann trippelte sie davon. Ihr Flügel hing matt herab.

»Du hast diesen Katzen die Stirn geboten, obwohl sie zu dritt waren«, sagte Hopper.

»Einer muss es ja tun«, antwortete Ass, der auf dem Weg ins Bellissimo's dahintrottete. »Diese Katzen verbringen ihr ganzes miserables Leben damit, schwächere Wesen zu quälen, nur weil sie es können. Sie jagen aus Spaß, nicht um zu überleben. Anscheinend gibt ihnen das irgendeinen abartigen Kick. Ich hoffe, dass sie das irgendwann ablegen.«

Hopper war überrascht. »Glaubst du wirklich, Tiere können sich verändern?«

»Klar«, sagte Ass. »Mit der richtigen Motivation. Nimm zum Beispiel Capone. Als ich ihn kennenlernte, war er der Furcht einflößendste Streuner im ganzen Viertel. Selbst die Menschen im Tierheim hatten Angst vor ihm. Ich nehme an, dass sie deshalb nicht so genau hinsahen, als er ausbrach.«

»Er ist aus dem Tierheim ausgebrochen?« Hopper war verblüfft. Klang so, als wäre Capone ziemlich draufgängerisch.

»Capone war in einer schlechten Verfassung, als ich ihn fand. Aber jetzt ... Jetzt ist er die treuste Seele, die man sich vorstellen kann. Alles, was er brauchte, war jemand, der sich um ihn kümmerte. Er hat eine gute Seite, sie musste nur hervorgelockt werden.«

Hopper dachte darüber nach. Und dachte an Titus' Entschuldigung auf dem Marktplatz. Hatte der ehemalige Kaiser es womöglich wirklich ernst gemeint, als er sagte, er bereue, was er getan habe? Und Pip ... Pinkie hatte ihn zu einer kaltherzigen Maus gemacht, aber vielleicht konnte er mit genug Geduld und Aufmerksamkeit wieder so liebenswert werden wie vorher. Hopper bezweifelte allerdings, dass es auch für

Pinkie die Chance auf Besserung gab. Pinkie war ein hoffnungsloser Fall.

Das sagte er zu Ass, aber der lachte und versicherte ihm: »Jeder kann sich verändern, Hopper. Wie gesagt, man braucht nur die richtige Motivation. Für Capone gehörten dazu italienische Salami und Provolone-Käse. Was auch seinen Atem erklärt.«

Hopper kicherte. Dann kam ihm ein Gedanke. Die Kammerjäger hatten gesagt, es gebe ein Problem mit Nagern in den U-Bahn-Stationen. War es vielleicht nur eine Frage der Zeit, bis die Tunnelkatzen ebenfalls nordwärts zogen? Er runzelte die Stirn. Was würde das bedeuten?

»Worüber denkst du so intensiv nach?«, fragte Ass und stupste Hopper sanft mit der Schwanzspitze an. »Was geht in deinem Kopf vor?«

»Ich habe nur gedacht … Wenn die Katzen sich jetzt nicht mehr auf Titus' Opfer freuen können, sind sie möglicherweise verzweifelt genug, sich auf den Weg nach oben zu machen, um dort Futter zu suchen.«

»Sie können es versuchen«, sagte Ass, »aber die ortsansässigen Katzen werden sie nicht dulden. Die natürlichen Futterquellen hier oben sind begrenzt. Egal, für wie unbesiegbar sich Felinas Bande hält, ein Streuner aus Brooklyn kann es problemlos mit ihnen aufnehmen.«

Hopper versuchte sich vorzustellen, wie Felina sich mit den drei brutalen Katern anlegte, denen sie eben begegnet waren. »Du meinst, die Katzen hier im Viertel würden die aus den Tunneln bekämpfen?«

»Sie würden mit ihnen kämpfen und sie würden gewinnen«, prophezeite Ass. »Und das ist nur gerecht. Auch wenn ich mit niemandem von diesem Gesindel, das hier durch die Straßen streunt, persönlich befreundet bin – das hier ist *ihr* Viertel, und wenn hier jemand jagt, dann sollten *sie* es sein.«

Ass' beiläufige Bemerkung erstaunte Hopper. Derselbe Kater, der keine Mäuse aß und noch vor wenigen Augenblicken keine Mühen gescheut hatte, einen verletzten Vogel zu verteidigen, sprach über die Jagdgewohnheiten von Katzen, ohne auch nur das geringste Zeichen von Abscheu zu zeigen.

»Wie kannst du so etwas sagen?«, fragte Hopper bestürzt. »Du redest gerade darüber, dass Katzen Mäuse essen. Und Ratten. Erzähl mir nicht, dass du in Wahrheit für solche Grausamkeiten bist.«

Sie hatten die Hintertür des Bellissimo's erreicht und Ass stieß sie auf. Drinnen lag Capone auf dem Rücken in seinem gemütlichen Bett und schnarchte friedlich.

»Daran ist nichts Grausames, Hopper«, sagte Ass. »So ist der Lauf der Dinge. Die natürliche Ordnung. Es ist … das Leben.«

»Aber …« Hopper hatte die Augen aufgerissen. »Als ich dir von Titus' Abkommen mit Felina erzählt habe, warst du entsetzt.«

»Weil *das* nicht natürlich war. *Das* war grausam. Aber wenn eine wilde Katze auf der Suche nach Futter jagt, ist das Teil eines größeren Ganzen. Es geht ums Überleben.«

»Nein!« Hopper schüttelte den Kopf. »Das kannst du doch

nicht ernsthaft behaupten. Unschuldige Mäuse, die von bösen Katzen verschlungen werden …?«

»Unschuld hat damit nichts zu tun, Hopper. Und zwischen böse und hungrig ist ein großer Unterschied.« Ass ließ sich fallen und strich träge mit dem Schwanz über den Fußboden. »Warst du eigentlich schon mal hungrig? Ich meine richtig, *richtig* hungrig?«

Hopper wollte schon mit einem nachdrücklichen Ja antworten – in den letzten beiden Wochen hatte es in Atlantia ziemlich wenig zu essen gegeben –, doch dann fiel ihm ein: Zucker hatte sich darum gekümmert, dass Hopper und die Soldaten trotz dieser Hungersnot immer genug zu essen bekamen. Vielleicht war er durch die Zeit als Gast im Palast verwöhnt. Vor der Schlacht hatte es jeden Abend üppige Mahlzeiten für ihn gegeben, zubereitet vom kaiserlichen Küchenpersonal und serviert von Dienern in Uniformen. Selbst in der Zoohandlung hatte der Besitzer für Nahrung gesorgt. Er hatte jeden Tag Kraftfutter in die Schüssel getan – das war zwar nicht besonders lecker, aber es machte satt. Und es war zuverlässig da.

»Ich habe diese Rowdy-Kater davon abgehalten, den Vogel zu verletzen, weil ich wusste, dass sie keinen Hunger hatten«, erklärte Ass. »Sie waren nur auf eine Keilerei aus, die sie mit links gewonnen hätten. Und das wäre nicht richtig gewesen.« Der Kater gähnte und streckte sich. Dann fragte er: »Was möchtest du essen, Hopper?«

»*Parmigiana di melanzane*«, platzte Hopper heraus. Dann dachte er einen Augenblick nach und sagte: »Obst. Samen. So was in der Art.«

Ass nickte. »Wusstest du, dass es Mäuse gibt, die Fleisch essen?«

»Wirklich?«

»Jep. Würmer, Tausendfüßler, Insekten.«

Hopper bekam einen Knoten im Magen, als er an die musikalische Grille dachte, die ihm im Tunnel ein Ständchen gegeben hatte. Er konnte es sich nicht ansatzweise vorstellen.

Oder? Wenn er hungrig genug wäre ... kurz vor dem Verhungern ... oder Pip ... könnte er es tun?

»Das würde ich nie tun!«, antwortete er und stampfte mit dem Fuß auf. »Ich würde etwas anderes zu essen auftreiben. Notfalls Erde.«

Ass lächelte. »Ich bin mir sicher, das würdest du«, sagte er sanft. »Und das ist deine Wahl. Aber sie macht dich nicht automatisch zu einer guten Maus. Und anders zu handeln, wenn es ums Überleben geht, macht ein Tier nicht böse. Diejenigen von uns, die kämpfen können, kämpfen. Wir laufen, wenn wir können, und wir verstecken uns, wenn es uns möglich ist. Mal gewinnt der Jäger, mal kommt der Gejagte davon. Es liegt nicht vollständig in unserer Macht. Wir sind Teil einer größeren Kette. Die Natur entscheidet.«

»Die Natur ist ungerecht«, protestierte Hopper.

»Das weiß ich nicht«, antwortete Ass seufzend. »Möglicherweise ist sie gerechter, als wir glauben. Wir alle gewinnen, und wir alle verlieren. Geben oder Nehmen, Glück oder Pech. Am Ende gleicht sich das vielleicht aus.«

»Das ist unglaublich verwirrend«, sagte Hopper.

»Das stimmt.«

Ass legte den Kopf auf die weißen Pfoten und schloss die Augen. Hopper rollte sich neben ihm im Sonnenlicht zusammen. Er wusste, dass Ass die Wahrheit sagte. Es war eine harte Wahrheit, aber Hopper verstand langsam, dass er sie akzeptieren musste.

Felinas Abkommen war hässlich gewesen. Es hatte nichts mit der Natur zu tun, sondern nur mit Macht. Hopper wusste, er hatte auf der richtigen Seite gekämpft. Aber nun wollte er nicht länger über die großen Rätsel nachdenken, über die, die er nicht lösen konnte. Gewinnen, Verlieren, Überraschungen, Herausforderungen, Fressen oder Hungern, eine gewaltige Stadt aufbauen oder zusehen, wie sie von den Stiefeln eines Kammerjägers dem Erdboden gleichgemacht wird – angesichts all dieser Dinge konnte man nur tapfer sein und sein Bestes geben. Allmählich erkannte Hopper, dass es für ihn immer Zeiten des Kummers und Zeiten der Freude geben würde. Und dann auch noch Zeiten, in denen er einfach nur verwirrt war, so wie jetzt. *So* war die Natur, so war das *Leben*. Es war nicht gut oder schlecht – es war einfach da. Und vor allem war es ein Abenteuer.

Merkwürdigerweise empfand Hopper diesen Gedanken als den ersten wirklich tröstlichen seit Wochen.

Wenige Augenblicke später nickte er ein, geborgen neben Ass im Sonnenlicht.

Elf

La Rochas Tagebuch – aus dem Heiligen Buch der Mūs:

Ich war gerade bei den Runen und habe mit einem Kreidestein eine sehr wichtige Nachricht geschrieben – vielleicht die wichtigste bisher. Für die Botschaft habe ich eine verschlüsselte Schreibweise gewählt. Ich kann nur hoffen, dass sie von jemandem gelesen wird, der etwas damit anfangen kann.

Zu meiner großen Erleichterung regt Firren sich. Es ist drei Tage her, seit ich sie aus Atlantia gerettet habe. Sie öffnet die Augen und ist bestimmt überrascht, sich in einem Koffer zu befinden. Ich würde ihr gerne Tausend Dinge sagen. Aber das meiste davon wird warten müssen. Ich achte darauf, dass die Kapuze mein Gesicht verbirgt, und erzähle ihr, was in Atlantia passiert ist, während sie schlief. Sie reagiert erstaunt, wütend, traurig und fassungslos.

»Hopper wurde von Menschen entführt?«

»Ja.«

»Und Zucker … Weißt du, ob Zucker noch lebt?«

»Das weiß ich nicht. Im Moment ziehe ich es vor zu sagen, dass er nicht da ist.«

»Aber Ihr seid La Rocha.«

Ich nicke.

»Dann sagt mir die Wahrheit: Seht Ihr wirklich mehr als wir anderen? Wisst Ihr Dinge, die wir nicht wissen können?«

»Falls ich mehr sehe, liegt das daran, dass ich genauer hinschaue. Und was ich weiß, kann jeder wissen, den es ernsthaft interessiert. Wenn ich überhaupt irgendeine besondere Fähigkeit habe, dann ist es die, nachdenken zu können. Was Zuckers momentanen Aufenthaltsort angeht, kann ich, genau wie du, auch nur warten und hoffen.«

Firren denkt einen Augenblick darüber nach, dann lacht sie ihr perlendes Lachen. »Ihr seid wirklich schwer zu durchschauen. Ein Rätsel.«

»Ja. Aber sind wir das nicht alle?«

Sie steht auf, bewegt ihren steif gewordenen Nacken und greift dann nach ihrem Schwert. »Ich gehe zu den Mūs«, verkündet sie. »Ich muss herausfinden, was geschehen ist, als Hopper seine Schwester um Hilfe gebeten hat.«

»Da keine Armee hinter ihm marschierte, als er zurückkam, hat sie vermutlich abgelehnt, ihm zu helfen.«

»Nun, vielleicht kann ich sie überzeugen.« Firren hebt ihr Schwert in die Höhe und beschreibt damit kleine Kreise über ihrem Kopf. »Vielleicht braucht diese kleine Oberweltlerin einfach nur mal ein gescheites Gespräch unter Frauen.«

Darüber muss ich lachen. »Ist es üblich, zu solchen Gesprächen schwere Waffen mitzunehmen?«

»Kommt auf die Frauen an, die das Gespräch führen.«

»Firren, es gibt viel, was du nicht über Pinkie weißt«, sage ich. »Sich mit ihr anzulegen, ist momentan vielleicht nicht die beste Idee.«

»Ist das eine mystische Prophezeiung oder nur geraten?«

»Die meisten mystischen Prophezeiungen sind gut geraten.«

»Vielleicht könnt Ihr ja mal mit Pinkie reden«, schlägt Firren vor. »Die Mūs verehren Euch, und da sie nun ihre Anführerin ist, hört sie Euch bestimmt wenigstens zu. Wir brauchen die Armee der Mūs, um die Tunnel wieder sicher zu machen.«

In den Blick der Rebellin schleicht sich Wehmut.

»Was ist los?«, frage ich.

»Na ja, was ich gerade gesagt haben …« Firren seufzt. »Dodger wollte eine Mūs-Armee aufstellen, um Atlantia zu Fall zu bringen. Nun brauchen wir sie wieder, um gegen Felina zu marschieren. Wir sind wieder am Anfang.«

»Das stimmt, und zwar mehr als du glaubst, Firren.«

Sie sieht mich blinzelnd an, versteht nicht, was ich meine.

Daraufhin schiebe ich langsam meine Kapuze zurück. Nun will ich mich ihr zeigen.

Doch bevor ich dazu komme, gibt es Lärm vor der Koffer-Festung. Zuerst denke ich, es könnte die hübsche Ratte sein, die zurückkommt. Ich nehme die Pfoten genau in dem Augenblick von der Kapuze, als der Kofferdeckel mit Schwung geöffnet wird. Eine Sekunde später wird ein Dolch an meine Kehle gehalten. Von Pinkie.

»La Rocha«, spottet sie. »Du scheinst deine seherischen Fähigkeiten zu verlieren. Dein kleiner Ausflug zu den Runen eben war ein großer Fehler. Nachdem ich dich im Schornstein nicht finden konnte, wusste ich, dass du früher oder später an der Graffitiwand auftauchen würdest, um noch mehr von deinen dummen Vorhersagen und Binsenweisheiten dorthin zu kritzeln.« Sie lacht ein kaltes, trockenes Lachen. »Du selbst hast mich geradewegs hierhergeführt.«

Nun sieht sie Firren an, die angriffsbereit mit erhobenem Schwert dasteht. Ihr ganzer Körper scheint vor wilder Entschlossenheit zu vibrieren.

»Und ist das nicht ein glücklicher Zufall? Nebenbei kann ich auch noch die große Rebellin Firren gefangen nehmen. Scheint so, als wäre ich die perfekte Anführerin, nicht wahr?«

»Reines Glück macht einen noch nicht zum Anführer, Pinkie«, knurrt Firren.

»Das vielleicht nicht, aber es macht euch zu meinen Gefangenen.«

»Warum?«, frage ich. »Wozu brauchst du Gefangene? Dein Dorf ist neutral, es liegt geschützt hinter der Mauer, getrennt von den Unruhen zwischen den Tunnelbewohnern und denen, die bereit sind, für sie zu kämpfen.«

»Da hast du recht«, sagt Pinkie. »Aber das hier hat nichts mit den Tunnelfragen oder den Rechten der Nager zu tun. Das hier hat nur mit mir zu tun. Mit meiner Macht. Mit meinen Plänen.«

»Was meinst du damit?«, fragt Firren.

Pinkie schnaubte. »Es gibt ein paar Mūs, die … nun ja …

zögern, mich als ihre auserwählte Anführerin anzuerkennen. Der weiße Kreis um mein Auge herum hilft natürlich. Sie haben diesen Dodger-Typen wirklich sehr verehrt, und ich nehme an, die Markierung erinnert sie daran, dass ich seine Tochter bin.«

Ihr Dolch zittert in ihrer Pfote.

»Du bist vielleicht seine Tochter«, knurrt Firren, »aber du ähnelst ihm kein bisschen. Er war nämlich aufrichtig und liebenswürdig.«

»Er ist davongelaufen!«, ruft Pinkie.

Das bringt Firren zur Weißglut. »Was sagst du da? Er ist nicht vor dem Kampf davongelaufen. Er wurde für tot gehalten, und er hat diesen Irrtum genutzt, um zu fliehen, Zeit zu gewinnen, in die Oberwelt zu gehen und – «

»Ich habe nicht gesagt, dass er sich vor dem Kampf gedrückt hat. Seine Familie hat er verlassen! Mich, Hopper, Pip … und unsere Mutter. Er hat uns allein in einem Käfig zurückgelassen. Er hat sich für dich, die Flüchtlinge und diese wehleidigen, kleinen Mäuse hinter der Mauer entschieden. Ihr alle wart ihm wichtiger als wir. Euch hat er nicht verlassen … sondern MICH.« Sie atmete tief, fast schluchzend ein. »Und ich musste mitansehen, wie er wegging.«

Ich spüre, wie ihre Pfote den Dolch fester umklammert. Dann zieht sie einmal heftig an meinem Umhang. Ihr Blick fixiert Firren, die ihrerseits Pinkie nicht aus den Augen lässt.

»Versuche nicht, mich anzugreifen«, warnt Pinkie, während sie langsam rückwärts zum Rand des Koffers läuft und mich mit sich zieht. »Da draußen stehen meine Soldaten. Wenn

du klug bist, und davon gehe ich aus, dann kommst du einfach mit und hältst die Klappe. Und der heilige La Rocha ebenfalls.«

»Aber warum?«, fragt Firren hartnäckig. »Wie könnten wir deine Macht sichern?«

»Die meisten Mūs sind bereit, mir zu folgen, ohne viele Fragen zu stellen. Aber wie gesagt, manche haben sich noch nicht damit angefreundet, dass ich nun das Kommando habe. Sie sagen, dass sie viel eher dazu bereit wären, sich meiner Herrschaft zu unterwerfen, wenn ihr geliebter La Rocha hinter mir steht.« Unsanft dreht sie mich um, sodass sie mich nun vor sich her schubst, anstatt mich zu ziehen. »Und genau das wird er tun.«

»Du willst mich zu deiner Marionette machen?«, flüstere ich.

»Ich mache dich zu meinem Gefangenen. Und du wirst mich unterstützen – Ansichten verbreiten, die in meinem Interesse liegen, und nur sagen, was ich dir befehle.«

Mit diesen Worten schubst sie mich aus meinem Versteck heraus in die Hände ihrer Leibwache. Firren wird grob an den Armen gepackt und hinter mir her geschleift.

Pinkie geht aufrecht voran, mit erhobenem Kinn und angelegten Ohren.

Sie sieht aus wie eine waschechte Anführerin.

Doch wie ich Firren eben gern gezeigt hätte, als ich meine Kapuze zurückschieben wollte: Nicht jeder ist der, der er zu sein scheint.

Zwölf

In den nächsten Tagen zeigte Ass Hopper das Viertel. Sie schwelgten in Essensresten aus sogenannten »Restaurants«, und Hopper beschloss, dass nach Auberginenauflauf Chimichangas sein Lieblingsessen waren. Sie schmeckten nicht nur gut, sondern er musste auch jedes Mal kichern, wenn er das Wort sagte.

Zucker würde Chimichangas lieben, dachte er. Und plötzlich war ihm gar nicht mehr zum Lachen zumute.

Eines Morgens wachte Hopper spät auf. In der Nacht hatte er schreckliche Albträume gehabt, in denen er Bilder von der Zerstörung sah, die die Kammerjäger verursacht hatten.

Selbst im Traum suchte er Zucker und Firren, aber jedes Mal wurde der Staub aufgewirbelt, sodass er fast erstickte, und es unmöglich wurde, sie zu finden.

Er erwachte zitternd und von seinem angebissenen Ohr bis zur Schwanzspitze schweißgebadet. Und dennoch – selbst in den unheimlichsten Augenblicken des Traums spürte er eine tiefe Sehnsucht nach den Tunneln in sich. Er vermisste es, wie die Schatten dort fielen und wie alles wackelte, wenn die Bahnen vorbeirasten. Was ihm am Anfang Angst eingejagt hatte, gab ihm nun ein Gefühl von Behaglichkeit. Er vermisste das glänzende Holz von Zuckers Schreibtisch, an dem der Prinz ihm Lesen und Schreiben beigebracht hatte. Er dachte sehnsüchtig daran, wie die Tunnel ihm den Eindruck vermittelt hatten, Teil der Erde zu sein, so tief, wie er darin lebte, ganz nah an ihrem innersten Kern. Die Tunnel waren nicht perfekt, aber sie waren sein Zuhause. Und selbst in seinen schlimmsten Träumen hatte er Heimweh nach ihnen.

»'ne harte Nacht gehabt?«, fragte Ass und bot Hopper ein paar Brocken italienisches Brot zum Frühstück an.

»Albträume«, antwortete Hopper.

»Na, wenn das so ist«, sagte der Kater, »brauchst du wohl ein bisschen Ablenkung. Damit du mal auf andere Gedanken kommst.«

Hopper lächelte. »Das wäre toll. Richtig toll.«

Ass griff in eine Kiste, auf der FUNDSACHEN stand, und holte einen roten Fäustling heraus. Geschickt veränderte er ihn ein wenig und gab ihn dann Hopper. Der schlüpfte hinein.

»Das hält dich warm«, sagte Ass.

»Danke«, sagte Hopper.

Der Himmel draußen war düster und grau. Hopper fror, aber andererseits machte die kalte Luft ihn munter. Er dachte an die abgestandene, staubige Luft in den U-Bahn-Tunneln und fand, dass dies etwas war, woran er sich in der Oberwelt gewöhnen könnte.

»Wie wär's mit einem kleinen Ritt?«, fragte Ass und ging in die Hocke, damit Hopper auf ihn klettern konnte.

»Okay – aber es macht mir nicht aus, zu gehen.«

»Es ist ein bisschen weit für deine kleinen Beine«, sagte Ass nicht unfreundlich. »Und wir sind spät dran.« Er grinste Hopper geheimnisvoll an. »Schließlich wollen wir das Spiel nicht verpassen.«

Hopper wusste nicht, was er meinte, aber er krabbelte gehorsam auf Ass' Rücken.

»Werden die Menschen es nicht komisch finden, wenn sie eine Katze sehen, auf der eine Maus reitet?«, fragte Hopper.

Ass lachte. »Das hier ist New York, Hopper. Hier haben sie schon viel merkwürdigere Dinge gesehen. Abgesehen davon bezweifle ich, dass es überhaupt irgendjemandem auffällt. Und falls doch, werden wir eben der nächste YouTube-Hit.«

Hopper machte es sich zwischen Ass' Schulterblättern bequem, und der schwarz-weiße Kater schlich mit der Maus auf dem Rücken über den Bürgersteig.

»Irgendwann einmal müssen wir eine echte Stadtbesichtigung machen«, sagte Ass. »Der Botanische Garten würde dir gefallen, und Coney Island auch –«

»Stopp!«, rief Hopper. »Halt genau hier an!«

Ass blieb so abrupt stehen, dass Hopper fast von seinem seidigen Nackenfell hinuntergerutscht wäre.

»Was ist los? Stimmt was nicht?«

»Hier habe ich früher gelebt«, wisperte Hopper und zeigte

auf das große Glasfenster der Zoohandlung. »Hier bin ich geboren worden.«

Ass senkte den Kopf, damit sein kleiner Reiter gefahrlos auf den Bürgersteig gleiten konnte.

Einen Moment lang stand Hopper einfach da und starrte auf die hohe Tür – die Tür, durch die Pinkie und er geflohen waren und hinter der sie Pip zurückgelassen hatten, weil sie geglaubt hatten, er sei tot. Hopper erinnerte sich an die Schuldgefühle und die Trauer, als er dachte, er habe seinen kleinen Bruder für immer verloren. Er erinnerte sich an seinen Streit mit Pinkie kurz zuvor auf der Theke der Zoohandlung, bei dem sie ihn so fest gebissen hatte, dass sie sein Ohr verstümmelte … Und in einer für ihn völlig untypischen Anwandlung hatte er zurückgebissen und sie auf dieselbe Weise verletzt.

Nun schlich er zur Tür und drückte sein Gesicht daran, um alles besser erkennen zu können. Er erwartete, den Besitzer zu sehen, der wie immer von Käfig zu Käfig schlurfte, die kleinen Tiere fütterte und vor sich hin brummelte.

Doch der Laden war leer. Vollkommen *leer*. Kein Besitzer, keine Käfige. Nur ein paar Kartons und vergessene Leinen lagen dort herum. Und der Besen – der Besen, mit dem der Besitzer nach Hopper geschlagen hatte, als dieser auf die Tür zugerast war – stand in einer Ecke. Hopper kniff die Augen zusammen, um noch mehr zu sehen, und er entdeckte die Glocke, die am Türgriff gehangen hatte. Sie lag auf dem Fußboden, genau an der Stelle, auf die sie am Morgen von Hoppers Flucht gefallen war. Wenn er die Augen schloss und sich konzentrierte, konnte er beinahe das vertraute rostige Scheppern hören. Doch nun war sie still, verbeult und vergessen.

»Wo sind die denn bloß?«, flüsterte Hopper. »Weg. Alle weg.« Ihm wurde plötzlich klar, dass er die ganze Zeit über leise gehofft hatte, dass wenigstens ein oder zwei der Käfigkameraden überlebt hatten. Pip hatte es immerhin auch geschafft.

Doch selbst wenn sie diesen Morgen überlebt hatten – wie viel Zeit wäre ihnen danach noch geblieben? Sie waren schließlich Futternager. Die Überlebenden waren wohl zurück auf die Schicht aus frischer Streu geworfen worden, wo sie auf den nächsten dünnen Teenager mit einer Schlange um den Hals warten mussten.

Die Natur. Weder gut noch schlecht …

Hopper seufzte und trat zurück, um die Fassade des Ladens zu betrachten. Er wollte ein Bild davon im Kopf haben, um Pip eines Tages davon erzählen zu können … falls der je wieder mit ihm sprach. Hopper hatte nie darüber nachgedacht, wie die Zoohandlung aus diesem Blickwinkel aussehen mochte. An dem Abend, als er davongelaufen war, war er zum ersten Mal draußen gewesen. Und damals hatte es ihn natürlich kein bisschen interessiert! Aber nun war er neugierig. Er legte den Kopf in den Nacken, um nach ganz oben schauen zu können. Dort sah er eine rostige Lampe über dem Eingang und darunter einige angenagelte, verblichene Zahlen. Erst jetzt bemerkte er das handgeschriebene Schild, das mit Klebeband an der Scheibe befestigt war – GESCHÄFTSAUFGABE.

Direkt unter dem Schild befand sich ein schmaler Schlitz in der Glastür. Eine Messingklappe verschloss ihn. Hopper erinnerte sich daran, dass diese Öffnung eine Art Kommunikationsportal gewesen war, durch die ein uniformierter Mensch Papierumschläge geworfen hatte. Briefschlitz, hatte der Besitzer es genannt. Hoppers Pfote wanderte zu seiner Tasche, in der die Botschaft von La Rocha und das Stück von Zuckers Uniform nach wie vor gut aufgehoben waren. Was würde er jetzt für eine Nachricht geben! Über Zucker oder Firren. Oder, noch besser, *von* Zucker oder Firren. Er schüttelte den Gedanken ab und fuhr fort, die Ladenfront zu betrachten.

Wie seit eh und je stand das Wort ZOOHANDLUNG quer über der großen Fensterscheibe. Hopper fiel auf, dass dies das erste Mal war, dass er sie von vorn sah. Wobei ihm der Unterschied damals natürlich noch nicht klar gewesen war.

Nein. Nicht an Zucker denken. Zu traurig, viel zu traurig.

Hoppers Blick wanderte vom Fenster zu der Backsteinwand darunter. Ganz unten, dort, wo die Wand auf den Bürgersteig traf, befand sich eine kleine Lücke. An dieser Stelle war ein wenig Mörtel weggebrochen. Kein Wunder, dass der Besitzer sein Geschäft aufgeben musste – hier fiel ja alles zusammen!

»Puh, ganz schön deprimierend.« Hopper seufzte. »Ich würde nicht behaupten, dass ich diesen Ort vermisse, aber ein paar schöne Erinnerungen habe ich schon aus meiner Zeit hier.«

Auch wenn sie nicht lange bei ihnen gewesen war, wusste er noch, wie es sich angefühlt hatte, sich neben seiner Mutter zusammenzurollen. Und auch das Lachen seiner Käfigkameraden, wenn sie spielten, übereinanderpurzelten und dabei die Streu aufwirbelten, hatte er noch im Ohr.

»Es tut mir sehr leid, dass du das hier sehen musst«, sagte Ass sanft. »Aber ich glaube, es gibt ein altes Sprichwort der Menschen: ›Man kann nicht zweimal in denselben Fluss steigen.‹«

»Wer sagt das?«

»Alte Menschen, nehme ich an. Ich schätze, das gilt auch für dein früheres Zuhause. Vorbei ist vorbei.« Einladend senkte Ass die Schulter, und Hopper flitzte wieder hoch auf seinen Platz zwischen den Schulterblättern des Katers.

»Wohin gehen wir eigentlich?«, fragte er.

»Zum Barclays Center!«, antwortete Ass. »Bist du eigentlich zufällig Nets-Fan?«

»Ich glaube nicht«, sagte Hopper. »Was ist das überhaupt?«

»Ein Team außerordentlich schneller und starker Kerle, die wie eine gut geölte Maschine zusammen um Sieg und Ehre kämpfen.«

»Oh!«, sagte Hopper und dachte an Firrens gut ausgebildete Rebellen. »Wie die Rangers!«

Ass zuckte mit den Schultern. »Ich bin eher Islanders-Fan, aber du hast schon recht, wie die Rangers.«

Mit diesen Worten begann der Kater zu rennen, und Hopper hielt sich gut an ihm fest.

Hopper starrte nach oben, das imposante Bauwerk hinauf, das Maul vor Staunen geöffnet, die Augen weit aufgerissen.

Das Barclays Center. Es hatte die Farbe einer rostigen U-Bahn-Schiene, und, ebenfalls wie die U-Bahn, schlängelte es sich dahin. Das ganze Ding schien zu gleiten und sich um sich selbst zu krümmen, ohne letztlich irgendwohin zu führen. Zugleich wirkte es, als würde es in der Luft schweben … und doch nie vom Boden abheben. Leuchtende blaue Buchstaben an seiner Stirn schrien seinen Namen förmlich in die Welt hinaus. Und tief aus seinem Inneren kam ein dumpfes Grollen, eine Art ohrenbetäubendes Summen, gelegentlich unterbrochen von einem Gebrüll aus zehntausend Kehlen.

»Was ist das?«, stieß Hopper hervor. »Bewegt es sich? Kann es sprechen? Bringt es uns irgendwohin?«

»Es ist eine Sportarena«, erklärte Ass. »Wir gehen rein und sehen zu, wie die Nets zeigen, was sie draufhaben.«

Hopper nahm an, dass die »Kerle«, aus denen diese Gruppe von Sportlerrebellen bestand, gewaltig groß sein mussten, wenn sie eine solch gigantische Arena benötigten, um ihr Können zu zeigen.

»Sind wir die einzigen Zuschauer?«, fragte Hopper.

Ass lachte.

Hopper folgte ihm. Der Kater lief auf eine Tür zu, die von einem Menschen aufgehalten wurde. Der Mensch lehnte an der Tür, und er hatte einen Besen bei sich, größer als der des Besitzers. Hopper fragte sich, ob das Barclays Center diesen Menschen wohl mit Haut und Haar verschlungen und noch nicht verdaut hatte.

Je mehr sie sich der offenen Tür näherten, desto lauter wurde das Brüllen. Auf die Uniform des Menschen war der Name

GEBÄUDESERVICE gestickt. Als der Mensch Ass sah, grinste er. »Da ist er ja! Der einzige Basketballfan auf Samtpfoten, den ich kenne. Komm rein, Slam Dunk!«

»Slam Dunk?«, flüsterte Hopper.

»Ja, so nennt er mich«, antwortete Ass, ebenfalls flüsternd.

Der Kater huschte hinein und wand sich zur Begrüßung einmal um die stämmigen Beine von Gebäudeservice. Dann befanden sie sich in einem Tunnel – einem Tunnel, der ganz anders war, als der, den Hopper kannte. Ein donnerndes Echo erfüllte ihn. Der Lärm, der aus dem Barclays Center kam, war kein Summen mehr, ja, nicht einmal mehr ein Gebrüll ... Es war ein Tumult, lauter als alles, was Hopper je zuvor gehört hatte, lauter als alle U-Bahnen und rundfüßigen Verkehrsmonster zusammen. Er hielt sich die Ohren zu – aber nur kurz, denn er begriff schnell, dass dieser Lärm keine Bedrohung darstellte, sondern ein Ausdruck von Freude und Aufregung war.

Er entsprang den Kehlen von Tausenden Menschen, die die Arena füllten. Alle beteiligten sich an dem Chor aus Geschrei, Gejohle und Gebrüll.

»Warum sind die so aufgeregt?«, wollte Hopper wissen.

»Ich vermute mal, die Nets gewinnen!«

Ass führte Hopper tiefer hinein in die Menge menschlicher Zuschauer, bis er endlich sehen konnte, worum sich das ganze Theater drehte. Tief unter ihnen, im Bauch des Barclays Center, rannten zehn riesige Menschenmänner in kurzen Hosen und weiten, ärmellosen Oberteilen wie wahnsinnig auf einem glänzenden Holzboden hin und her. Jeder einzelne von ihnen hatte es offenbar auf dieselbe Beute abgesehen – eine springende orangefarbene Kugel.

»Das ist der Basketball«, erklärte Ass. »Das Ziel ist, ihn durch diese Reifen an den beiden Enden des Spielfelds zu werfen.«

In dem Augenblick, als Ass dies sagte, gelang einem der Männer genau das: Vom Mittelpunkt des Spielfelds aus katapultierte er den Ball in einer eleganten Bewegung, an der hauptsächlich seine Handgelenke und Knie beteiligt zu sein schienen, nach vorn. Was für eine Treffsicherheit! Der Ball flog in einem perfekten Bogen ins Ziel – den Reifen – und rauschte durch das Seilnetz, das unten dranhing. Der Spinne, die dieses Netz gewoben hatte, wollte Hopper nicht im Dunkeln begegnen.

Als der Ball auf dem Boden aufkam, brach in der Menschenmenge Begeisterung los. Alle sprangen auf und klatschten in die Hände …

Und verschütteten und verloren dabei alles Mögliche.

»Ist es das, was ich denke?«, japste Hopper.

»Jawohl«, sagte Ass mit einem breiten Grinsen. »Essen! *Stadion*essen. Das Beste, was es gibt.«

»Besser als Auberginenauflauf und Cannoli?«

»Na gut, vielleicht nur das Zweitbeste.« Ass stupste Hopper mit der Nase an. »Na los, hol dir was. Aber pass auf mit den stampfenden Füßen.«

Hopper schlängelte sich unter den Sitzreihen durch, und dann begann das Festessen. Er schleckte zuckrige Limonadenpfützen auf und mampfte unzählige knusprige Süßigkeiten.

Er probierte Popcorn, mochte aber nicht, dass es ihm zwischen den Zähnen stecken blieb, deshalb hielt er sich weiter an die Süßigkeiten. Manche waren säuerlich, andere würzig, manche schmolzen im Maul, andere musste er ewig kauen. Aber die Geschmäcker waren herrlich – Kirsche, Zitrone, Karamell und Schokolade. Hopper spülte die Süßigkeiten mit noch mehr Limonade, ebenfalls in verschiedenen Geschmacksrichtungen, herunter – Cola, Orange und etwas, das 7UP hieß. Hopper wusste genau, woher die Sieben in dem Namen kam: Er fühlte sich wie im siebten Himmel!

»Mach mal lieber langsam«, riet Ass ihm. »Du hast Unmengen an Zucker zu dir genommen, daran ist dein Körper nicht gewöhnt.«

Hopper wischte sich etwas Klebriges mit Erdbeergeschmack von den Lippen. Seine Antwort war ein einziges, langes, atemloses Geschnatter: »Meinem-Körper-geht-es-gut-ehrlich-es-ist-alles-vollkommen-in-Ordnung-dieses-süße-Zeug-ist-unglaublich-lecker-davon-würde-ich-gerne-noch-mehr-essen-können-wir-etwas-davon-mit-nach-Hause-nehmen-Ass-und-kann-man-das-nur-hier-im-Bauch-des-Barclay-Biests-bekommen-oder-auch-noch-wo-anders-ich-würde-das-nämlich-wirklich-gerne-jeden-Tag-essen-du-meine-Güte-wie-machen-die-das-nur-dass-es-so-wunderbar-schmeckt?!?!«

Ass verdrehte die Augen. »Schluss jetzt. Du hattest genug Süßigkeiten für heute.«

Das Blut schien doppelt so schnell wie sonst durch Hoppers Adern zu rasen, sein ganzer Körper kribbelte. »Wohin gehen wir jetzt?«, fragte er und zwang sich, ein Wort nach dem anderen zu sagen.

»Es gibt noch ein Spiel, das ich gerne sehen würde.«

Hopper folgte Ass über den glänzenden Boden des Eingangsbereichs und dann durch ein Labyrinth aus Gängen und weiteren Tunnels, bis sie eine Tür erreichten. An ihr hing ein Schild, auf dem LAGER stand. Ass klopfte an ein loses Lüftungsgitter unten an der Tür. Einen Moment später wurde das Gitter aufgestoßen, und dort stand eine Ratte.

Sie trug ein Trikot der Nets.

Im Lagerraum befanden sich acht weitere Ratten, alle in irgendeiner Art von Sportkleidung. Hopper sah, dass ihre Trikots auf ihre Größe zugeschnittene Versionen von alten Menschenuniformen waren. Die waren wahrscheinlich in dieser scheinbar vergessenen Kammer gelagert worden. Manche waren schwarz-weiß, wie die der echten Nets, aber es gab auch blaue, goldene, grüne, weiße … und Kombinationen aus all diesen Farben.

Ass stellte Hopper rasch seine Sportfreunde vor – zuerst Julius (der sie hereingelassen hatte), dann Dawkins, Kidd und die anderen, deren Namen Hopper sich nicht merken konnte, weil er zu aufgedreht war von dem ganzen Zucker.

»Woher kennst du diese Ratten?«, fragte Hopper Ass.

»Die meisten von ihnen habe ich gerettet. Julius, Kidd und Dawkins lebten auf dem Dachboden eines Sportgeschäfts, bevor ich sie hier im Barclays ansiedelte. Die anderen lebten in der Arena verteilt, größtenteils in der Nähe der Imbissbuden.«

»Das kam bestimmt nicht gut an«, sagte Hopper.

»Nein, tat es nicht«, bestätigte Ass. »Deshalb brachte mein Kumpel Gebäudeservice mich her. Hier war so viel Platz, und mir war schnell klar, dass die Ratten eigentlich bleiben konnten, solange sie sich unauffällig verhielten und sich nicht in der Nähe der Imbissbuden aufhielten. Dann entdeckte ich diesen verlassenen Lagerraum und wusste, dies würde ihr neues Zuhause sein.«

Die Ratten hatten einen großen Bereich leer geräumt, den sie als Spielfeld nutzten. Zwar glänzte der Fußboden nicht wie der in der echten Arena, aber es gab pro Seite je einen Trinkbecher mit herausgeschnittenen Böden. Sie waren an den Stangen von Wischmops befestigt und dienten als Körbe.

Hopper und Ass sahen den Ratten zu, als die sich in zwei Mannschaften aufteilten. »Ihnen fehlt heute eine Ratte«, erklärte Ass. »Einer ihrer besten Spieler hat sich auf der Flucht vor einem wütenden Hot-Dog-Verkäufer verletzt.«

»Woher haben sie den Ball?«, fragte Hopper, dem die Gummikugel aufgefallen war, die von den Ratten hin und her geworfen wurde. Um ehrlich zu sein, fühlte er sich selbst immer noch wie so ein Gummiball.

»Das ist mein Beitrag«, erklärte Ass. »Der stammt aus dem Flummiautomaten des Bellissimo's.«

Genau in diesem Augenblick machte Dawkins einen genialen Pass zu einem seiner Mitspieler. Der konnte ihn jedoch nicht fangen, und der Ball rollte ins Aus. Hopper hielt es keine Sekunde länger an seinem Platz. Er rannte hinter dem Ball her, raste über das Spielfeld der Ratten und kam schlitternd zum Stehen – gerade noch rechtzeitig, bevor er in einen riesigen alten Basketballschuh gekracht wäre. Kidd joggte herüber, um den Ball zu holen.

»Wuhuuu!«, rief Julius und beäugte Hopper interessiert. »Du bist aber eine schnelle kleine Maus.«

»Normalerweise nicht«, gab Hopper zu. »Ich habe nur gerade ziemlich viele Süßigkeiten gegessen.«

»Kann schon sein«, sagte Julius lächelnd. »Aber schauen wir mal, wie es mit der Technik aussieht.« Er wandte sich an die Ratte namens Kidd. »Gib dem Kleinen den Ball.«

Kidd machte einen Bodenpass zu Hopper. Hopper sprang in die Luft, fing ihn, landete auf den Hinterpfoten, wirbelte herum und zielte auf den Trinkbecher am anderen Ende des Platzes.

Wuuusch!

Den Ratten fiel die Kinnlade herunter.

»Ein Dreier!«, rief Dawkins. »Der Kleine steht zum ersten Mal auf dem Platz und haut direkt einen Dreier raus.«

»Mach das noch mal«, forderte Julius Hopper auf und warf ihm den Ball wieder zu.

Das ließ Hopper sich nicht zweimal sagen. Seine Muskeln vibrierten vor Energie, und seine Gliedmaßen wollten nichts lieber, als sich zu bewegen. Er fing den Ball, dribbelte einmal und ahmte dann die Technik nach, die er bei dem Spieler der Nets gesehen hatte – Handgelenke und Knie, eleganter Bogen –, und ließ den Ball so durch die Luft und in den Becher fliegen. Ein weiterer perfekter Dreier.

»Ich nehme ihn!«, sagte Kid. »Er kommt in meine Mannschaft!«

Ass klopfte Hopper auf den Rücken. »Na, wie gefällt dir das, Hopper? Du bist ausgewählt worden.«

Hopper grinste. »Ausgewählt, auserwählt – man gewöhnt sich dran.«

In den nächsten achtundvierzig Minuten dribbelte der Auserwählte, passte und warf Dreier wie ein Profi. Als das Spiel vorüber war, hatte Hopper den Respekt der Sportler und neun neue Freunde gewonnen.

»Hat es Spaß gemacht?«, fragte Ass, als sie sich hinsetzten, um ein wenig zu verschnaufen.

Hopper nickte. »Es war toll!«

Es gab nur eine einzige Sache, die diesen tollen Nachmittag hätte noch besser machen können: Wenn Pip und Zucker da gewesen wären und zugeschaut hätten.

So viel dazu, dass Ass eigentlich vorhatte, ihn von seinem Kummer abzulenken. Bei dem Gedanken an seinen Bruder und seinen Freund wurde Hopper sofort wieder traurig, und auch die Schuldgefühle kehrten zurück.

Wenn er als Auserwählter nur so gut gewesen wäre wie beim Basketball, dachte er.

Wenn –

Das Klappern des Lüftungsgitters in der Tür riss ihn aus seinen Gedanken. Und dann …

Bäm!

Die große Tür wurde aufgestoßen.

Und da stand, einen Stapel alter Handtücher und Sportsocken in den Händen, Gebäudeservice.

Dreizehn

Als der eben noch so nette Mann die Nagerversammlung erblickte, schrie er auf.

»Ich dachte, ich wäre euch Ratten losgeworden!«, rief er, warf die Wäsche beiseite und schnappte sich einen der Wischmops, an denen die Trinkbecher befestigt waren. Als er Ass entdeckte, sah er schockiert aus.

»Slam Dunk? Du hier? Ich dachte, du wärst auf meiner Seite. Bist wohl selbst eine miese Ratte, du Verräter!«

Mit seinem Stiefel schob er Ass aus der Tür. Die Basketballratten stoben auseinander, gingen hinter alten Sporttaschen und kaputten Stadionsitzen in Deckung. Hopper war vor Schreck wie gelähmt. Er stand allein in der Mitte des nagetiergroßen Basketballplatzes. Diese nicht gerade kluge Taktik schien allerdings aufzugehen, denn Gebäudeservice ignorierte die Maus komplett und begann, mit dem staubigen Mop in allen vier Ecken des Lagerraums herumzustochern.

»Raus aus meiner schönen, sauberen Arena, ihr dreckigen kleinen Mistviecher!«, befahl er.

Die Ratten duckten sich, aber die lumpenähnlichen Tentakel des Mops griffen nach ihnen und fegten sie aus ihren Verstecken heraus.

»Hilfe!«, rief Kidd, als der Mop auf ihn zukam. »Hopper!«

Hopper starrte den Wischmop an. Die Baumwollschnüre an seinem Ende sahen aus, als wären sie lebendig. In Hoppers Kopf blitzte die Erinnerung an einen ähnlichen schlängelnden Feind auf – die hungrige Boa des dünnen Jungen!

Angetrieben von Zorn und Angst, stürzte Hopper sich auf den Mop, versank in dem angetrockneten Schmutz seiner Schnüre. Staub brannte ihm in den Augen, während er sich zu der langen Holzstange vorkämpfte, sie mit den Krallen ergriff und zu klettern begann.

Wieder stocherte Gebäudeservice mit dem Mop in Richtung Kidd, sodass Hopper beim Hochklettern ganz schön durchgerüttelt wurde, aber er hielt sich gut fest und schaffte es bis ganz nach oben, wo er auf der abgerundeten Spitze balancierte. Er sah dem Menschen direkt in die Augen.

»W-was zum Teufel …?« Gebäudeservice blinzelte verdutzt.

Hopper blinzelte ebenfalls. Und dann sprang er … geradewegs ins Gesicht von Gebäudeservice.

Er landete mit dem Bauch zuerst auf seiner Nase und grub die Krallen in die Haut ringsherum, während er mit den Hinterpfoten an der Oberlippe des Mannes kratzte.

»Aaaaaahhhhhhh!« Gebäudeservice ließ den Wischmop

los. Mit einem lauten Knall fiel er hin. Hopper klammerte sich fest, während Gebäudeservice sich ins Gesicht schlug, um die Maus von seiner Nase zu bekommen.

»Runter von mir, du dreckiges kleines Biest!«

Hopper wollte nichts lieber als das. Unter sich sah er, dass Kidd und die anderen es bis zur Tür geschafft hatten und sie alle seine erstaunliche Heldentat – oder Dummheit? – mit großen Augen bestaunten.

Hopper war erleichtert, dass ihnen die Flucht gelungen war! Nun war *er* an der Reihe.

Gebäudeservice taumelte und torkelte und versuchte, sich Hopper von der Nase zu wischen. Während der Mann herumstolperte, schrie und mit den Armen ruderte, drohte sein Schuh sich immer wieder in dem Wischmop zu verfangen. Hopper war froh, dass das nicht geschah: Wenn Gebäudeservice hinfiel, würde er wahrscheinlich auf dem Gesicht landen und Hopper unter sich zerquetschen.

Nun schoss Ass zurück in die Kammer und zielstrebig auf den Mop zu. Mit den Zähnen packte er den Stiel und zog ihn so weit, bis er direkt unter Hopper lag.

Ja! Hopper konnte endlich die Krallen von der Nase des Mannes lösen und sich gefahrlos auf das Kissen aus den Schnüren des Wischmops fallen lassen.

Hopper hielt die Luft an, dann lockerte er den Griff. Und spürte, wie er fiel.

Ffuuump!

In dem Moment, als er auf dem weichen Mop landete, griff Ass hinein und zog ihn aus dem schmuddeligen Gewirr.

Gebäudeservice zeterte vor Schmerzen, irgendetwas von Desinfektionsmitteln und Tetanusspritzen.

»Los geht's!«, rief Ass und raste auf die Tür zu.

Er warf sich Hopper auf den Rücken und rannte davon. Die Basketballratten rasten hinter ihm her.

Game over, Gebäudeservice, dachte Hopper. *Das Spiel ist aus*.

Hopper, Ass und den Basketballratten gelang es, aus dem Barclays Center zu verschwinden, kurz bevor das Basketballspiel der Menschen vorüber war. Die Arena mit der Menschenmenge zu verlassen, stellte laut Ass eine weitere tödliche Gefahr für ein kleines Tier dar.

»Danke, Hopper«, sagte Kidd. »Das war eben echter Teamgeist. Und du hast mir das Leben gerettet.«

Hopper freute sich, aber er zuckte mit den Schultern und sagte bescheiden: »Ist doch selbstverständlich.«

»Außerdem bist du ein verdammt guter Basketballspieler«, bemerkte Julius mit einem Lächeln. Doch dann verdüsterte sich sein Gesicht. Er sah Ass an. »Wohin sollen wir denn jetzt gehen?«, fragte er. »Wo sollen wir leben?«

Ass antwortete mit seinem typischen breiten Grinsen.

Gras.

So weit das Auge reichte, nichts als Gras. Schmale Blätter, die unter einer glitzernden Schicht aus Frost wie verzaubert aussahen, erstreckten sich bis ans Ufer des breiten grauen Flusses.

Ass blieb stehen, und Hopper musste zweimal hinsehen und sich die Augen reiben. Der Anblick dieser unendlichen

Weite überwältigte ihn – er glaubte sogar, er wäre unterwegs eingeschlafen und würde träumen.

»Willkommen am Pier 1«, sagte Ass. »In den Wiesen des Brooklyn-Bridge-Parks. Wunderbar, oder? Im Frühling sind sie natürlich viel grüner, aber ich denke, du kannst es dir ungefähr vorstellen.« Er nickte Kidd zu. »Wenn ihr einverstanden seid, könnt ihr hier eure Zelte aufschlagen.«

»Sieht super aus«, sagte Dawkins. »Ist zwar nicht das Barclays, aber ich denke, man kann sich daran gewöhnen.«

Ass ließ Hopper sanft auf die Wiese hinuntergleiten. »Komm, wir sehen mal nach, ob die Mäuse von Frau Fiorenza gut angekommen sind.«

»In Ordnung.« Hopper rutschte von Ass' Rücken hinunter und atmete tief durch. Selbst in der kalten Winterluft verströmte das Gras einen wunderbaren Duft – sauber, frisch und erdig. Er machte ein paar Schritte hinein. Während die Spitzen der Gräser Ass nur bis zu den Knien gingen, reichten sie Hopper bis zu den Ohren … und kitzelten ihn.

»Was für ein Glück diese Nager haben, dass sie jetzt an einem so schönen Ort leben können«, sagte Hopper. Er bückte sich, um ein Steinchen aufzuheben. Es war glatt und glänzend und hatte schimmernde Flecken auf der Oberfläche. Unterwegs stießen sie immer wieder auf Steine. Einige waren viel zu groß, als dass Hopper sie hätte aufheben können, also ging er drum herum. Die Basketballratten folgten ihnen und bestaunten still die unendliche Weite.

»Na ja, ganz ungefährlich ist es hier auch nicht«, sagte Ass, »aber alles in allem ist es eine gute Lösung.« Er führte Hopper in Richtung einer Reihe Bänke mit Blick aufs Wasser. »Meistens kann man dort ein paar meiner Schützlinge antreffen. Dort liegt immer das beste Menschenessen herum. Es ist praktisch wie ein Büfett.«

»Ein was?«

»Jede Menge gutes Essen.«

Und es stimmte: Als sie sich den Bänken näherten, wich der süße Grasgeruch würzigeren Düften. Krumen, Krusten und Bröckchen überall. Mehrere Nager langten kräftig zu.

»Da ist jemand, den ich kenne«, sagte Ass und lächelte. »Diese kleine weiße Maus da drüben. Das ist Carroll. Ich habe sie von der Straße gerettet, nachdem sie aus einem Forschungslabor geflohen war. Sie sollte als Nächstes bei einem medizinischen Versuch an die Reihe kommen. Gut, dass sie schlau und mutig genug war, sich selbst aus dieser Lage zu befreien.«

»Was ist ein medizinischer Versuch?«

Ass seufzte. »Das sag ich dir lieber nicht. Du hast schon genug schreckliche Bilder in deinem kleinen Kopf.«

In diesem Augenblick drehte die weiße Maus sich um und lächelte ihnen zu.

Hopper war sich sicher, dass er noch nie etwas Vergleichbares gefühlt hatte wie in diesem Moment. Sein Herz pochte, seine Pfoten wurden schwitzig, und in seinem Bauch spürte er ein Prickeln, das ihn an das 7UP erinnerte, das er im Stadion getrunken hatte. Je länger er die weiße Maus ansah – die, wie er nun bemerkte, hübsche rötliche Augen hatte, die zu ihren winzigen rosa Ohren passten –, desto stärker kribbelte es in seinem Bauch. Ein wenig war das Gefühl doch vergleichbar, und zwar mit einem, das er auch in der Arena gehabt hatte: Es war, wie zu viele Süßigkeiten zu essen. Oder mit der U-Bahn zu fahren. Nein ... Es war, wie zu viele Süßigkeiten zu essen, *während* man mit der U-Bahn fuhr!

Kurz, es war wunderbar.

Carroll kam herübergerannt und umarmte Ass.

»Carroll«, sagte der Kater, »ich würde dir gerne meinen neuen Freund Hopper vorstellen.«

Carroll wandte sich mit ihrem strahlenden Lächeln zu Hopper. »Hallo.«

Hopper schluckte. Er versuchte, ebenfalls Hallo zu sagen, aber es gelang ihm nicht. Er fragte sich, wohin all seine Worte verschwunden waren, denn es kam ihm kein einziges über die Lippen.

Dann entdeckte Ass noch einen Bekannten.

»Das da drüben ist ein alter Freund«, sagte er und zeigte auf ein gut aussehendes Streifenhörnchen, das eine Brille mit breitem Rahmen trug. »Hey, Valky! Hier sind wir!«

Als das Streifenhörnchen sah, wer seinen Namen rief, hellte sich sein Gesicht auf. »Na, wenn das mal nicht Ass, der Kater, ist! Genau zur richtigen Zeit für einen Snack am frühen Abend!«

Als Valky in ihre Richtung sprang, erzählte Ass Hopper und den Basketballratten: »Van Valkenburgh hatte sich in der Lüftung eines Gebäudes auf der Court Street verfangen. Die menschlichen Mieter wollten ihn definitiv nicht verletzen. Ich finde es gut, wenn es so läuft. Sie hatten jedoch

Schwierigkeiten, ihn zu befreien. Als ich davon erfuhr, ging ich gleich rüber und kümmerte mich darum. Jetzt hilft Valky mir dabei, nach den Neuankömmlingen zu sehen.«

Stolz streckte Valky die Brust raus und blies die Backen auf. »Das stimmt«, sagte er. »Und da wir gerade von Neuankömmlingen reden …« Mit freundlichem Interesse betrachtete er die Ratten. »Sind das auch Schützlinge von dir?«

»Ja. Und es wird ein Riesenspaß für dich mit diesen Jungs: Es sind nämlich Basketballstars!«

Valkys Gesichtsausdruck wurde ernst. »Wir haben einen weiteren Neuling«, sagte er und zeigte auf eine bestimmte Stelle der Wiese. »Sie ist seit heute Morgen hier. Kennst du sie?«

Hopper sah kurz in die Richtung, in die Valky gezeigt hatte, doch dann wurde sein Blick gleich wieder von Carroll angezogen.

»Ich glaube nicht«, antwortete Ass und runzelte die Stirn. »Vor einer Woche habe ich eine Mäusefamilie hergeschickt, aber das war's. Woher kommt sie?«

Valky zuckte die Achseln. »Ich hatte noch keine Gelegenheit, mit ihr zu sprechen. Sie sah erschöpft aus und schien dringend Nahrung zu brauchen, deshalb entschied ich, sie zuerst essen zu lassen und später mit ihr zu reden. Sie wirkt ziemlich mitgenommen, als hätte sie eine echt harte Zeit hinter sich.«

»Ich habe vorhin gehört, wie sie mit einem Eichhörnchen sprach«, bemerkte Carroll. »Sie sagte irgendetwas davon, dass sie in die Oberwelt gekommen sei aus … Was war es noch mal? Ach ja … aus den U-Bahn-Tunneln.«

Hopper war noch so sehr damit beschäftigt, Carrolls hübsches Gesicht zu bewundern, dass es einen Moment dauerte, bis er wirklich hörte, was sie gesagt hatte. Als die Bedeutung ihrer Aussage endlich trotz des Nebels in seinem Kopf zu ihm durchdrang, wirbelte er herum und versuchte angestrengt, die Stelle zu fixieren, auf die Valky eben gezeigt hatte.

Dort sah er eine Ratte von zierlicher Gestalt, die stolzen Schultern in einer zugleich eleganten und entschlossenen Haltung zurückgenommen. Sie trug ein weißes Hemd mit roten und blauen Streifen.

Und ein Schwert. Dieses herrliche, glänzende, *vertraute* Schwert.

Hoppers Herz überschlug sich beinahe. Er wollte rufen, rennen, vor Freude und Erleichterung jubeln. Aber noch wagte er es nicht, seinem Glück zu trauen. Noch nicht.

Doch als hätte sie seinen Blick gespürt, wandte die Ratte sich langsam um. Ein Lächeln breitete sich in ihrem Gesicht aus, und Tränen stiegen ihr in die Augen. Dann warf sie den Kopf zurück und rief: *»Ay, ay, ay!«*

Und Hopper rannte. Rannte quer über die Wiese. Rannte auf sie zu – Firren!

ZWISCHENTEIL

Zur selben Zeit in den U-Bahn-Tunneln unterhalb von Brooklyn, New York …

Pip gefiel es nicht im Mūs-Dorf. Überhaupt nicht.

Er mochte es nicht, wie die Kinder ihre Gesichter verbargen, wenn Pinkie an ihnen vorbeiging, die Schultern unter dem goldenen Mantel nach hinten gedrückt, die Schnurrhaare in die Luft gereckt.

Es gefiel ihm auch nicht, wie die Bürger murmelten und flüsterten, sie sei eine Tyrannin und Diktatorin. Aus seiner Sicht war ihre Abneigung gegen Pinkies neue Art der Herrschaft ungeheuer respektlos, ja, grenzte fast schon an Verrat. Natürlich *verstand* er ihre Klagen – Pinkie *war* eine Tyrannin, die dafür sorgte, dass es nur einen Weg gab: nämlich ihren. Aber sie war auch eine tapfere Kriegerin und zudem eine Auserwählte, die in einer großen Schlacht gegen die abscheulichen Katzen und ihre Königin Felina gezeigt hatte, was in ihr steckt. Pinkies Position war sowohl ererbt als auch verdient, und diese undankbaren Mūs hatten kein Recht, sie infrage zu stellen.

Pip selbst tat das zwar jeden Tag und jede Sekunde, aber das war etwas anderes. Er gehörte zur Familie.

Was ihm jedoch am allerwenigsten am Leben hinter der grauen Mauer gefiel, war die Art, wie die Soldaten ihn angrinsten und ihn jedes Mal, wenn er in ihrer Nähe war, misstrauisch und verächtlich anstarrten. Er hasste es, wenn sie darüber flüsterten und kicherten, wie klein und schwach er aussah, besonders im Vergleich mit seiner wilden, hochmütigen Schwester.

Pips Ziel war es, von den Soldaten akzeptiert zu werden. Gefürchtet wäre noch besser. Gemocht am allerbesten.

Deshalb nahm er, nicht lange nach ihrer Ankunft in dem Dorf der Mūs, seinen Mut zusammen und bat seine Schwester um eine Uniform. Zwar erschien ihm das Pink albern und kein bisschen soldatisch, aber ihm gefielen die glänzenden Knöpfe und die reichen Verzierungen. Er fand, dass solch ein militärischer Schmuck verkündete: *Ich bin wichtig. Ich gehöre dazu. Pinkie schätzt mich und hält mich für ebenbürtig*.

Um eine Uniform zu bitten, kam ihm nicht besonders ungewöhnlich vor. Schließlich hatte Pinkie, die Auserwählte, nahezu jede andere Mūs gezwungen, eine zu tragen – wieso also sollte er keine bekommen? Der Armee beizutreten, war Vorschrift, eine Pflicht.

Doch für Pip galten anscheinend andere Regeln.

Er hatte um eine Uniform gebeten, aber keine bekommen.

»Hast du den Verstand verloren?«, hatte Pinkie ihn angeschnauzt. »Du hast nicht das Zeug zum Soldaten. Ich habe genug im Kopf, da muss ich mir nicht auch noch Sorgen um dich machen, wenn du mit Schwertern spielst.«

»Heißt das nein?«, hatte Pip mit zusammengebissenen Zähnen gefragt.

»Das heißt nie«, hatte Pinkie geantwortet.

Darauf hatte Pip nichts mehr gesagt, aber die kalte Zurückweisung durch seine Schwester hatte ein Feuer in ihm entfacht. Es war das Gefühl, das er zuvor erst einmal gehabt hatte: Am Tag des Kehraus' – wie er ihn nannte und von dem er noch immer Albträume bekam –, genauer, als er zusehen musste, wie seine Geschwister aus seinem Leben verschwanden, ohne noch einmal zurückzublicken, um sich zu vergewissern, ob er am Leben war oder tot.

An dem Tag hatte er sich dafür entschieden, diesem Gefühl *nicht* noch mehr Nahrung zu geben. Er hatte zugelassen, dass Angst und Verwirrung den Zorn beiseiteschoben. Doch als Pinkie ihm seine kleine Bitte abschlug, und er sich – ihr Gelächter in den Ohren und vor Scham zitternd – davonschleichen musste, hatte er keine Wahl mehr: Er musste die Flamme des Zorns auflodern und dann langsam abbrennen lassen.

Schließlich war der Tag gekommen, an dem er seinen Bruder neben Pinkie in der Lokomotive hatte stehen sehen.

Der Anblick der beiden spiegelbildlichen weißen Kreise hatte ihn gereizt. Es war, als wäre ein Strom von Macht und Entschlossenheit zwischen seiner Schwester und seinem

Bruder hin- und hergeflossen … ein Strom, den er niemals würde anzapfen können, egal, wie sehr er es versuchte. Das gleichartige, besondere Geschwisterpaar zu sehen, hatte seine Wut noch weiter angestachelt und zu einer mächtigen Feuersbrunst des Zorns werden lassen.

Pip wollte so gern wie Hopper und Pinkie sein, dass er sich selbst einen Kreis aufmalte. Doch sogar er musste zugeben, dass dieser Versuch etwas Verzweifeltes und Unechtes hatte. Die Markierung um *sein* Auge herum war kein Zeichen einer stolzen Abstammung und einer vorherbestimmten Zukunft. Sie war auch nicht leuchtend weiß, sondern düster, wie ein Schatten – als könne er niemals mehr sein als ein Anhängsel seiner berühmten Geschwister.

Und kümmerte es sie?

Nun, Hopper vielleicht schon, gab Pip zu. An dem Tag, als Hopper gekommen war, um an Pinkie zu appellieren, hatte er etwas in den Augen seines Bruders gesehen – eine Wärme, eine Sehnsucht, die zu Pip herüberströmte. Aber er hatte sich gezwungen, das zu ignorieren. Früher hatte er Hopper gern gehabt, und was hatte es ihm genützt? Er war alleine auf dem Boden der Zoohandlung zurückgelassen, dann in ein Todeslager gesperrt und beinahe bei lebendigem Leibe verschlungen worden.

Und Pinkie … Für sie war er nichts weiter als ein besserer Diener. Ein Bote, den man dem großen Bruder mit einem Essenspaket hinterherschickte.

»Warum tust du das?«, hatte er sie gefragt, als sie ihm das in Stoff gewickelte Bündel mit Proviant in die Pfoten drängte.

»Das verstehst du nicht«, sagte Pinkie kurz angebunden und kühl. »Er ist mein Bruder.«

»Meiner auch«, erinnerte Pip sie.

»Aber Hopper und mich verbindet etwas, das du nie begreifen würdest«, fuhr Pinkie fort, wobei Pip den Eindruck hatte, dass sie mehr mit sich selbst sprach als mit ihm. »Die schwere Last der Verantwortung.«

»Verantwortung?« Pip platzte schier vor Zorn. »Für mich?«

»Ja, für dich! Und für das, was wir verloren haben, was in jener Nacht verschwand ...«

Pip hatte keine Ahnung, was sie damit meinte. Was auch immer in der Nacht verschwunden war, und welche Schuld auch immer Hopper und Pinkie daran trugen – er wusste es nicht, und es war ihm egal.

Das Einzige, was zählte, war, dass er in ihren Augen eine Bürde war, ein lästiger Wicht (Pinkie wurde nicht müde, ihn so zu nennen), um den man sich kümmern und sorgen musste.

Vielleicht war es endlich an der Zeit, ihnen das Gegenteil zu beweisen.

Pip brauchte nur wenige Tage, bis er ausgeheckt hatte, wie er das anstellen würde. Zuerst würde er jemanden benötigen, der für ihn schrieb. Er wollte seiner Schwester eine Nachricht hinterlassen und ihr so von seinem kühnen, furchtlosen Plan berichten. Auf keinen Fall konnte er ihr direkt davon erzählen – sie würde ihm sein Vorhaben sicher verbieten. Nein, er würde jemanden einen Brief schreiben lassen, in dem seine Ziele zusammengefasst wurden. Den Brief würde er Pinkie hinterlassen. Sie durfte den Brief aber erst finden, nachdem er aus dem Mūs-Ort entkommen war. Das musste er heimlich tun, vermutlich während der frühen Morgenstunden, um nicht von einem von Pinkies (uniformierten!) Soldaten festgesetzt zu werden.

Eigentlich wollte Pip sogar sehr gern selbst lernen, wie man Worte zu Papier brachte, vor allem, weil Pinkie das bisher noch nicht konnte. Sie diktierte ihre Aussagen gebildeten Untergebenen, die sie als Schreiberlinge bezeichnete. Doch so viel zu lernen, würde lange dauern, und Pip hatte es eilig. Er brauchte selbst einen Schreiber.

Er erkundigte sich also unauffällig, und die einhellige Meinung war, dass die beste Mūs für diese Aufgabe die liebe, alte Hebamme war. Sie hatte viele Talente, und Schreiben war eins davon. Außerdem war sie, darin stimmten ebenfalls alle überein, eine hervorragende Köchin.

Also machte er sich auf zu ihrer Hütte. Als er mit seiner winzigen Pfote an die massive Holztür klopfte, ahnte er nicht, dass dies dieselbe Behausung war, in der sein Bruder bei seinem ersten Besuch im Dorf der Mūs gegessen hatte.

Das behagliche Heim diente jetzt natürlich gleichzeitig als Waffenschmiede für Pinkies Armee. Tagsüber wurde die Feuerstelle ausschließlich für das Härten von Schwertern benutzt. Auf Befehl von Pinkie überließen die alte Hebamme und ihr Mann ihr Haus dem Schmied, sodass sie nur abends für sich sein konnten. Und dann mussten sie um das stetig wachsende Arsenal an Waffen herumtrippeln, die sich auf Schaukelstühlen und Sofakissen stapelten.

Die Hebamme hieß Maimonides, kurz Mamie.

»Ich bringe dir gerne bei, wie man schreibt«, sagte sie ruhig und stellte einen dampfenden Teller Eintopf vor Pip.

»Nein danke«, lehnte der ab. »Ich habe nicht viel Zeit.«

Mamie betrachtete ihn über den Tisch hinweg. Sie schöpfte noch mehr von der herzhaften Mahlzeit auf Pips Teller, und er nahm diese zweite Portion mit einem Grunzen entgegen. Er hatte irgendwie das Gefühl, es könne ihm als Schwäche ausgelegt werden, wenn er seine Dankbarkeit zeigte.

»Dein Bruder, der Auserwählte, hat auch einmal hier an meinem Tisch gegessen«, erzählte sie ihm stolz.

»Großartig«, murmelte Pip über die Schale gebeugt.

»Ja, das war es!«, sagte Mamie lächelnd. »Das weißt du wahrscheinlich nicht, Pip, aber ich bin die Hebamme, die deinem Vater auf die Welt geholfen hat.«

Pip war sich nicht sicher, was das bedeutete, aber es klang nach einer großen Sache. Der Gedanke an seinen Vater, von dem er nun wusste, dass er ein Rebell namens Dodger gewesen war, machte ihn noch begieriger, sich zu beweisen.

»Und ich war auch diejenige, die ihn zu seiner Sicherheit hierher, in das Dorf der Mūs gebracht hat«, fuhr Mamie fort. »Sein Vater war tödlich verletzt, und seine Mutter und seine Geschwister von Königin Felina geraubt worden.«

Bei der Erwähnung der Katzenkönigin blickte Pip von seinem Eintopf hoch. »Felina hat sie getötet?«

Die Hebamme nickte düster. »Sie hat sie verspeist, deine sanftmütige Großmutter und all deine kleinen Onkel und Tanten. Dein Vater kam davon – dank einer mutigen Ratte, von der du vielleicht schon gehört hast … Sie nannte sich Titus.«

»Titus?« Pip runzelte die Stirn. »Das kann nicht sein. Titus ist ein Schurke, ein Monster. Er war derjenige, der den Friedensvertrag mit Felina geschlossen hat.«

»Das weiß ich.« Mamie seufzte. »Aber ich hatte immer das Gefühl, dass hinter dieser Geschichte noch etwas völlig anderes steckt.« Mit ihren wachen Augen blickte sie Pip scharf an. »Vielleicht gelingt es dir eines Tages, die ganze Geschichte zu erfahren.«

»Vielleicht«, antwortete Pip ohne Interesse.

Er verschlang den Rest der Mahlzeit und fragte sich, ob es wohl für eine ganze Weile seine letzte sein würde. Er wusste nicht so recht, wie er sich da draußen in den Tunneln ernähren sollte, und er hatte nicht den blassesten Schimmer, wie lange seine Unternehmung dauern würde. Er ging davon aus, dass er schon irgendeinen Weg finden würde, von etwas zu leben, schlau und entschlossen, wie er war. Es galt nun einzig und allein zu tun, was er tun musste, um sich Pinkie zu beweisen.

Mamie räumte seinen Teller ab und brachte dann einen Zettel und einen Kreidestein wie den, den Pip verwendet hatte, um den dunklen Ring um sein Auge herum zu malen, mit zum Tisch.

»Was soll ich denn für dich schreiben?«, fragte die alte Mäusedame. »Was soll in diesem Brief stehen?«

»Fangen wir so an«, sagte Pip mit leiser Stimme: »Liebe Pinkie, ich bin losgezogen, um Felina zu töten.«

Vierzehn

Und noch einmal rief die schöne Stimme das vertraute *»Ay! Ay! Ay!«*

Hoppers Herz schlug höher, als er losrannte. Firren rannte ebenfalls quer über das Gras auf ihn zu.

Ein Teil von Hopper traute sich immer noch nicht, zu glauben, was er sah. Aber mit jedem Schritt, den sie auf ihn zukam, wurde deutlicher, dass er nicht träumte. Es war nicht nur das weiße Hemd mit den roten und blauen Streifen, das ihm sagte, dass es Firren war – sondern nun auch die wachen schwarzen Augen und ihr selbstbewusstes und zugleich anmutiges Auftreten. Dies konnte niemand anders sein als die mächtige Kriegerin, die er kannte und bewunderte.

»Firren! Du bist es wirklich!«

Sie breitete die Arme aus und hielt ihn fest. »Du lebst! Oh Hopper, ich hatte solche Angst, dass die Kammerjäger dich erwischt hätten.«

»Und ich hatte Angst, sie hätten dich erwischt! Ich bin in

die Stadt gegangen, um dich zu suchen, aber du warst nicht mehr in der Falle.« Fragend sah er sie an. »Wie hast es geschafft, dich zu befreien? Wie konntest du fliehen?«

»Ich bin nicht geflohen. Ich wurde gerettet. Und zwar von La Rocha!«

Verwirrt blinzelte Hopper. »Aber La Rocha ist ein Denker, ein Orakel – kein Krieger! Und wenn er wirklich eine Kakerlake ist, wie alle sagen – wie konnte er die Kraft aufbringen, den Käfig zu öffnen?«

»Ich bin mir nicht so sicher, ob er *tatsächlich* eine Kakerlake ist«, sagte Firren und klang ähnlich verwundert wie Hopper. »Er trägt einen Umhang mit Kapuze, deshalb konnte ich nicht genau erkennen, was für ein Wesen er ist.« Sie lächelte.

»Auf jeden Fall war er mutig und freundlich. Und er hat mich zu dir geführt.«

»Zu mir? Hierher? Wie denn das?«

»Er hat eine Nachricht an der Runenwand hinterlassen, genau wie Zucker, als er mich darüber informieren wollte, dass Titus und seine Armee sich auf den Rebellenangriff vorbereiteten.«

Als sie das sagte, wurde Hopper rot. Er war derjenige gewesen, der damals dem Kaiser davon erzählt hatte. »Was hat La Rocha geschrieben?«

»Den Namen des Kammerjäger-Unternehmens, und zwar direkt neben meine Zeichnung von Dodger, außerdem einen Hinweis, dass ich in die Oberwelt gehen und diesen Pier 1 finden sollte.«

»Genial!«

»Das ist noch längst nicht alles.« Firren lachte. »Vorher musste ich erst einmal Pinkie entkommen.«

»Pinkie?!«

Rasch erzählte Firren, wie Pinkie sich an La Rochas Koffer-Festung herangeschlichen und sie beide aus dem Versteck geschleift hatte. »Mir war jedenfalls keine Sekunde langweilig«, sagte sie. Das war die größte Untertreibung, die Hopper je gehört hatte.

»Wer hat es sonst noch geschafft?«, fragte er gespannt. »Wer war bei dir?« Er sah Firren in die Augen und flüsterte: »Zucker?«

»Ich ...« Firren blickte zur Seite und zuckte mit den Schultern. »Ich weiß nicht, wo Zucker ist.«

»Oh.« Nur für einen einzigen Augenblick ließ Hopper zu, dass der Schmerz ihn durchfuhr. Dann unterdrückte er ihn. Er konnte später um Zucker trauern, wenn er allein war, und falls Trauern überhaupt angebracht war. Fürs Erste würde er die Hoffnung noch nicht aufgeben.

»Was ist mit Garfield und Polhemus? Und Kralle?«

»Ich kann es dir nicht sagen, Hopper. Ich war zwischendurch nicht mehr in Atlantia ... oder vielmehr dem, was davon übrig ist. Nachdem ich Pinkie entkommen war, ging ich sofort zu den Runen. Und dann hinauf in die Oberwelt, wo ich mich auf die Suche nach dir machte, weil ... Hopper, es gibt ein großes Problem. *Noch* ein Problem.«

»Was ist denn?«

»Eine ...« Firren unterbrach sich und kniff die Augen zusammen. Langsam wanderte ihre Pfote zum Schwertknauf. Genau in diesem Augenblick spürte Hopper, wie sich ein großer Schatten von hinten über ihn senkte. Ein mächtiges, grollendes Schnurren ließ den Boden unter ihnen erzittern.

»Hopper ...«, wisperte Firren, während sie kaum merklich das Schwert zog. »Halt ganz still. Ich will dir keine Angst einjagen, Auserwählter, aber hinter dir steht eine riesige *Katze*.«

»Ich weiß«, sagte Hopper lächelnd. »Es ist ein Kater. Er heißt Ass. Und irgendwie habe ich das Gefühl, ihr beide könntet dicke Freunde werden.«

Trotz Hoppers beruhigender Worte beäugte Firren Ass nach wie vor misstrauisch.

»Das ist Ass«, wiederholte Hopper. »Er hat mich vor einem tragischen Tod bewahrt. Das habt ihr also schon mal gemeinsam. Ass, das ist Firren. Sie ist die mutigste Rebellin der ganzen Welt. Sie war vor langer Zeit mit meinem Vater befreundet und ist die Hauptverantwortliche dafür, dass die Flüchtlingslager von Titus befreit und Felinas Jagdgelände zerstört wurden.«

»Jeder Feind von Felina ist mein Freund«, sagte Ass. »Zu der Zeit, als ich sie kannte, war sie allerdings noch keine Königin. Sie war eine ganz gewöhnliche Streunerin, eine Straßenkatze.«

»Er ist unheimlich groß«, zischte Firren Hopper aus dem Mundwinkel zu. »Bist du sicher, dass man ihm vertrauen kann?«

»Er ist so treu und verlässlich, wie man es sich nur vorstellen kann«, versicherte Hopper der Rebellin.

Ass streckte die Pfote aus. »Willkommen am Pier 1.«

Firren steckte das Schwert zurück in die Scheide und schüttelte dem Kater die Pfote.

»Ass kann dir alles Nötige über das Leben hier auf den Wiesen erzählen«, sagte Hopper ihr.

»Das ist nett«, antwortete Firren, »aber wozu brauche ich das?«

»Wie meinst du das?« Hopper war verwirrt. »Weil du hierbleibst, darum! Brooklyn ist super. Mir gefällt es hier, und dir bestimmt auch.«

Der Blick, mit dem Firren ihn ansah, drückte halb Schock, halb Enttäuschung aus. »Hopper, verstehst du nicht? Ich habe nur aus einem einzigen Grund mein Leben riskiert, um hier hochzukommen ... und das war, den Auserwählten *zurück*zubringen.«

»Zurück? In die Tunnel?« Hopper erschauerte bei dem Gedanken. »Niemals«, sagte er düster.

»Aber ich habe dir noch nicht gesagt – «

»Vergiss es!«, unterbrach Hopper sie und schüttelte den Kopf. »Auf keinen Fall. Keine Chance. Nichts, was du sagen könntest, würde mich dazu bringen, zurück in diese Tunnel zu gehen.«

Es gefiel ihm gar nicht, Firren eine Absage zu erteilen. Aber sie verlangte zu viel. Was auch immer dieses neue Problem war, von dem sie erzählen wollte – er hatte nicht die Absicht, zu versuchen, es zu lösen. Er konnte die Vorstellung nicht ertragen, ein weiteres Mal zu scheitern.

Eine unangenehme Stille senkte sich über die Maus, die Ratte und die Katze. Nach einer Weile lachte Ass gezwungen und sagte so heiter wie möglich: »Vielleicht sollten wir mögliche Reisepläne später besprechen. Firren hat einiges mitgemacht und braucht bestimmt eine Pause. Sie und ich können uns kennenlernen, während ich auf Capone warte. Er müsste jede Minute zu seinem täglichen Herumtoben auftauchen. Vielleicht kann Carroll dir den Park zeigen, Hopper.« Er winkte die weiße Maus zu ihnen herüber und machte ihr denselben Vorschlag.

»Klar, das tue ich gern«, sagte sie.

Carrolls Anwesenheit half Hopper, die dunklen Erinnerungen an die Tunnel beiseitezuschieben, und das Kribbeln machte sich wieder bemerkbar. Er ließ Firren bei Ass zurück und passte sich Carrolls Schritten an.

Bei ihrem Spaziergang staunte Hopper über die vielen verlorenen Menschengegenstände, die er sah. Als Carroll bemerkte, wie er eine Sammlung gezackter Metallteile betrachtete, die mit einem Ring zusammengehalten wurden, lachte sie.

»Schlüssel«, sagte sie. »Wir finden hier in der Gegend ständig welche. Menschen scheinen einen Hang dazu zu haben, sie zu verlieren – genau wie Münzen, Kugelschreiber und diese merkwürdigen, lärmenden Dinger, die sie Handys nennen. Du kannst dir nicht vorstellen, wie viele davon hier herumliegen.«

Sie liefen weiter, bis sie einen Spielplatz erreichten. Hopper erkannte sofort, dass es einer war, denn er sah genauso aus wie der in Atlantia – nur viel, viel größer. Weil es so kühl war, spielten dort nur wenige Kinder.

»Meine Lieblingsmenschen«, sagte Carroll. »Die kleinen.«

»Und die rufen nicht die Kammerjäger?«, fragte Hopper nervös.

Carroll lachte. »Unwahrscheinlich. Menschenkinder sind freundlich. Wenn du ganz still hältst, passiert es vielleicht sogar, dass –«

»Dass was?«, wollte Hopper wissen. Mit weit aufgerissenen Augen sah er zu, wie ein kleines, pausbäckiges Mädchen auf sie zutapste.

»Dass sie dich streicheln«, flüsterte Carroll. »Jetzt sei leise und halt einfach ganz still.«

Hopper blickte hinauf in die hellblauen Augen des Mädchens. Eine rosa Schleife flatterte in seinem Haar. Dies war der winzigste Mensch, den er je gesehen hatte, aber im Vergleich zu ihm immer noch riesig. Hopper hielt die Luft an und bewegte sich nicht, genau wie Carroll es ihm gesagt hatte.

Das Kind lächelte und brabbelte, während es die Hände nach ihm ausstreckte. Hopper unterdrückte einen Schrei, als das Mädchen mit seinem kleinen Finger seinen Rücken berührte. Aber die Berührung war völlig frei von Gewalt, sie streifte ihn nur ganz leicht und sanft. Das Kind kicherte und streichelte Hoppers Fell liebevoll und staunend, und trotz der kühlen Luft strömte Wärme durch seinen kleinen Körper.

»Ich streichle das Mäuschen«, gluckste das Kind. »Liebes Mäuschen. Ich streichle dich, so wie im Streichelzoo.«

Streichelzoo. Das klang gut. Vielleicht war das so eine Art Paradies für Nager und andere Tiere, wo sie den ganzen Tag von niedlichen, kleinen Kindern liebkost wurden. Hopper dachte, er wäre vollkommen zufrieden, wenn er für immer dasitzen und sich von diesem engelsgleichen Mädchen streicheln lassen könnte.

Ein Windhauch riss der Kleinen die Schleife aus dem Haar. Hopper steckte sie sich genau in dem Augenblick in die Tasche, als ihr winziger Kinderfinger sein verstümmeltes Ohr berührte. Ihre hellen Augen wurden traurig. »Aua?«

»Hmm«, flüsterte Hopper.

»Armes Mäuschen hat Aua.«

Hopper nickte und drückte sanft seinen Rücken gegen ihren pummeligen kleinen Daumen, damit sie ihn weiter streichelte. Es war so tröstlich, dass sein Aua – *jedes* Aua – einen Moment lang keine Rolle mehr spielte.

Das Mädchen streichelte Hopper so lange, bis etwas anderes, eine Bewegung im Gras, seine Aufmerksamkeit erregte. Es jauchzte und zeigte dorthin. »Miezmiez!«, rief es. »Miezmiez!«

»Miezmiez?« Hopper wandte sich fragend an Carroll. »Was bedeutet das?«

»Ich weiß es nicht. Das habe ich noch nie gehört.«

»Miezmiez«, wiederholte das Kind noch einmal und klatschte vor Freude in die Hände. Und dann sagte sie etwas, das Hopper die Haare zu Berge stehen ließ:

»Kommt her, Miezekätzchen!«

Sechs Katzen trotteten durch den Park.

Hopper und Carroll rannten über die Wiese zurück, so schnell ihre Beine sie trugen. Als sie nah genug waren, um die Gesichter der Feinde sehen zu können, erkannte Hopper sofort den großen Kater, mit dem Ass wegen Pilot gekämpft hatte, und seine beiden heruntergekommenen Kumpel. Es war nicht leicht festzustellen, ob die anderen drei dazugehörten, aber in jedem Fall hatten die sechs Katzen ein gemeinsames Ziel: zu fressen. Sie schlichen sich genau so an, wie man es von ungezähmten Wildkatzen erwartete: die Köpfe geduckt und die Fangzähne gebleckt, während die Schwänze dazu einen bedrohlichen Rhythmus schlugen.

Als Hopper und Carroll ankamen, überdeckte der Geruch der Angst bereits den süßen, grünlichen Geruch von Gras und Erde. Die in Panik geratenen Nager schrien um Hilfe. Sie liefen in alle Richtungen, um sich irgendwo einzugraben.

Ass kämpfte wie besessen und versuchte, nach allen Seiten

Deckung zu geben. Valky bemühte sich, die Nager in Sicherheit zu bringen. Firren kämpfte allein gegen einen struppigen Streuner. Ihre Klinge zerschnitt die Luft, als sie nach der fauchenden, geifernden Katze schlug. Aber ihre Kraft ließ nach. Hopper wurde klar, dass Ass recht gehabt hatte – nach der langen Reise in die Tageslichtwelt war Firren wirklich vollkommen erschöpft.

Also gut – dann würde Hopper sie eben retten!

Aber als er mit der Pfote nach der Stelle tastete, wo sein Schwert sein sollte, fiel ihm ein, dass es von der undankbaren Ratte in Atlantia gestohlen worden war.

Nun bemerkte der größte Kater – es war der Anführer der Bande – Firrens Schwäche und steuerte auf die Kriegerin zu.

»Firren!«, schrie Hopper. »Hinter dir! Lauf!«

Doch der Kampf hatte ihr die letzte Kraft geraubt. Mit einem unergründlichem Gesichtsausdruck drehte sie sich zu Hopper um. Der Kater kam näher.

Als die Katze, mit der Firren sich im Zweikampf befand, bemerkte, dass der große, fiese Kater mit seinen zwei Kumpeln auf ihre Beute zuschlenderte, rannte sie davon. Die drei waren offenbar die Rowdys, die sogar die anderen Streuner fürchteten.

Das Trio stolzierte über die Wiese und Hopper sah, wie der heiße Atem des Katers in der kalten Luft sichtbar wurde. Ob mit Schwert oder ohne, er musste etwas tun. Er rannte auf die keuchende Firren zu und erreichte sie im selben Moment wie die Katzen.

»Sieh mal, wer da ist! Der kleine Freund von Ass.«

»Schleich dich davon«, flüsterte Hopper Firren zu. »Ich versuche, mit ihnen zu reden. Oder sie zumindest irgendwie abzulenken.«

»Mit ihnen zu *reden*? Aber, Auserwählter – «

»Wir müssen ja nicht beide sterben. Und jetzt lauf, Firren. *Lauf!*«

Hopper hielt sich nicht damit auf, ob sie seinem Befehl gehorchte oder nicht, sondern fixierte die drei Feinde. Sie lauerten über ihm. Sie waren größer als er und sie waren zu dritt. Er konnte wegrennen, aber sie wären schneller.

Hopper sah den Schlag nicht kommen. Die eigentlich weiche Pfote des Katers traf ihn, eine schnelle, donnernde Rückhand, die ihn von den Füßen kickte.

»Ich mag es, ein wenig mit euch Mäusen zu spielen, bevor ich euch fresse«, sagt der Kater höhnisch. »Das macht euer Fleisch zarter.«

Erneut wurde Hopper von der Pfote getroffen und zur Seite geschleudert. Benommen kam er wieder auf die Beine, aber die Erde schien unter seinen Füßen zu wackeln.

So sollte der Auserwählte also sterben? Auf einer Wiese, in den stinkenden Atem eines Katers gehüllt? Hopper spürte, dass seine Schultern erschlafften. Er starrte auf die großen und kleinen Steine, die auf dem Boden um seine Pfoten herum lagen.

Einer der anderen Streuner lachte. »Jetzt bin ich dran!«

Hopper nahm den Lufthauch wahr, als wieder eine Pfote auf ihn zusauste. Er spannte die Muskeln an und erwartete den Schlag, doch er kam nicht. Stattdessen jaulte der Kater

auf und wimmerte dann vor Schmerzen. Hopper riss den Kopf hoch und sah, dass Firren seiner Anweisung, sich zurückzuziehen, nicht nachgekommen war. Die Rebellin hatte sich aufgerappelt und stach nun ihr Schwert in die Pfote des Katers!

Der dritte Kater bleckte die Zähne und setzte sich sprungbereit auf die Hinterpfoten, als Hopper spürte, dass noch jemand neben ihm war. Carroll! Und sie hielt ihm etwas entgegen.

Einen Stein?

»Was machst du hier?«, fragte er leise. »Das ist gefährlich. Lauf weg!«

»Ich helfe dir«, sagte Carroll und drückte ihm den Stein in die Pfoten.

»Wofür ist das?«

»Hopper!« Es war Ass' Stimme, die durch den Park schallte. »Einen Dreier!«

Hopper hörte die Worte, war aber zu verängstigt, um sie wirklich zu verstehen. Er starrte Ass an, der eine Eichhörnchenfamilie gegen einen der Streuner verteidigte.

»*Wirf einen Dreier*, Hopper!«, rief Ass noch einmal.

Langsam begriff er, und in ihm sammelte sich all seine Kraft, als er sich bereit machte für den Wurf ....

Handgelenke und Knie!

Der Stein flog so elegant und wuchtig wie ein Basketball und traf den Kumpel des Anführers mit einem scheußlichen Geräusch am Kopf. Der Kater miaute schrill, taumelte rückwärts und sackte auf dem frostigen Gras zusammen.

Carroll hob einen weiteren Stein auf. Diesmal warf sie selbst. Der Stein landete mitten auf der empfindlichen Nase des Katers. Er heulte vor Schmerz.

Nun war nur noch der große Kater übrig. Er schrie wütend auf und langte mit seinen messerscharfen Krallen nach Hopper. Doch bevor er ihn traf, vernahm Hopper ein ihm bislang unbekanntes Geräusch. Auch der Kater hörte es und zog entsetzt die Pfote zurück.

Bellen!

Capone raste knurrend und zähnefletschend über das Gras auf sie zu. Er sah aus wie eine muskulöse Kanonenkugel.

Da gab der Kater auf und rannte davon. Seine verletzten Freunde überließ er ihrem Schicksal. Aus der Pfote des einen und von der Stirn des anderen, der Hoppers Stein abbekommen hatte, lief Blut. Der stämmige Hund nahm die Verfolgung auf. Sein wildes Gebell blieb hinter ihm zurück wie ein Echo.

Eilig lief Ass zu Hopper, und die Maus schlang die Arme um das seidige Fell des Katzenbeins. Dann drehte Hopper sich mit einem dankbaren Grinsen zu Carroll um.

»Sauber«, sagte er. »Zielen kannst du.«

»Danke. Du auch.«

Als die Nager sich langsam aus ihren Nestern und Verstecken hinaustrauten, ging Carroll zu ihnen, um die Verletzten zu versorgen. Durch ihre Zeit im Labor hatte sie einiges über Wundversorgung gelernt.

Nun kamen auch Valky und die Basketballratten zu Hopper, Firren und Ass gerannt.

»Ist alles in Ordnung?«, fragte Ass. Er selbst hatte eine Schnittwunde über dem Auge und ein geknicktes Schnurrhaar.

»Nein«, sagte Firren knapp. »Ist es nicht.« Sie strich ihr Hemd glatt und wandte sich an den Auserwählten. »Es geht um deinen Bruder, Hopper, um Pip. Mit ihm ist ganz sicher *nicht* alles in Ordnung.«

Fünfzehn

»Was denn?«, fragte Hopper. »Was ist mit Pip?« Schon bei dem Gedanken daran, sein kleiner Bruder könne verletzt oder in Gefahr sein, drehte sich ihm der Magen um.

»Er ist aus dem Dorf der Mūs davongelaufen«, erklärte Firren ernst. »Pinkie hat La Rocha davon berichtet, als sie uns aus seiner Festung fortführte. Um ehrlich zu sein, konnte ich wahrscheinlich nur deshalb fliehen, weil sie so sehr damit beschäftigt war, die Geschichte zu erzählen.«

»Warum ist er davongelaufen?«, wollte Hopper wissen. »Wollte er nach mir suchen?« Diese Idee gefiel Hopper außerordentlich, obwohl ihm gleichzeitig die Vorstellung, dass Pip alleine in den gesetzlosen Tunneln herumlief, das Blut in den Adern gefrieren ließ.

»Nein. Er hat sich auf die Suche nach Felina gemacht.«

»Was?!«

»Dem zufolge, was Pinkie erzählt hat, war Pip zuletzt ziemlich aufgeblasen. Es gefiel ihm nicht, dass alle fanden, man müsse ihn beschützen. Er sagte, er könne genauso gut ein Auserwählter sein wie seine Geschwister, und wenn er Felina töten müsse, um das zu beweisen, würde er das eben tun.«

»Und was hat Pinkie dazu gesagt?«, fragte Hopper.

»Nichts«, sagte Firren, »weil er ihr nur einen Brief hinterlassen hat. Als sie ihn fand, war Pip schon weg.«

Weg. Das Wort traf Hopper wie ein Schlag. Sie hätte genauso gut sagen können, »tot«.

»Deshalb musst du mit mir zurückkommen.« Firren seufzte und drehte in einer Geste der Verzweiflung die Pfoten nach oben. »Ich kann Pip nicht alleine retten, und selbst wenn, bezweifle ich, dass er auf mich hören würde. Du bist derjenige, der mit ihm reden muss.«

Davor fürchtete Hopper sich noch mehr als davor, in die Tunnel zurückzukehren. Pip war so kalt gewesen, als sie das letzte Mal miteinander gesprochen hatten. Die Erinnerung an die Verachtung seines kleinen Bruders jagte Hopper einen Schauer über den Rücken.

»Pip ist entschlossen, sich Felina entgegenzustellen«, fuhr Firren fort, »und wenn sie davon erfährt, wird sie sich die Gelegenheit nicht entgehen lassen, sich auf ihre Weise einen Spaß daraus zu machen. Ich allein kann sie auf keinen Fall davon abhalten, Pip nachzustellen, und ich weiß nicht, wo die Rangers sind oder ob irgendeiner der Soldaten die Aktion der Kammerjäger überlebt hat.«

Hoppers letzte Information war, dass Garfield, Polhemus und Kralle am Leben waren und sich um Beverly und Driggs kümmerten. Aber er wusste natürlich nicht, ob sie noch einmal in das mit Fallen gespickte Atlantia hineingegangen waren, nachdem er selbst in der Jackentasche davongetragen worden war. Und selbst wenn sie sich nicht noch einmal in dieses Minenfeld hineingewagt hatten – die Tunnel waren mittlerweile noch gefährlicher als früher. Niemand konnte wissen, ob sie nicht ein furchtbares Schicksal erlitten hatten, als sie durch die dunklen Gänge liefen.

»Wie du siehst, Hopper«, drängte Firren, »haben wir wirklich keine andere Chance, als uns auf den Weg nach Süden zu machen.«

»In den Süden?« Valky sah Ass ungläubig an. »Hat sie gerade gesagt, sie will mit der Maus nach New Jersey?«

»Nicht nach New Jersey«, korrigierte Hopper finster. »In diesen Süden.« Er deutete auf die gefrorene Erde unter seinen Pfoten. »In die U-Bahn-Tunnel.«

Zu Hoppers Überraschung zitterte Firrens normalerweise so feste Stimme, als sie weitersprach. »Wir sind die einzigen, die Pip retten können. Und dazu müssen wir zurück in die Tunnel.«

Hopper wurde flau. Fast kam es ihm so vor, als würde er den dortigen Staub und den Schimmel auf der Zunge schmecken. Was, wenn er wieder versagte? Was, wenn er loszog, um Pip zu retten, und am Ende alles nur noch schlimmer machte?

Er nahm sich vor, sein Verantwortungsgefühl zu ignorieren, die Erinnerungen an sein Dasein als Auserwählter für immer aus seinem Gedächtnis zu verbannen und in Zukunft in dem warmen, gemütlichen Lagerraum hinter dem

Bellissimo's zu leben. Aber er liebte seinen Bruder, und er war immer noch der Sohn von Dodger, der für die Sicherheit in den Tunneln gekämpft und so bedingungslos an die Freiheit geglaubt hatte, dass er für sie ein gewaltiges persönliches Opfer gebracht hatte.

Opfer. Plötzlich begriff Hopper, dass dieses Wort eine ganz und gar selbstlose Tat bezeichnete. Merkwürdigerweise konnte man damit auch benennen, was Titus getan hatte – seine Macht dafür einzusetzen, um Unschuldige für seine Zwecke zu benutzen – sprich, zu opfern. Ein Wort für zwei völlig gegensätzliche Dinge.

Hopper war noch nie so hin- und hergerissen gewesen. Sein Herz zog es zu Pip, doch zugleich konnte er sich nicht vorstellen, an den Ort seines größten Verlusts zurückzukehren. Er wischte sich eine Träne aus dem weißen Fell unter seinem Auge.

»Ich kann das nicht tun«, sagte er leise. »Ich schaffe es nicht, noch einmal dorthin zu gehen, wo Zucker starb. Ich möchte Pip retten, aber wenn er meine Hilfe nicht annehmen will, ertrage ich das nicht, glaube ich.« Mit zitternden Schnurrhaaren blickte er zu Firren. »Abgesehen davon, hätten wir überhaupt eine Chance?«, fragte er skeptisch. »Schließlich sind wir nur zu zweit.«

»Nein, ihr seid nicht nur zu zweit«, sagte Ass. Entschlossenheit sprach aus seinen olivgrünen Augen. »Ich bin dabei.«

»Ich auch«, sagte Valky. »Hopper, du hast gegen diese Katzen gekämpft und damit mein Zuhause verteidigt. Es wäre mir eine Ehre, dir dabei zu helfen, deinen Bruder zu finden.«

»Wir kommen auch mit«, sagte Kidd. »Du hast uns vor dem Wischmop gerettet. Betrachte uns als Teil deines Teams.«

Hopper sah von den Sportlern zu dem freundlichen Kater und von dort zu der Kriegerin, der er genauso vertraute und die er so sehr bewunderte, wie er Pip liebte.

»Aber ich habe versagt«, murmelte er. »Ich habe vollkommen versagt. Und wenn es mir nicht gelingt, Pip zu retten, halte ich das nicht aus.«

»Wenn du es nicht versuchst«, sagte Ass weise, »hast du etwas viel Schlimmeres getan, als zu versagen. Dann hast du aufgegeben.«

Sie schwiegen lange. Nur der stärker werdende Wind, der über das frostige Gras wehte, durchbrach die angespannte Stille.

Auf einmal ertönte Zuckers Stimme in Hoppers Kopf. *Ich habe geglaubt, dass du der Sohn meines alten Freundes bist. Und mehr musste ich nicht wissen, um an* dich *zu glauben*.

Zucker hatte an Hopper geglaubt, bevor Hopper es selbst getan hatte. Und nun geschah es wieder: Schmerzliche Zweifel und Furcht quälten ihn, aber es gab andere, die ihm ihr Vertrauen schenkten und an seine Mission glaubten – Ass und Valky und die Basketballratten. Er hatte ihr Vertrauen gewonnen, weil er sich nicht gescheut hatte, sie zu beschützen, und nun waren sie bereit, dasselbe für ihn zu tun.

Hopper war sich immer noch nicht ganz sicher, ob er so

viel Freundlichkeit verdiente, aber er würde sie annehmen. Für Pip.

»Okay«, sagte er schließlich. »Wir gehen zurück. Wir retten Pip.«

»Super!« Firren grinste ihn schief an. »Und wenn wir sowieso zurückgehen …«

Hopper lachte. »Wenn wir sowieso zurückgehen … können wir auch unseren Kampf gegen Felina fortsetzen. Solange Atlantia noch nicht wieder steht, tun wir alles, was in unserer Macht steht, um die Nager zu schützen.«

»Das klingt doch nach einem Plan«, sagte Ass. »Lass uns der weißen Albtraum-Katze geben, was sie verdient.«

»Wir werden Waffen brauchen«, sagte Firren. »Irgendwelche Ideen?«

Hopper fielen die flachen Gegenstände aus Metall ein, die Carroll als Schlüssel bezeichnet hatte, und erklärte schnell: »Wenn wir die Spitzen schärfen, zum Beispiel an einem Stein, könnten das hervorragende Waffen abgeben.«

Rasch schickte er die Basketballratten auf die Suche nach so vielen Schlüsseln, wie sie im Gras finden konnten.

Hopper spürte, wie wieder etwas Hoffnung in ihm aufkeimte. Er war bereit, für die Tunnelwelt zu kämpfen, die er so sehr vermisst hatte. Denn er hatte zwar keine gewaltigen Soldatentruppen hinter sich, aber er hatte etwas anderes, etwas viel Besseres:

Freunde. Mutige und treue Freunde, die ihm zur Seite stehen würden, komme, was wolle. Stärker als das konnte keine Armee der Welt sein.

Sechzehn

La Rochas Tagebuch – aus dem Heiligen Buch der Mūs:

In der Koffer-Festung sagte Firren, die Rebellen seien mit dem, was sie erreichen wollen, wieder ganz am Anfang. Und mir geht es genauso … in vielerlei Hinsicht.

Seit Tagen bin ich nun schon Pinkies Gefangener. Die meiste Zeit hat sie mich ignoriert. Ich werde in genau der Lokomotive festgehalten, in der ich vor nicht allzu langer Zeit Unterschlupf gefunden hatte. Allerdings wurde ich nicht in mein angenehmes Zuhause im Schornstein gebracht. Diesmal hat Pinkie, die Auserwählte, mich an die Eingeweide der Lokomotive – Kurbeln und Räderwerke – gekettet.

Glücklicherweise bin ich ihr einziger Gefangener.

Auf unserem Marsch von der Festung hierher tat die Kriegerin Firren, was sie am besten kann. Pinkie war abgelenkt, weil sie die Geschichte von Pips Treulosigkeit erzählte, und Firren, die immer strategisch denkt, nutzte die Unachtsamkeit unserer Entführerin. Sie attackierte Pinkies Leibwache und entkam, verschwand in den Tunneln, wo sie … Nun, ich kann nur raten, was sie dort tun wird. Vielleicht wird sie die Mitglieder ihrer starken Rangers-Truppe zusammensuchen, die überlebt haben. Oder sie macht sich auf den Weg zu Felinas Versteck und kämpft allein gegen die grausame Katzenkönigin. Aber eins weiß ich: Sie wird sich nicht bloß in der Dunkelheit verstecken und nichts tun. Das liegt weder in ihrer Natur noch ist es ihr Schicksal. Firrens Bestimmung ist es, mutig zu sein.

Als sie davonrannte und den vertrauten Schlachtruf erschallen ließ, rief ich ihr hinterher:

»Blicke in das Gesicht eines alten Freundes, dann weißt du, was zu tun ist.«

Ich kann nur hoffen, dass sie meine Worte gehört und verstanden hat.

Nun steht Pinkie vor mir, zum ersten Mal, seit wir wieder in dem Dorf sind.

»Warum trägst du diesen Lumpenmantel?«, will sie wissen. »Wenn du wirklich so großartig und wunderbar bist, warum trägst du dann nicht einen glänzenden goldenen Umhang wie ich?«

»Ich trage diesen Mantel, damit mich keiner erkennt«, antworte ich. »Ich bin für jeden Nager da. Ich versuche, die Einsamen und Verlorenen zu trösten, und jenen zu helfen, denen es schwerfällt, allein den rechten Weg zu finden. Dafür braucht man keinen goldenen Umhang.«

Pinkie verdreht die Augen. »Ich könnte kotzen.«

»Es tut mir leid, wenn dir meine Mission missfällt.«

Sie zupft am Saum meines blauen Umhangs. »Er ist zerrissen. Das erklärt wohl den Stofffetzen, den ich im Schornstein entdeckt habe.«

»Ich habe diesen Stoff nach der großen Flucht aus Atlantia gefunden. Ich vermute, dass er früher für die Menschen eine besondere Bedeutung hatte, doch dann lag er einfach irgendwo in der Stadt und die Nager trampelten achtlos darauf herum. Ich habe ihn aus dem Schmutz gezogen und mir aus den Resten ein Gewand mit Kapuze angefertigt.«

»Da steht was drauf«, sagt Pinkie. »›Brooklyn. 1955.‹ Wirst du auch diese Worte deuten und zu einem Teil deiner Lehre machen? Sie in dein Heiliges Buch einfügen, wie es dir passt?«

»Würdest du es denn zulassen?«

»Nie im Leben.«

»Dann wohl nicht.«

Pinkie durchschreitet die Lokomotive. Ihre Krallen klackern auf dem Boden, und der bestickte Saum ihres pinkfarbenen Umhangs klingt wie geflüsterte Geheimnisse.

»Ich will, dass du etwas für mich tust«, befiehlt sie. »Ich habe bereits Papier im Tunnel gesammelt. Wir beide wissen, dass es eigentlich menschlicher Abfall ist, aber wenn du etwas darauf kritzelst, wird es als die neueste Prophezeiung des weisen, hoch verehrten La Rocha angesehen.«

»Was soll ich auf diese Blätter schreiben?«

»Du schreibst, dass die Mūs mir folgen müssen. Was ich sage, gilt. Niemand darf mich jemals infrage stellen. Ich, Pinkie, bin die einzige und wahre Anführerin dieses Volkes. Unter meiner

Herrschaft werden wir uns nie wieder mit irgendwelchen heruntergekommenen Außenseitern verbünden, egal ob im Krieg oder Frieden. Dann liegt die absolute Macht in meinen Händen.«

»Und was willst du damit anfangen? Noch mehr von diesen goldenen Umhängen schneidern lassen?«

»Ich werde das Sagen haben.«

»Ja, aber mit welchem Ziel?«

Sie sieht mich verletzt an. »Bist du jemals machtlos gewesen?« In ihren Augen blitzt schwarzer Humor auf. »Außer jetzt, meine ich.«

»Ich war der Gnade von Mächten ausgeliefert, die stärker waren als ich, ja.«

»Das ist kein Spaß, stimmt's? Um ehrlich zu sein, fühlt es sich miserabel an, machtlos zu sein. Auf einer Schicht aus Streu zu warten und sich zu fragen, welcher deiner Angehörigen als Nächstes von einer fetten Menschenhand geschnappt wird, oder noch schlimmer … «

Sie spricht den Satz nicht zu Ende.

»Noch schlimmer?«, frage ich ruhig, obwohl ich genau weiß, was sie denkt. »Was kann noch schlimmer sein, als das einem einer der Liebsten weggenommen wird?«

»Wenn einer der Liebsten sich im Morgengrauen davonschleicht, seine Wärme und seinen Schutz mit sich nimmt und dich allein zurücklässt. Das ist noch schlimmer. Ich war noch klein und hatte Angst. Ich bettelte: ›Bitte, Papa, geh nicht‹, aber er sagte, er müsse etwas erledigen. Er versprach mir, dass uns ein wunderbares Leben bevorstünde, Pip, Hopper und mir,

wenn wir erst einmal bei den Mūs wären. Aber sich selbst rechnete er wohl nicht dazu.«

Der Schmerz, den sie empfindet, scheint die Umgebung zu versengen wie die Strahlen der manchmal unbarmherzigen Mittagssonne in der Oberwelt.

Ich zögere, bevor ich meine nächste Frage stelle. »Was ist, wenn ich mich weigere, diese Prophezeiung aufzuschreiben, wie du es von mir verlangst? Was dann?«

Sie funkelt mich an. »Wenn du dich weigerst, die Prophezeiung zu schreiben, werde ich dich vernichten.«

Sie stößt ihre Drohung mit ruhiger Stimme aus, aber etwas an ihrem Verhalten verrät sie. Ein Zucken des Schwanzes, ein Zittern der Pfoten. Noch ist sie also nicht die erbarmungslose Tyrannin, die sie sein möchte. Noch ist sie nicht ganz verloren, denn sie spielt nur mit der Grausamkeit.

Es gibt noch einen Rest Anständigkeit in Pinkie. Tief vergraben unter Zorn und Misstrauen, aber er ist da. Sie ist immer noch die Tochter ihres Vaters, die Schwester ihres Bruders. Sie hat Angst, aber in ihrem gebrochenen Mäuseherz schlummert Güte.

Und ich weiß, dass es nur einen Weg gibt, sie hervorzulocken.

Wenn ich irgendetwas für sie tun kann, dann dies:

Ich greife nach meiner Kapuze.

Siebzehn

Es dauerte nicht lange, bis Julius, Kidd, Dawkins und die anderen zurückkehrten. Alle schleppten einen scheppernden Schlüsselring mit sich. Firren machte sich daran, ihnen beizubringen, wie man die Spitzen dieser ansonsten harmlosen Metallgegenstände ganz einfach in tödliche Waffen verwandelte: indem man sie gegen Steine rieb.

»Wie kommen wir in diese U-Bahn-Tunnel?«, fragte Valky.

»Genau wie die Menschen«, sagte Hopper. »Wir gehen zu einer Station und machen uns dort auf den Weg nach unten.«

Ass wies darauf hin, dass die nächste Station in der Clark Street sei, aber Hopper entschied, dass sie den weiteren Weg zur Atlantic Avenue gehen würden. Dort wusste er sicher, dass sie durch das Loch in der Wand leicht hinunter in die Tunnel gelangen konnten.

Na ja, leicht, wenn es einem nichts ausmachte, zigtausend Meilen in die Tiefe zu stürzen und hart im Dreck zu landen.

Über Stunden erfüllte das Geräusch von Stein auf Metall die Luft. Als der Himmel langsam dunkel wurde, brachte Valky ein Streichholzheftchen herbei und entzündete ein kleines Lagerfeuer. Im Schein seiner flackernden Flammen brachte Firren ihrer neuen Rebellengruppe aus der Oberwelt die Grundlagen des Schwertkampfes bei. Es überraschte niemanden, dass die Basketballratten sich im Umgang mit den Schwertern als genauso begabt erwiesen wie mit dem Ball. Sie zeigten Firren sogar eine sehr nützliche Strategie, die sie als Ganzfeldpresse bezeichneten.

Nach und nach gingen die Lichter in den Fenstern der gewaltigen Gebäude auf der gegenüberliegenden Flussseite an – Ass sagte, der Ort dort heiße Manhattan –, und Hopper fiel auf, dass die Stimmung sich veränderte. Die Temperaturen sanken rasch, und ein winterlicher Geruch verbreitete sich, der neu für Hopper war. Er ließ die Luft feucht und schwer werden.

»Schnee«, sagte Valky. »Ja, bald schneit es. Das wird heftig.«

»Was wird heftig?«, fragte Hopper.

»Der Sturm«, erklärte Valky und sein Fell sträubte sich. »Je schneller wir bei der U-Bahn-Station sind, umso besser.«

Hopper sah sich im Kreis der erwartungsvollen, entschlossenen Tiere um, die sich seinetwegen zusammengetan hatten. Ihr Arsenal an Schlüsselschwertern funkelte im Schein des Feuers. Durch sein schwarzes, glattes Fell wurde Ass im Halbdunkel fast unsichtbar. Hopper fragte sich:

Würden sie wirklich in der Lage sein, Pip zu finden? Und vielleicht sogar einen brutalen Feind zu schlagen?

Er wünschte es sich sehnlichst, war sich seiner Sache aber ganz und gar nicht sicher.

Ihm blieb nichts übrig, als zu hoffen.

Nun wurde es wirklich Abend, und mit dem Abend kam ein bitterer Wind auf. Unter dem eisigen Himmelszelt saß Hopper still neben Ass und blickte über den East River.

Immer mehr Lichter gingen auf der gegenüberliegenden Seite an und spiegelten sich auf der Oberfläche des kalten Wassers.

»Versprich mir etwas, Hopper«, bat der Kater, während er gedankenverloren die Krallen ausfuhr und wieder einzog. »Wenn es uns gelingt, die Katzenkönigin zu erwischen, möchte ich derjenige sein, der ihr das Halsband abnimmt.«

Neugierig musterte Hopper seinen Freund. »Klar«, sagte er. »Aber warum?«

»Ich habe meine Gründe«, antwortete Ass mit einem eisigen Unterton.

Hinter ihnen machte Firren Valky und die Basketballratten mit dem Land unter der Erde vertraut. Sie hatte eine grobe Karte in die gefrorene Erde gekratzt und deutete auf das Gebiet, wo sie Felinas Lager vermutete. Außerdem zeigte sie ihnen die möglichen Routen, die ein entschlossener Pip genommen haben könnte, um es zu finden. Sie beschrieb zudem, wo sich Atlantia befunden hatte und wo die Stadt mit etwas Glück in Zukunft wieder stehen würde. Zum Schluss kennzeichnete sie noch viele der bevorzugten Verstecke der Rangers. Obwohl Firren es nicht direkt erwähnt hatte, wusste Hopper, dass sie sich um die Sicherheit ihrer Rebellen sorgte, und hoffte, dass ihnen in ihrer Abwesenheit nichts zugestoßen war.

Hoppers Blick ging vom Fluss in die Höhe. Er wurde angezogen von einem trüb scheinenden Fleck im Himmel. Es sah aus, als habe er sich im Metallnetz der Brooklyn Bridge verfangen. Dieses runde weiße Leuchten, das dort in der Luft schwebte, strahlte etwas Erhabenes, Zauberhaftes aus.

»Was ist das?«, fragte er und zeigte nach oben.

»Das ist der Mond«, sagte Ass. »Normalerweise ist er viel heller. Heute verbergen ihn die Schneewolken.«

Den Mond hatte Hopper nie gesehen, als er noch in der Zoohandlung lebte, und wünschte sich nun, er hätte mehr auf solche Dinge geachtet. »Wie kommt man dahin?«, fragte er. »Zum Mond, meine ich.«

Ass zuckte mit den Schultern. »Keine Ahnung. Vielleicht mit dem Taxi.«

Nun erregte etwas anderes Hoppers Aufmerksamkeit – ein weißer Fleck, der durch den dunklen Himmel nach unten kreiste. Er drehte sich, verharrte schwebend, sank und hob sich, elegant und scheinbar schwerelos, ziellos und anmutig, kreiselnd und treibend. Ein weiterer weißer Fleck folgte. Und noch einer.

Einen Moment lang dachte Hopper, der Mond sei in winzige Stückchen zerbrochen und verstreue sich über den Brooklyn-Bridge-Park. Doch als eine der zarten Flocken auf seiner Nase landete und ihn ein angenehmer Schauer durchfuhr, wusste er, dass diese kühlen Pünktchen keine Bruchstücke des Mondes waren.

Er streckte die Pfote aus und fing eine glitzernde Flocke. Sie war ganz weiß, kalt und kristallartig. Flach hatte sie dieselben Ausmaße wie seine Pfote, lauter zarte Spitzen und miteinander verbundene Linien. Es war ein atemberaubender Anblick, und obwohl Hopper wusste, dass er sich fürchten sollte, war er im Augenblick nur überwältigt von dieser Schönheit.

»Schnee«, flüsterte er.

Die juwelenähnliche Flocke schmolz im selben Augenblick, als er das Wort aussprach, aber als er hinunter ins Gras blickte, sah er, dass auf dem Boden viele andere Flocken bereits eine dünne, glitzernd-weiße Decke um seine Pfoten herum gebildet hatten. So funktionierte Schnee also – einzelne kleine Elemente, die zusammen zu einer größeren Kraft wurden.

»Sieh mal, Ass«, rief Hopper vergnügt und fing eine zweite Flocke, um sie ihm zu zeigen. »Es schneit!«

Doch als er hinauf in die grünen Augen seines Freundes blickte, wurde ihm sofort klar, dass Ass sich nicht über die hübschen Flocken freute.

Ganz und gar nicht.

Hopper war nicht der Einzige, der die Schneeflocken gesehen hatte. Auch Valky hatte sie bemerkt und beeilte sich, die Basketballratten zum Aufbruch zu bewegen.

»Wir müssen uns auf die Beine machen, bevor der Sturm anfängt«, sagte das Streifenhörnchen. »Wenn es erstmal losgeht, sollten wir nicht unterwegs sein.«

»Moment«, sagte Hopper. »Ich möchte Carroll noch auf Wiedersehen sagen.«

»Dafür ist keine Zeit«, sagte Ass. »Der Schnee ist ein harter Gegner. Je eher wir zur Station Atlantic Avenue kommen, desto besser für uns.«

Als Hopper wieder hinunter ins Gras blickte, sah er ein, dass Ass recht hatte. Der feine, pudrige Schnee bildete bereits eine dicke Schicht um seine Pfoten herum. Der Himmel war nun voller wirbelnder Flocken, und der Wind war stärker geworden.

Er legte eine Pfote in Firrens und zusammen reihten sie sich in die kleine Prozession ein – Ass, Valky und die neun Ratten aus dem Barclays Center. Sie trotteten die Furman Street hinunter, bis dorthin, wo sie die Atlantic Avenue kreuzte. Mit jeder Sekunde, die verstrich, fiel der Schnee schneller und dichter.

»Bei dieser Geschwindigkeit«, rief Ass, um das Heulen des Windes zu übertönen, »glaube ich nicht, dass wir es bis zur Station schaffen, bevor der Sturm seinen Höhepunkt erreicht.«

»Ja, wir müssen uns irgendwo unterstellen«, stimmte Valky zu. »Irgendwelche Ideen?«

»Ins Bellissimo's können wir nicht. Zehn Ratten, eine Maus und ein Streifenhörnchen, die im Vorratsraum Unterschlupf suchen, kämen da bestimmt nicht gut an. Außerdem schließen sie abends ab, wir kämen also gar nicht hinein.«

Hopper drehte sich zu Firren um. Ihre Zähne hatten angefangen zu klappern, und ihre zarten Schnurrhaare waren bereits von einer Eisschicht bedeckt. Mit Entsetzen wurde ihm klar, dass sie alle erfrieren würden, wenn sie keinen Ort fänden, an dem sie den Sturm abwarten konnten. Sein Herz raste wie so viele Male zuvor, seit er und seine Geschwister aus ihrem gemütlichen Käfig geflohen waren.

Der Käfig …

»Ich weiß, wohin wir gehen können!«, rief er, während er an den Anfang ihres Zugs lief. »Alle mir nach.«

Ohne das geringste Zögern folgten sie ihm.

Sie hörten erst auf zu rennen, als sie die Zoohandlung erreicht hatten. Die rot-goldenen Buchstaben am Fenster waren wegen des Schnees fast nicht mehr zu entziffern, aber Hopper erkannte den Laden sofort. »Wir sind da!«, verkündete er.

Mit einem verzweifelten Blick betrachtete Valky die hohe Glastür. »Wie sollen wir denn da reinkommen?«, fragte er.

Hopper ging zu der Stelle, wo seiner Erinnerung nach der Mörtel aus der Hauswand gebrochen war. Sie war nur teilweise vom Schnee verdeckt, und mit so vielen Pfoten, die gemeinsam gruben, dauerte es nicht lange, bis der Spalt zwischen den Ziegelsteinen sichtbar wurde.

»Wer sagt, dass man nicht zweimal in denselben Fluss steigen kann?«, fragte Hopper verschmitzt.

Zitternd quetschten sich die Ratten eine nach der anderen durch die kleine Öffnung.

»Oh-oh«, machte Hopper mit einem Blick auf Ass. »Ich glaube, wir haben ein Problem.«

Ass lachte. »Ich habe mich schon gefragt, wann es dir wohl auffällt.«

»Und jetzt?«, fragte Hopper und merkte, dass schon wieder Panik in ihm aufwallte, so wie die Schneewehen, die von außen gegen den Laden fegten.

»Mach dir keine Gedanken um mich«, beruhigte Ass ihn. »Ich bin ein waschechter Brooklyn-Bewohner. Ich werde schon irgendein warmes Plätzchen für die Nacht finden, und morgen früh treffen wir uns an der U-Bahn-Station.«

»Pass auf dich auf«, bat Hopper. Seine Stimme brach, als er hinzufügte: »Und sag Capone Lebewohl von mir.«

»Wie wär's, wenn ich ihm einfach ausrichte, dass du bei deinem nächsten Besuch in der Oberwelt bei ihm vorbeischaust?«

Hopper schluckte und lächelte. »Ja. Sag ihm das.«

»Ich werde versuchen, etwas Proviant aus dem Bellissimo's mitzubringen. Es öffnet ja schon im Morgengrauen«, sagte Ass mit einem Grinsen. »Meinst du, du kannst mit dem Bauch voll Auberginenauflauf kämpfen?«

»Ich glaube, mit dem Bauch voll Auberginenauflauf *kann* ich nur gewinnen!«

Ass zwinkerte ihm zu, dann legte er die spitzen Ohren an und lief in den Wind hinein. In dem alles bedeckenden Weiß sah sein schwarzes Fell aus wie ein glänzender Schatten.

Hopper blickte seinem Freund nach, bis der um die nächste Ecke verschwunden war, dann atmete er tief durch und kroch durch den Spalt zwischen den Steinen.

In die Zoohandlung.

In die Vergangenheit.

Obwohl der Raum leer war, hingen immer noch die Gerüche nach Vögeln, Reptilien und Nagern darin. Hopper atmete tief durch. Bilder aus seiner frühesten Kindheit schwirrten ihm durch den Kopf.

»Was ist das hier?«, wollte Julius wissen.

»Hier habe ich einmal gelebt«, erklärte Hopper. »Zusammen mit meiner Mutter, meinem Bruder und meiner Schwester.« Er schloss die Augen, um die Erinnerung an einen weißen Fellkreis und einen sanften Herzschlag heraufzubeschwören. »Und mit meinem Vater«, fügte er flüsternd hinzu.

Ein paar halb zerdrückte Kartons lagen herum, eine vergessene Hundedecke, ein Quietschspielzeug und ein Verlängerungskabel. Hopper war überzeugt, dass es dasselbe war, an dem er und Pinkie auf der Flucht vor dem Besitzer die Theke hinuntergejagt waren.

Frierend und erschöpft suchte sich Valky schnell eine Stelle, an die der Wind, der durch den Spalt in der Wand wehte, nicht gelangte, und kuschelte sich zu einem kleinen schwarzbraunen Ball zusammen. Die Ratten verkrochen sich in den Ecken und Winkeln, und bald war es ganz still im Laden.

»Ich lege mich auch hin«, sagte Firren. »Ist ein großer Tag morgen.«

»Ja. Großer Tag.« Hopper wollte sich gerade ebenfalls zusammenrollen, als er einen karierten Stofffetzen auf dem Fußboden entdeckte. Er ging darauf zu, und seine Nase zuckte. Er roch den Besitzer – es war seine Hemdtasche, abgerissen an dem Tag, als Hopper und die anderen an seinem kräftigen Arm aus dem Käfig gekrabbelt waren.

Er hob das zerschlissene Stück Stoff auf und steckte es sich in die Tasche. Von all den Stoffresten, die er bisher gesammelt hatte, war dies sicher das mit der größten Bedeutung. Es stand nämlich für das erste Mal, dass Hopper an sich selbst geglaubt hatte. Damals hatte er es nicht geahnt, aber der regnerische Morgen, an dem Pinkie und er ihr Gefängnis aus Karton umwarfen, war der Beginn einer großen Veränderung gewesen.

Der Tag, an dem sich in seinem kleinen Mäuseherz zum ersten Mal der Mut geregt hatte.

Hopper überquerte den Zementboden. Das Kratzen seiner Krallen hallte laut durch den leeren Raum. Als er sich neben Firren einkuschelte, wusste er, dass heute Abend nicht das Geräusch der Kasse die Stille durchbrechen würde. Allerdings schien die Stimme des Besitzers immer noch durch die Dunkelheit zu flüstern.

Vögel … in Ordnung. Katzen … in Ordnung.

Heute Abend würde Hopper nicht über dem leisen Tschilpen der Kanarienvögel einschlafen.

Reptilien und Amphibien … in Ordnung, in Ordnung.

Auch das beruhigende Blubbern der Aquarien sollte ihn diesmal nicht einlullen. Nein, heute würde ihn einfach die überwältigende Erschöpfung in einen tiefen, traumlosen Schlaf sinken lassen.

Vor dem Fenster heulte und tobte der Wind, und der Schnee klatschte gegen die Scheibe. Hopper schloss die Augen und seine eigene Geschichte spielte sich vor ihm ab: Gute und schlechte Momente stiegen aus der Vergangenheit hoch, um ihn willkommen zu heißen und ihm Glück für seine Reise zu wünschen; ihn daran zu erinnern, woher er stammte, und ihn dorthin zu führen, wohin sein Herz ihn tragen würde.

Ein bittersüßer Friede legte sich über die Zoohandlung. Der Auserwählte gähnte und seufzte.

Sekunden später schlief er tief und fest.

Nager …

In Ordnung.

Ein lautes, metallisches Kratzen weckte Hopper. Zuerst glaubte er, es sei das Kreischen von bremsenden U-Bahn-Rädern. Doch als er ein Auge öffnete und sah, wie das Sonnenlicht durch das große Fenster hereinschien, erinnerte er sich, wo er war.

»Schaut, wie hoch der Schnee liegt!«, rief Dawkins. Er war auf die Ladentheke geklettert und drückte sich die Nase an der Fensterscheibe platt.

Die anderen kletterten zu ihm auf die Theke, um es mit eigenen Augen zu sehen. Hopper staunte nicht schlecht beim Anblick der Unmengen von blendendem, frostigem Weiß. In der Nacht war die Oberfläche des Schnees pudrig gewesen, aber an diesem Morgen schien alles von einer knirschenden, dünnen Eisdecke bedeckt zu sein. Sie glitzerte unter dem endlosen, strahlend blauen Himmel. Hopper fand, Brooklyn habe nie eleganter ausgesehen. Als er nach unten blickte, sah er, dass der Schnee bis zum Briefschlitz hochgeweht worden war: Vom unteren Rand der Messingklappe bis zur Kante des Bürgersteigs hatte sich ein langer, steiler Abhang aus Schnee aufgetürmt.

»Wie kommen wir hier wieder raus?«, fragte Kidd. »So, wie wir hereingekommen sind, geht es jedenfalls nicht. Der Schnee bedeckt die ganze Wand und blockiert den Spalt zwischen den Steinen.«

»Vielleicht könnten wir uns hindurchgraben?«, schlug Valky vor.

»Ich bezweifle es«, sagte Julius. »Wir würden entweder erfrieren oder ersticken, bevor wir hindurchgekommen sind.«

Draußen fegte der Wind über den Bürgersteig und ließ die Abdeckung des Briefschlitzes klappern. Das blecherne Geräusch, wenn sie aufflog, hallte durch den Laden. Kalte Luft wehte herein, dann fiel sie scheppernd wieder zu.

Hoppers Blick sprang zwischen dem Briefschlitz und dem Abhang aus vereistem Schnee hin und her.

»Ich habe eine Idee«, sagte er.

Zuerst sahen ihn die Nager an, als habe er den Verstand verloren.

»Du willst, dass wir durch den Schlitz in der Tür krabbeln und die Schneeverwehung hinunterrutschen?«, fragte Julius.

»Ja«, sagte Hopper.

»Das könnte funktionieren«, sagte Valky. »Ich habe schon mal Menschen dabei beobachtet. Sie nennen es Schlittenfahren.« Er runzelte die Stirn. »Der Unterschied ist natürlich, dass sie tatsächlich *Schlitten* haben.«

»Und was, wenn wir darin versinken?«, wandte Dawkins ein. »Letzte Nacht wirkte der Schnee leichter als Luft. Flauschig. Was ist, wenn er uns nicht trägt?«

»Jetzt hat sich darauf eine Eisschicht gebildet«, entgegnete Hopper. »Ich bin sicher, dass sie unser Gewicht hält, wenn wir einer nach dem anderen gehen. Abgesehen davon werden wir so schnell rutschen, dass wir gar keine Zeit haben, einzusinken.«

»*Sehr* beruhigend«, brummte Julius.

»Ich finde den Rutschplan gut«, sagte Firren. »Aber wie gelangen wir zu dem Schlitz hinauf? An einer glatten Glasfläche hochzuklettern, ist unmöglich.«

Hopper grinste. Darüber hatte er auch schon nachgedacht. Er zeigte auf den Besen in der Ecke. Der Besen, der ihm schon das erste Verlassen des Ladens ermöglicht hatte … mit ein wenig Nachhilfe des Besitzers.

»Wir können den Besen zur Tür ziehen und das hölzerne Ende durch den Schlitz stecken. Dann klettern wir den Besenstiel hinauf und springen.«

»Springen«, wiederholte Julius mit einem Seufzer. »Wundervoll.«

»Es ist die einzige Möglichkeit«, sagte Firren. »Ich schlage vor, wir versuchen es.«

Selbst mit allen zwölf Nagern zusammen war es ein ganzes Stück Arbeit, den Besen durch den Laden zu schleppen. Er war schwer und unhandlich, und da die Briefschlitzklappe sich nach innen öffnete, mussten sie den Moment abpassen, wenn der Wind sie auf blies, um dann die Spitze des Stiels hindurchzuschieben.

Die Ratten ächzten und wuchteten das Holz hoch, und Hoppers Muskeln brannten, als er mit aller Kraft den schweren Stiel nach oben stemmte. Nach ein paar gescheiterten Versuchen gelang es ihnen, den Besen auf dem unteren Rand des Schlitzes abzulegen. Der Stiel führte nun in einem leichten Gefälle hinauf zur Mitte der Tür.

»Hört zu, das ist wichtig«, sagte Hopper. »Falls wir aus irgendeinem Grund getrennt werden, treffen wir uns an der U-Bahn-Station. Möglicherweise wartet Ass dort schon auf uns.«

Er beschrieb ihnen den Weg zur Haltestelle Atlantic Avenue/Barclays Center.

»Wer geht zuerst?«, fragte Firren.

»Ich«, meldete sich Valky und bestieg vorsichtig den schmalen Holzsteg. Er wackelte, aber das Streifenhörnchen ließ sich nicht beirren. Rasch krabbelte es nach oben und quetschte sich dann unter der Klappe hindurch. »Los geht's!«

Die anderen sahen vom Boden aus zu. Sie hielten den Atem an, als Valky sich mit den Hinterpfoten vom Rand des Briefschlitzes abstieß und in die Luft fallen ließ.

»Juuuchhuuuuuu!«, rief er, als sein gestreifter Hintern auf der gefrorenen Oberfläche der Schneeverwehung landete. Und dann sauste er hinunter. Sein Schwanz flatterte im Wind, und die winzigen Ohren wurden platt an den Kopf geweht. Sekunden später stoppte Valky trudelnd, aber unverletzt auf dem verschneiten Bürgersteig.

»Ich gehe als Nächstes«, rief Kidd und kletterte flink den Besenstiel hinauf. Er duckte sich unter der Klappe hindurch und sprang. Als er den Abhang hinabschoss, riss er vor Vergnügen die Pfoten in die Höhe.

Julius machte sogar einen Purzelbaum in der Luft und rutschte dann bäuchlings nach unten.

Hopper sah zu, wie eine Ratte nach der anderen die hölzerne Rampe hinaufkrabbelte und hinaus in die Kälte sprang. Mit jedem bejubelten Sprung und jeder fröhlichen Rutschpartie den eisigen Abhang hinunter fühlte Hopper sich kleiner.

Und ängstlicher.

In seinem Magen zog sich alles zusammen, als er die gedämpften Freudenschreie durch die Glastür hindurch hörte. Seine Freunde jauchzten und feierten, aber er konnte ihre Begeisterung nicht teilen.

Was hatte er sich bloß gedacht? Wie konnte er zurück in diese finsteren, unbarmherzigen Tunnel gehen? Er liebte und er hasste sie, er sehnte sich nach ihnen und verabscheute zugleich den Gedanken, jemals wieder eine Pfote in diese Finsternis setzen zu müssen. Dort unten, in diesem Loch in der Welt, wo Atlantia in Ruinen lag, dort war es Hopper nicht gelungen, Zucker zu retten. Was in La Rochas Namen hatte ihn nur geritten, dass er glaubte, bei Pip mehr Glück haben zu können?

Nun kletterte Firren auf das Stroh des Besens, bereit, den Stiel hinaufzukrabbeln und dann zu springen. Ihre Bewegungen waren anmutig, geschickt und schnell, und jeder Schritt brachte sie näher an den Briefschlitz.

Näher zur U-Bahn-Station Atlantic Avenue.

Näher zu den Tunneln.

Achtzehn

»Nein!«, kreischte Hopper.

Firren war so überrascht von diesem unerwarteten Ausbruch, dass sie einen kleinen Hüpfer machte und den Halt verlor. Dadurch begann auch der Besen zu wackeln, bis er schließlich vom Rand des Briefschlitzes herunterrutschte. Klappernd fiel der Stiel zu Boden und riss Firren mit sich.

Hopper schnappte nach Luft.

Doch die Rebellin war bereits wieder auf die Füße gesprungen und bürstete sich den Staub vom Hemd. Sie starrte Hopper an. »Was sollte das denn?«

»Geht es dir gut?«, fragte er kleinlaut.

»Alles in Ordnung. Ich bin schon aus größeren Höhen geflogen.« Firren neigte den Kopf. »Aber warum hast du so geschrien? Warum sollte ich nicht gehen?«

Hopper vergrub das Gesicht in den Pfoten. »Weil ich schreckliche Angst habe«, gestand er.

Firren schwieg eine Weile. Dann merkte Hopper, dass

sie zur Tür ging. Er hörte sie ans Glas tippen, um die Ratten draußen auf sich aufmerksam zu machen. »Geht schon mal vor«, rief sie laut. »Wir kommen nach.«

»Nein, tun wir nicht«, kam Hoppers Stimme durch seine Pfoten, als Firren zu ihm zurückgekehrt war und den Arm um ihn gelegt hatte.

»Du hast all die Erinnerungen im Kopf, nicht wahr?«, flüsterte sie.

»Ja.« Hopper verbarg sich weiter hinter seinen Pfoten und nickte. Die Bilder von blutenden Nagern, brennenden Baracken und den Kammerjägern in ihren alles zertrampelnden Stiefeln hatten ihn wieder überflutet. »Ich will nicht dorthin zurückgehen, wo ich versagt habe«, gestand er. »Ich will nicht schon wieder versagen.«

»Du glaubst, du hast versagt?«

»Meinst du nicht?« Hopper hob den Blick und sah sie mit flatternden Augenlidern an. »Du hast nicht vergessen, dass Zucker gestorben ist und die Stadt ausgelöscht wurde, oder?«

»Erstens«, sagte Firren, »wissen wir nicht sicher, ob Zucker tot ist.«

»Er ist tot.« Hopper seufzte. »Oh, er ist tot. Tot!«

»Hör auf damit«, befahl Firren und schüttelte ihn.

Und Hopper hörte auf.

»Die Antwort ist Ja«, sagte Firren ruhig. »Ich erinnere mich *gut* an die Schattenseiten unseres Plans. Aber ich weiß auch, dass all die gefangenen Nager dank dir aus den Lagern fliehen konnten. Du warst die treibende Kraft, die einen brutalen Herrscher zu Fall gebracht hat.«

»Ja, das weiß ich«, sagte Hopper. »Aber ich rede über den Teil, der danach kam. Die Flucht, und dass Pinkie sich geweigert hat, uns ihren Schutz zu garantieren.«

»Nichts davon war deine Schuld«, beruhigte Firren ihn.

Hopper machte ein finsteres Gesicht. Er war immer noch nicht überzeugt.

»Hast du bemerkt, dass ich von ›unserem Plan‹ gesprochen habe? Du hast auf uns gezählt – auf Zucker, die Soldaten und mich – und umgekehrt. Du darfst nicht alle Schuld auf dich nehmen. Ich bin eine erfahrene Rebellin, weitaus erfahrener als du. Ich hätte voraussehen müssen, dass die Nager in Panik geraten und davonlaufen würden, dass die Stadt geplündert würde und Titus fliehen könnte.«

»Wie hättest du das voraussehen sollen?«

Firren lächelte. »Gar nicht. Verstehst du? Das will ich damit sagen. Niemand konnte das voraussehen. Weder ich noch Zucker noch Garfield noch Richard oder Marcys Brüder. Und auch du nicht. Wir haben reinen Gewissens gehandelt. Und wir haben ein wenig Gutes erreicht. Wir sind nur noch nicht fertig.« Sie klopfte ihm auf den Rücken. »Ich verstehe, dass dir das unheimlich ist.«

»Es ist nicht nur unheimlich«, grummelte Hopper. »Es ist unerträglich. Ich habe mein Leben riskiert und was habe ich erreicht? Pinkie hasst mich, Pip ist nun auch ein hoffnungsloser Fall, und Zucker ist wahrscheinlich nicht mehr am Leben.«

»Aber wenn er es ist, bringst du ihn nicht zurück, indem du in der Welt des Tageslichts bleibst.« Firren lächelte den

Auserwählten geduldig an. »Ich kenne dich, Hopper. Wenn du jetzt aufgibst, wirst du dir das nie verzeihen.«

»Ich weiß«, murmelte Hopper. »Aber warum muss ausgerechnet ich der mit dem Schicksal sein?«

Firren lachte. »Hopper, jeder hat ein Schicksal! Deins ist nur ein bisschen aufregender als die meisten anderen. Ich denke, du weißt, was du zu tun hast, und ich glaube, wenn wir alle zusammenhalten, werden wir am Ende alles in Ordnung bringen.«

»Und wenn nicht?«

»Dann ist es noch nicht das Ende.« Firren nahm seine Pfote in ihre. »So ist das mit dem Schicksal, Hopper. Es gibt keine Frist, kein Ablaufdatum. Du musst es immer weiter versuchen, bis es dir gelingt, zu verändern, was du verändern willst ... bis die Dinge so ausgehen, wie sie ausgehen sollten – und wie, das weißt du im tiefsten Inneren.«

Hopper schloss die Augen und stellte sich Zucker vor. Er wünschte, er könnte sich auch seinen Vater vorstellen, mehr von ihm als den weißen Fellkreis. Aber alles, was er zusammenbekam, war die Erinnerung an einen warmen Pelz und einen gleichmäßigen Herzschlag.

Doch auch das genügte.

Er atmete tief durch. »Ich bin bereit«, sagte er. Klar und zuversichtlich tönte seine Stimme durch den leeren Laden. »Auf geht's.«

»Äh, ja ...«, Firren rümpfte die Nase. »Was das anbelangt ...«

Hopper folgte dem Blick ihrer klugen schwarzen Augen

zu dem auf dem Boden liegenden Besen. Er begriff, dass sie zu zweit niemals in der Lage sein würden, ihn anzuheben.

Sie steckten in der Klemme.

Am liebsten hätte er laut geschrien. Nun waren sie so weit gekommen – und jetzt sollte alles ausgerechnet dort enden, wo seine Geschichte begonnen hatte ... als Gefangener im Laden des Besitzers ... Es war zum Ausrasten!

Er suchte den Laden nach etwas ab, das auch funktionieren könnte. Die Hundedecke – nein, und ganz bestimmt auch nicht das Quietschspielzeug.

Dann fiel sein Blick auf das Verlängerungskabel, und in seinem Kopf formte sich eine Idee. Das Kabel war lang genug, um damit den Schlitz zu erreichen. Und genau wie mit dem Besenstiel konnte er, wenn er den richtigen Zeitpunkt abpasste – nämlich wenn der Wind die Metallklappe öffnete –, vielleicht das Ende mit dem Stecker durch den Schlitz werfen. Wenn sich die Klappe dann wieder schloss, würde sie das Kabel festhalten, während Firren und er rasch an ihm hinaufkletterten.

Er zog das Kabel zur Tür, beugte den Arm und fixierte den schmalen Schlitz. Als die Abdeckung aufflatterte, ließ er den Stecker durch die Luft fliegen. Doch die Klappe schlug schon wieder zu, der Stecker prallte ab und landete auf dem Betonboden.

Hopper brummte, hob ihn auf und wartete auf einen weiteren Windstoß. Er musste sich nicht lange gedulden und warf den Stecker erneut.

Diesmal schnappte die Klappe im richtigen Moment zu

und hielt den Stecker fest. Hoffnungsvoll griff Hopper nach dem herunterbaumelnden Kabel und zog einmal fest daran. Doch leider löste es sich dadurch und fiel sofort wieder herunter.

»Du schaffst es, Hopper«, ermunterte Firren ihren Freund. »Wirf nur ein wenig fester, sodass das Ende richtig nach draußen fällt. Wenn es sich verfängt, hält es sich selbst an Ort und Stelle.«

Ermutigt durch ihr Vertrauen, griff Hopper wieder nach dem Stecker und winkelte den Arm an. Er hielt den Stecker wurfbereit über der Schulter und lauschte dem Heulen des Windes.

Als die Klappe wieder nach innen geweht wurde, ließ Hopper den Stecker noch einmal durch die Luft fliegen .... Er zischte aufwärts, durch die Klappe hindurch und auf die andere Seite! Die Metallstifte verhakten sich am äußeren Rahmen des Briefschlitzes und hielten das Kabel auf diese Weise fest.

Hopper überprüfte den Halt, indem er ein paarmal kräftig am Kabel zog. Bombenfest.

»Geh du zuerst«, sagte er zu Firren. Was er nicht erwähnte: Er wollte unten stehen, um sie aufzufangen, falls die Konstruktion doch nicht hielt.

Firren griff nach dem Kabel und begann, hinaufzuklettern. Jedes Mal, wenn der Wind hereinblies, wackelte das Kabel wie wild, aber die Rebellin hielt sich fest und schaffte es bis nach oben. Sie schwang die Hinterbeine über den Rand und wartete.

Hopper atmete tief durch und packte das Kabel. Rasch zog er sich nach oben, griff, zog, ruckte und rutschte. Er erreichte das Ende genau in dem Augenblick, als ein gewaltiges, knurrendes Monster durch die schneeverstopfte Straße rumpelte. Hopper wurde klar, dass das metallische Kratzen, das ihn geweckt hatte, von diesem Untier stammte. Es hatte blinkende gelbe Augen und einen Schriftzug auf der Seite:

BROOKLYN SCHNEERÄUMUNG
SCHNE(E)LL WEG!

Er bemerkte, dass Firren zitterte.

»Alles in Ordnung?«, fragte er.

»Nur ein b-b-bisschen k-k-kalt«, sagte sie und lächelte krampfhaft. Aber Hopper wusste, dass sie den Winter nicht gewohnt war, schließlich hatte sie ihr ganzes Leben in den Tunneln verbracht. Und er eigentlich auch nicht. Als ihm das klar wurde, graute ihm plötzlich vor dem langen, eisigen Weg zur U-Bahn-Station.

Nun fuhr die Kreatur mit den Klauen an den Bordstein heran, wo sie knirschend anhielt. Sie spuckte dunkle Rauchwolken aus ihrem Hinterteil, während sie dort pausierte.

Hopper fiel ein, wie er das erste Mal mit einer der blitzschnellen U-Bahnen gefahren war. Es war gefährlich und Furcht einflößend gewesen.

Und die tollste Fahrt seines Lebens!

Vielleicht konnten sie beide den Weg durch die Kälte abkürzen, wenn sie eine ähnlich gefährliche, Furcht einflößende

Fahrt machten … und zwar mit dem knurrenden, gelbäugigen Monster.

»Vertraust du mir?«, fragte er.

Firrens Antwort kam wie aus der Pistole geschossen. »Blind.«

»Gut.« Hopper nahm ihre zitternde Pfote, schickte ein stilles Stoßgebet zu La Rocha und stieß sich vom Briefschlitz ab. Hand in Hand sausten sie den Abhang aus Schnee hinunter und kreischten vor Vergnügen.

»Das war der Hammer!«, sagte Firren atemlos. »Und jetzt?«

Hopper zeigte auf den Schneepflug. »Jetzt fahren wir.«

Das Gefährt hatte einen Vorsprung, wie eine Stufe, unter der Tür. Sie krabbelten genau in dem Augenblick hinauf, als das Monster brüllend erwachte.

»La Rocha, wenn du uns siehst …«, rief Hopper, »schütze uns auf dieser Fahrt!« Er blickte Firren fragend an. »So was macht er doch, oder?«

»Hoffen wir's«, antwortete Firren grinsend, während der Schneepflug sich vom Bordstein entfernte.

Sie waren unterwegs!

Hopper und Firren erreichten die Station Atlantic Avenue frierend, aber unverletzt. Sie sprangen genau in dem Augenblick vom Trittbrett herunter, als das Ungeheuer am Eingang vorbeizockelte.

Hopper flitzte über den Bürgersteig, erleichtert, dass nicht so viele Menschen unterwegs waren. Noch erleichterter war er, als er sah, dass einige vertraute Gesichter auf sie warteten. Valky und die Ratten aus dem Barclays Center drängten sich an der Wand draußen vor der Station zusammen. Sie sahen müde und durchgefroren aus.

»Was ist los?«, fragte Hopper, als ihm die gehetzten Gesichtsausdrücke seiner Freunde auffielen.

Valky erklärte, dass die Rutschpartie den Schneeabhang hinunter zwar ein Riesenspaß gewesen sei, die nachfolgende Wanderung durch die verschneiten Straßen jedoch aufreibend und voller Gefahren. Das Streifenhörnchen sagte sogar, es sei überrascht, dass sie alle heile angekommen seien. Es habe mehrere Momente gegeben, in denen er das Gegenteil befürchtet habe.

»Und da ist noch etwas …«, fügte Dawkins hinzu.

Hopper brauchte nur eine Sekunde, um seine Schlüsse daraus zu ziehen. Sein Magen verkrampfte sich. »Wo ist Ass?«

Valky zuckte bedrückt mit den Schultern.

Hopper schluckte, seine Augen wanderten suchend umher, sein Herz pochte. »Was ist passiert?«

»Wir wissen es nicht«, antwortete Kidd. »Immerhin war er unterwegs, als der Sturm am schlimmsten gewütet hat.«

Hopper wurde blass. »Er hat sich also vielleicht verirrt oder … ist in einer Schneeverwehung stecken geblieben oder …«

Ihm wurde übel. Der Schnee und der Wind am vergangenen Abend waren grausig gewesen. Wie kalt war es in der Nacht wohl noch geworden? Eine Katze hielt solch tiefe

ONE WAY

Temperaturen bestimmt nicht aus! Und selbst wenn Ass die Nacht überlebt hatte, am Morgen hätte er Schaufeln und hohen Schneewehen ausweichen müssen. Zitternd dachte Hopper an seine Fahrt auf dem Schneepflug. Er stellte sich vor, wie die Klauen des Ungeheuers den tiefen Schnee zu dichten Bergen aufgetürmt hatten. Wäre ein kleines Tier aus Versehen dazwischen geraten …

Er schüttelte sich heftig, verdrängte das Bild und rief: »Ass! Ass, wo bist du?!«

»Das bringt nichts«, sagte Julius seufzend. »Wir rufen ihn, seit wir hier angekommen sind. Er ist nicht in der Nähe.«

»Aber wir müssen ihn finden!«

»Und wie?«, fragte Valky mit brüchiger Stimme. »Es wäre Wahnsinn, zurück in das Schneechaos zu gehen.«

Hoppers Gedanken rasten. Er wusste, dass Valky recht hatte. Sie konnten nicht zurück in den Schnee gehen, um nach Ass zu suchen, ohne ihr eigenes Leben zu riskieren. Zwar war er selbst bereit dazu, aber von seinen Freunden konnte er so etwas nicht verlangen.

Er drehte sich nach Firren um. Vielleicht hatte seine Freundin irgendeine Idee! Doch sofort musste er die Augen wegen des blendenden Sonnenlichts, das sich in Firrens Schwertknauf spiegelte, abschirmen. Es warf schimmernde bunte Strahlen auf den weißen Schnee.

Hopper hatte schon einmal solche schimmernden Farben gesehen.

Auf den Federn von Pilot.

Pilot würde ihrem Freund sicher liebend gern helfen. Er

hatte sogar so etwas in der Art zu Ass gesagt: *Du hast einen gut bei mir.*

Und Ass hatte nachgefragt: *Du kennst ja das Signal, oder? Dreimal kurz, dreimal lang, dreimal kurz.*

Hopper atmete tief ein und pfiff mit allem, was seine winzigen Lungen hergaben. Er pfiff so laut er konnte – dreimal kurz, dreimal lang, dann wieder dreimal kurz.

»Was macht er da?«, fragte Julius. Wieder sahen die anderen Ratten Hopper an, als wäre er verrückt geworden.

Doch Firren, die Kriegerin, begriff. »Er sendet einen Hilferuf«, erklärte sie. »Ein SOS-Signal.«

»An wen?«, wollte Kidd wissen.

»Ich habe keine Ahnung«, sagte Firren. »Aber hoffen wir, dass es funktioniert.«

Hopper füllte seine Lungen ein weiteres Mal mit Sauerstoff und pfiff – schickte das schrille, durchdringende Geräusch mit aller Kraft hinaus in die Welt. Dreimal kurz, dreimal lang, dreimal kurz.

Diesmal wurde ihm ganz schwindlig von der Anstrengung, und sein Kopf fühlte sich wie Watte an.

Valky bemerkte es und übernahm sofort. Sein eigener, mächtiger Pfiff durchschnitt die Luft. *Fffü, fffü, fffü. Fffüüüüüü, fffüüüüüü, fffüüüüüü. Fffü, fffü, fffü.*

Hopper hielt ein Ohr lauschend in den weiten blauen Himmel. Und tatsächlich: Er hörte ein Rascheln, ein wildes Flattern, das Schlagen von Federn im Wind.

Eine Sekunde später stieß Pilot zu ihnen nach unten auf den Bürgersteig.

»Dein Flügel!«, rief Hopper. »Er ist verheilt.«

Pilot verzog das Gesicht. »Noch nicht ganz, aber ich kann ihn wieder benutzen. Wie kann ich dir helfen?«

Schnell erklärte Hopper, dass sie Ass vermissten und hofften, Pilot wäre bereit, ihn aus der Luft zu suchen.

»Ich würde alles tun, um Ass zu helfen«, sagte der Vogel nickend und mit entschlossener, ernster Stimme. »Alles.«

Hopper sagte ihm, falls er – *wenn* er – Ass fand, sollte er ihm berichten, dass Hopper und die anderen in Sicherheit und auf dem Weg in die Tunnel waren. »Und bitte sag ihm, er möge nachkommen. Also, falls er …« Hopper schluckte und wählte das nächste Wort sorgfältig: »… kann.«

Alle sahen zu, als der Vogel in den strahlend blauen Himmel aufstieg.

»Wenn ihn jemand findet«, sagte Valky beruhigend zu Hopper, »dann Pilot.«

Falls ihn jemand findet.

Trotz allem half Valkys Optimismus Hopper, sich ein wenig besser zu fühlen. Außerdem fiel ihm ein, dass das dunkle Fell des Katers auf dem weißen Schnee bestimmt gut zu sehen war. Vielleicht standen die Chancen, Ass aus der Luft zu erkennen, wirklich gar nicht so schlecht!

Hopper wandte den Blick nicht vom Himmel, bis die grauen Schwanzfedern von Pilot verschwunden waren. Dann schickte er ihm flüsternd die Bitte um jegliche Hilfe, die La Rocha geben konnte, hinterher.

Schließlich führte er die Nager hinunter zum Bahnsteig und dort zu dem Spalt zwischen Wand und Fußboden.

Einer nach dem anderen ließen sie sich durch dieses Tor fallen, aus der Oberwelt in die Unterwelt, aus dem Tageslicht in die Dunkelheit.

Und sie setzten ihre Reise fort zu dem, was von Atlantia übrig geblieben war.

Neunzehn

Hopper glaubte zu träumen.

Als sie den Hügel erreichten, von dem aus Zucker ihm zum ersten Mal die Aussicht über Atlantia präsentiert hatte, hatte er sich darauf vorbereitet, diesmal nicht den fantastischen Anblick der Türme und Dächer geboten zu bekommen, über den er damals so gestaunt hatte. Stattdessen rechnete er mit einem trostlosen Brachland, das Krieg und Kammerjäger hinterlassen hatten.

Doch was er sah, war der Beginn einer ganz neuen Silhouette – ein neues Atlantia, das aus seinen eigenen Trümmern emporwuchs.

Hopper blinzelte, um das Bild loszuwerden, das er für eine Luftspiegelung hielt. Doch auch beim zweiten Hinsehen erblickte er dieselbe unglaubliche Szenerie.

Die Stadt wuchs vor seinen Augen.

»Was um alles in der Welt ist da unten los?«, fragte er atemlos.

Firren schüttelte den Kopf. »Ich weiß es auch nicht. Sieht aus, als würde jemand die Stadt wieder aufbauen.«

Sie waren erst vor Kurzem in den Tunneln angekommen. Wie Hopper erwartet hatte, waren die Oberweltler zunächst sprachlos angesichts der nicht enden wollenden Dunkelheit, der stickigen Luft und der Gerüche, die in den Wänden zu hängen und von der Erde und den Steinen aufzusteigen schienen. Es dauerte nicht lange, bis ein vertrautes Rumpeln die Erde erbeben ließ, und Hopper und Firren dirigierten die Nager schnell von den Schienen hinunter. Als die U-Bahn quietschend vorbeifuhr, waren sie gleichermaßen verängstigt und verblüfft. Hopper empfand eine Art diebischen Stolz, weil er die Macht der schlangenartigen Maschine kannte und wusste, nach welchem Prinzip sie fuhr. Beides verstärkte sein Gefühl, in den Tunneln zu Hause zu sein. Er wusste, dass seine Freunde an die frische Brise im Brooklyn-Bridge-Park und die funkelnden Lichter des Barclays Center gewöhnt waren. Für ihn waren die U-Bahn-Tunnel jedoch genauso anheimelnd.

»Willkommen in meiner Welt«, sagte er grinsend, als sie ihren Marsch begannen.

Doch nun stand ihm selbst vor Staunen der Mund offen beim Anblick der neuen Dächer und bereits halb reparierten Schornsteine. Ja, jemand baute Atlantia wieder auf! Und wie es schien, waren sie dort in relativ kurzer Zeit ganz schön schnell vorangekommen. Aufgeregt und neugierig wollte Hopper losstürmen, doch eine Pfote hielt ihn entschieden am Arm fest.

»Warte«, sagte Valky. »Was, wenn es die fiese weiße Katze

ist, von der du uns erzählt hast? Was, wenn sie gerade in der Stadt ist und vorhat, dein Atlantia für ihre eigenen teuflischen Zwecke zu nutzen?

»Er hat recht«, stimmte Julius zu. »Dort könnte es vor Katzen wimmeln.«

Hopper überlegt. Es war gut möglich, dass Felina den Fall Atlantias als Gelegenheit betrachtet hatte, die einst blühende Großstadt für sich zu beanspruchen. Sie war schließlich ein fabelhafter, gut organisierter und durchdachter Ort. Selbst nach dem Überfall und dem Wüten der Kammerjäger war der Kern der schönen Stadt erhalten geblieben, und immer noch steckten unzählige Möglichkeiten in ihr. Felina musste nur ihre Gefolgschaft herbringen, um die Schäden zu reparieren. Danach konnte sie einfach einziehen und Atlantias wunderbare Gebäude, Parks und natürlich Titus' prunkvollen Palast für sich übernehmen. Und, oh, wäre das nicht *genau* nach Felinas Geschmack? Was für ein passendes Symbol für ihren endgültigen Sieg!

»Ja, könnte sein, dass Felina dort ist«, gab Hopper zu, als sein Blick plötzlich von einer ruckartigen Bewegung in den Schatten an der Tunnelwand abgelenkt wurde. Doch seine Hoffnung verdrängte die Angst, und er ignorierte, was er gesehen hatte. »Aber wenn sie es nicht ist?«

»Nicht Felina?« Skeptisch runzelte Firren die Stirn. »Woran denkst du, Auserwählter?«

»Nur daran, dass es jemand anderes sein könnte, der den Wiederaufbau leitet.«

»Aber wer?«

Da! An der Wand. Das Zucken eines Schwanzes. Da kam jemand näher. Hopper kniff die Augen zusammen, um im Halbdunkel besser sehen zu können, und … Sein Herz tat einen Sprung.

Ein purpurner Blitz, ein silbernes Z.

Aus der Tiefe seines kleinen pochenden Mäuseherzens hüpfte das Wort geradewegs über seine Lippen.

»Zucker!«

Der Name des Prinzen klang noch nach, als Hopper auf die unverkennbare Uniform zurannte. Beim Näherkommen sah er, dass die Ratte schlimm hinkte und das linke Hinterbein nachzog. Der Prinz war also verwundet worden. Aber er hatte es lebend aus Atlantia herausgeschafft, und das war im Augenblick alles, was zählte.

»Zucker!«, rief Hopper noch einmal.

Doch als die breitschultrige Ratte in der purpurnen Uniformjacke aus dem Schatten herausstolperte, blieb Hopper wie angewurzelt stehen. Er fühlte sich, als wäre er mit dem Kopf in eine U-Bahn hineingerannt. Denn die dunklen Augen, in die er blickte, waren zwar intelligent und vertraut – aber es waren nicht Zuckers.

»Kralle?« Als hohles Krächzen kam der Name aus Hoppers Kehle.

Zunächst überrascht, dann voller Freude sah der Soldat den zurückgekehrten Auserwählten an. »Hopper! Du lebst!«

Trotz seiner Verletzung umarmte Kralle die verwirrte Maus fest. Das aufgestickte silberne Z auf seiner Jacke drückte gegen Hoppers Wange.

Hopper brauchte einen Moment, um sich zu sammeln. Er hatte so sicher geglaubt, dass es Zucker war. Festzustellen, dass er es nicht war, brach ihm fast das Herz. Es fühlte sich an, als würde er ihn noch einmal verlieren. Doch dann schüttelte er die Enttäuschung ab und lächelte den Freund an. Er war froh, dass dieser tapfere Krieger nicht schwerer verletzt war.

»Ich habe gedacht, du wärst für immer verloren«, sprudelte Kralle hervor.

»Dasselbe dachte ich von dir«, antwortete Hopper. »Ich bin so froh, dass es dir einigermaßen gut geht.« Sein Blick wanderte zu dem mehr schlecht als recht verbundenen Bein der Ratte. »Es *geht* dir doch ganz gut, oder?«

»Hab einen Hieb von einer Katze abbekommen«, sagte Kralle. »Sollte wohl medizinisch versorgt werden, aber ansonsten geht's mir gut.«

Hopper runzelte die Stirn angesichts der blutigen Kruste auf der improvisierten Bandage und hoffte, dass Kralle die Verletzung nicht nur herunterspielte.

»Was ist in der Stadt los, Kralle? *Wer* baut Atlantia wieder auf?«

Inzwischen waren die übrigen von Hoppers Begleitern zu ihnen gestoßen, und Firren trat vor. Hoffnung schimmerte in ihren Augen. »Ist es Zucker? Ist der Prinz noch am Leben?«

Kralle wandte sich ab und schüttelte leicht den Kopf. »Schwer zu sagen. Wenn er es wäre, hätte er ziemlich sicher nach mir gesehen.«

»Das stimmt«, sagte Hopper. »Was machst du überhaupt

hier in den Tunneln? Ganz allein!« Er hoffte von ganzem Herzen, der Grund möge nicht sein, dass Garfield, Polhemus und die anderen verschollen waren.

»Tja, es ist alles etwas verschwommen. Aber ich werde euch erzählen, was ich noch weiß.« Mit schmerzverzerrtem Gesicht wegen seines Beins wandte er sich Firren zu. »Als die Kammerjäger fort waren, gingen die anderen Soldaten und ich rein, um dich und den Prinzen zu suchen. Als wir weder von ihm noch von dir auch nur die geringste Spur sahen, hofften wir, ihr hättet euch irgendwie gegenseitig gerettet.«

Nun war es an Firren, sich abzuwenden.

»Während unserer Such- und Rettungsmission kehrten die Katzen zurück. Sie waren wild, halb wahnsinnig vor Hunger und noch bösartiger als früher. Ohne das Jagdgelände haben sie nicht einmal halb so viel zu fressen, wie sie es gewohnt sind. Sie durchstreifen die Tunnel ausdauernder denn je und bekommen trotzdem nicht genug.«

Hopper dachte an Pip, an seine unvernünftige Aktion, und schauderte. Er konnte sich kaum zurückhalten, Kralle zu unterbrechen und ihn zu fragen, ob er seinen kleinen Bruder gesehen habe. Doch Hopper spürte, dass dies eine Geschichte war, die der Soldat erzählen musste, also hielt er still.

»Wir kämpften, so lange wir konnten«, sagte Kralle gerade. »Eine Tigerkatze schlug ihre Krallen in mein Bein, aber es gelang mir, zu entkommen.«

»La Rocha sei Dank«, sagte Hopper.

»Ja.« Kralle seufzte. »Aber schnell wurde klar, dass es den sicheren Tod für uns alle bedeutet hätte, wenn wir weitergemacht hätten. Wir waren gezwungen, uns zurückzuziehen. Die Toten und Sterbenden überließen wir den Katzen. Wir wussten, Zucker hätte gewollt, dass wir uns um die Sicherheit der davongekommenen Nager kümmerten. Also gingen wir in Deckung und warteten, bis das Massaker vorbei war.«

Hopper schloss die Augen. Die Bilder, die in der Dunkelheit hinter seinen Augenlidern abliefen, waren grausig und albtraumhaft.

»Ein Kater beobachtete unseren Rückzug«, fuhr Kralle mit düsterer Stimme fort. »Er folgte uns bis vor die Mauern von Atlantia.«

»Oh nein«, sagte Firren tonlos.

»Was habt ihr dann gemacht?«, fragte Valky gebannt.

»Wir liefen in verschiedene Richtungen davon. Ich nahm die alte Mäusedame mit mir … Beverly, erinnert ihr euch? Die mit der zerschlissenen Schürze?«

Hopper nickte und warf wieder einen Seitenblick auf Kralles Verband. Er spürte, wie sich in seinem Bauch etwas zusammenzog.

»Ich blutete ziemlich stark, deshalb konnte ich eigentlich nur humpeln. Beverly war auch nicht viel schneller. Es dauerte nicht lange, bis der Kater begriffen hatte, dass wir die leichteste Beute waren. Also verfolgte er uns. Ich kämpfte gegen ihn, so gut ich konnte, aber mein Bein schmerzte unerträglich. Das Tier entwaffnete mich. Ich war hilflos. Ich wusste, dies war mein Ende – der Kater würde mich verschlingen. Doch dann … dann …« Ihm versagte die Stimme.

»Was dann?«, fragte Firren sanft.

»Dann warf Beverly sich vor mich und schützte mich mit ihrem eigenen, gebrechlichen Körper vor dem Monster.«

Hopper hielt den Atem an. Er stellte sich die alte Maus in ihrer ausgefransten Schürze bei dieser unglaublich mutigen Tat vor.

»Ich bat sie, davonzulaufen«, sagte Kralle mit einem gequälten Gesichtsausdruck. »Doch sie lächelte nur und drückte ihre zarte Pfote gegen meine Schulter .... Sie schob mich weg!«

Wie selbstlos, dachte Hopper und wischte sich die Tränen aus den Augen. *Wie tapfer*. Er senkte den Kopf und murmelte unwillkürlich ein Gebet an La Rocha, bat ihn um einen Segen für die alte Maus.

»Der Kater war völlig verwirrt«, erinnerte sich Kralle. »Diese unerwartete Wendung warf ihn für einen Moment aus der Bahn.«

»Und in dieser Zeit konntest du fliehen«, flüsterte Julius. »Wow. Das nenne ich Teamwork.«

Kralle nickte. »Ich nehme an, wenn es um sein Abendessen geht, ist ein Nager für ihn wie der andere. Er war müde von der Schlacht und von dem dürftigen Kampf mit mir, also ließ er mich laufen, als ich mich stolpernd in Sicherheit brachte. Schließlich stand vor ihm eine wunderbare Mahlzeit und bot sich ihm kampflos dar.« An dieser Stelle hielt Kralle inne. Langsam schüttelte er den Kopf, dann wandte er sich zerstreut Hopper zu. »Es war so merkwürdig, Auserwählter. Beverly war ganz ruhig. Und ich werde nie vergessen, was sie mir zurief, als ich floh.«

Hopper schluckte schwer. Er hatte einen Knoten im Hals. »Was hat sie gesagt?«

»Sie sagte: ›Dieses Opfer bringe ich reinen Herzens und frohen Mutes. Ich hatte ein gutes, langes Leben. Bring dich in Sicherheit.‹ Und dann schnellte der Kopf des Katers nach unten – und Beverly war fort.«

Fast konnte Hopper spüren, wie sich die messerscharfen Zähne des Katers in seine eigene Haut senkten. Und plötzlich echoten Ass' Worte in seinem Kopf: *Ein größeres Ganzes.*

»Als der Kater sich schließlich davonmachte«, fuhr Kralle mit einem tiefen Seufzer fort, »kam ich aus meinem Versteck. Ich ging noch einmal zu der Stelle, an der Beverly ihr Leben für mich gelassen hatte. Alles, was ich dort fand, war dies.« Er griff in seine purpurfarbene Jacke und zog ein Stück Stoff heraus – es war die Hälfte von Beverlys alter Schürze. »Ich riss es entzwei und verwendete einen Teil, um meine Wunde zu verbinden.« Er zuckte mit den Schultern. »Die andere Hälfte bewahrte ich ebenfalls auf … auch wenn ich nicht so recht weiß, wozu.«

»Ich weiß es«, sagte Hopper. »Darf ich sie haben?«

Ehrerbietig übergab Kralle ihm den Stoff, und Hopper ließ ihn liebevoll in seine Tasche gleiten – zu der rosa Schleife, dem Stück von Zuckers Jacke und all den anderen Stofffetzen.

Zum Aufbewahren.

Wertschätzen.

Und zur Erinnerung.

Einen Augenblick gedachten sie Beverly schweigend, dann unterbrach Valky die Stille in einem optimistischen Tonfall.

»Die gute Nachricht ist: *Irgendjemand* baut die Stadt wieder auf.«

»Aber wer?«, fragte Hopper.

Der Soldat zuckte mit den Schultern und tat einen vorsichtigen Schritt auf die Stadt zu. »Ich weiß es auch nicht«, gab er zu. »Aber ich will es genauso dringend herausfinden wie du.«

Während sie in Richtung Atlantia gingen – langsam, wegen Kralles Bein –, warf Firren immer wieder besorgte Blicke auf seine Wunde.

Nun war die Gelegenheit für Hopper, endlich die Frage zu stellen, die er sich während Kralles Heldengeschichte verkniffen hatte.

»Kralle, weißt du zufällig irgendetwas darüber, wo mein Bruder Pip ist?«

Der Soldat schüttelte den Kopf. »Tut mir leid, Auserwählter. Ich war seit dem Kampf immer wieder phasenweise bewusstlos und habe niemanden gesehen oder gesprochen. Ich hatte gerade erst überlegt, zurück nach Atlantia zu gehen, als ich eure kleine Gruppe herankommen sah. Was Pip betrifft, ist das Letzte, was ich gehört habe, dass er im Mūs-Dorf ist und nach Pinkies Pfeife tanzt.« Kralle sah Hopper verwirrt an. »Hat sich das mittlerweile geändert?«

»Die Situation hat sich dramatisch verändert«, sagte Firren und berichtete von Pips Plan, Felina allein gegenüberzutreten.

Sie trotteten weiter, hielten gelegentlich an, damit Kralle sich ausruhen konnte, und starrten in das staubige Dunkel auf der Suche nach einem Zeichen von Pip, umherirrenden

Nagern – und natürlich lauernden Katzen. Die Ratten zeigten Kralle ihre frisch angefertigten Waffen – Schwerter aus Auto-, Wohnungs- und Tresorschlüsseln.

Der Soldat war gleichermaßen belustigt wie beeindruckt. »Einmal, als ich noch jünger war, habe ich eine Schleuder aus einem Zahnstocher, etwas Zahnseide und einer Murmel gebaut«, erzählte er.

Kurz bevor sie das eiserne Tor von Atlantia erreichten, trat ein kräftiges schwarzes Eichhörnchen aus der Dunkelheit auf sie zu und schwang ein Schwert. Alarmiert quietschte Hopper auf, doch im nächsten Moment erkannte er die Gestalt, die da aus dem Schatten trat.

»Garfield!«

Der Angesprochene blinzelte, dann hellte sich sein Gesicht auf. »Auserwählter? Firren! Kralle! Du lebst!«

»Jep, wir alle«, bestätigte Firren.

Der Hauptmann schüttelte kräftig Hoppers Pfote. Hopper kamen beinahe die Tränen, als er beobachtete, wie Garfield sich Kralle zuwandte, voller Erleichterung, den verloren geglaubten Freund zu sehen. Das Eichhörnchen salutierte seinem Kameraden. Kralle erwiderte den Gruß etwas schwankend wegen seines verletzten Beins. Als Garfield den Verband bemerkte, schob er sofort eine Schulter unter Kralles Arm, damit der sich auf ihm abstützen konnte.

»Bringen wir dich hinter die Mauern, Bruder«, sagte er.

»Jawohl«, stimmte Kralle zu. »Tun wir das.«

Hopper schluckte schwer und schniefte. Dies war eines der Dinge, die er während der Zeit außerhalb der Tunnel vermisst hatte. Das Zusammengehörigkeitsgefühl, die bedingungslose gegenseitige Unterstützung.

Zucker …

»Wartet!«, rief Hopper. »Wir gehen rein? Bedeutet das, es ist sicher? Es sind nicht Felina und ihre Katzenbande, die in Atlantia das Kommando übernommen haben?«

»Keineswegs, Auserwählter«, sagte Garfield, und ein Grinsen erschien auf seinem sonst so steinernen Gesicht. »Keineswegs.«

Es war nun nicht mehr weit. Als sie auf das Tor zusteuerten, fragte Firren nach ihren Rangers. »Hast du sie gesehen? Geht es ihnen gut?«

»Nun«, sagte Garfield und versuchte, hoffnungsvoll zu klingen, »wir haben jedenfalls keinen Beweis dafür, dass es ihnen *nicht* gut geht.«

Das war nicht die Antwort, die Firren hören wollte.

»Kralle hat sicher schon erzählt, dass wir uns nach dem Überraschungsangriff der Kammerjäger und der Attacke der Katzen verteilt haben. Unter denen, die zurückgekehrt sind, waren zwei von deinen Rangers. Sie sagten, sie vermuteten, die meisten ihrer Brüder seien in die Tunnel gelaufen und würden dort alles in ihrer Macht Stehende tun, um die umherirrenden Nager zu schützen. Sie wussten es aber nicht sicher.«

Da lächelte Firren stolz. »Genau dafür sind sie ausgebildet«, sagte sie. »Unter den gegenwärtigen Umständen ist es riskanter als sonst, aber mit etwas Glück haben sie sich da draußen gut geschlagen.«

Sie erwähnte es nicht, aber Hopper war sich ziemlich sicher, dass sie bei nächster Gelegenheit losziehen würde, um ihre Rebellen zu suchen. »Was ist mit den übrigen Soldaten von Zucker?«, fragte er. »Und mit Marcy? Hat Marcy es geschafft?«

»Marcy ist in Sicherheit«, beruhigte Garfield ihn. »Es ist allerdings nicht gerade einfach, sie zu treffen. Ab und zu habe ich sie mit ihren Brüdern gesehen, als sie in den Außenbezirken der Stadt patrouillierten. Und ansonsten« – er zuckte die eine Schulter, die nicht Kralle stützte – »ist sie tagelang weg. Wohin sie geht und warum, weiß ich nicht, aber so viel steht fest: Sie ist ungeheuer mutig und entwickelt sich zu einer richtigen Kriegerin.«

Hopper war unheimlich froh, das zu hören. Er konnte sich nicht vorstellen, wohin Marcy sich aufmachte, zumal in den Tunneln zurzeit eine solche Unruhe herrschte, aber er wusste, dass sie viel härter im Nehmen war, als sie aussah. Und schlau war sie auch! Mit einem liebevollen Gedanken an die hübsche Dienstmagd, die sich einst so warmherzig um ihn gekümmert hatte, schob er seine Sorgen beiseite. Was auch immer sie tat, sicher war es das Richtige, und er hoffte von ganzem Herzen, dass es gut ausging.

Baugeräusche drangen durch das offene Tor zu ihnen. Das Tor, durch das Hopper bei seinem ersten Besuch als Ehrengast von Prinz Zucker gegangen war. Zyklop, der einäugige Nichtsnutz, hatte es damals bewacht, und Hopper war vollkommen verängstigt gewesen. Doch heute stand das Eisentor – das geschrubbt und poliert worden war, sodass es dunkel glänzte – weit und einladend offen.

Und dennoch – Hopper blieb zurück. Er konnte nicht

hindurchgehen. Plötzlich hatte er wieder das letzte Bild von diesem Ort vor Augen. Zucker bewusstlos am Boden. Stinkende Menschen, die mit nur einem Ziel umhertrampelten: Zerstörung! Er stellte sich ihre Fußstapfen wie Narben in der Erde vor. Er konnte es nicht ertragen, sie noch einmal zu sehen. Niemals.

»Es ist alles in Ordnung, Auserwählter«, sagte Garfield, als er merkte, wie die Maus zögerte. »Ich verspreche es.«

Hopper wurde ruhiger und folgte den anderen durch das Tor. Augenblicklich bemerkte er erleichtert, dass sich der rußige Geruch verbrannter Gebäude verzogen hatte. Stattdessen hing der Duft von frischem Sägemehl in der Luft. Als sie durch die Straßen liefen, hörte Hopper das Klappern und Klopfen von Werkzeugen, das Rumpeln der mit Baumaterialien beladenen Wagen. In seinen Ohren klang es wie eine Sinfonie der Möglichkeiten.

Das letzte Klappern, das er innerhalb dieser Mauern gehört hatte, war das Zuschlagen von Fallen gewesen. Da war ihm der Baustellenlärm doch viel lieber.

Garfield führte sie alle zur obersten Stufe der Palasttreppe. Dort bekamen Hopper, Firren und die Oberweltler den eindrucksvollen Anblick der fleißigen Nager geboten, die überall fröhlich schufteten.

Hopper erkannte einige frühere Stadtbewohner und Lagerflüchtlinge, doch es waren auch zahlreiche Ratten, Eichhörnchen und Streifenhörnchen dort, die er nie zuvor gesehen hatte. Und Mäuse! *Mäuse!* Eine Riesenschar. Soweit Hopper erkennen konnte, waren es keine vom Stamm der Mūs (den

Pinkie vermutlich immer noch fest im Griff hatte und hinter der grauen Mauer wegsperrte), aber ihre Anwesenheit freute Hopper besonders, durfte doch bei seinem ersten Besuch in Atlantia überhaupt keine Maus die Stadt betreten. Titus hatte die gesamte Spezies absichtlich schlechtgeredet, weil er Angst vor einem Mūs-Auserwählten hatte, der Dodgers Mission vollenden und ihn vom Thron stürzen würde.

»Verrückt, wie sich alles wendet«, murmelte Hopper schmunzelnd.

»Was hast du gesagt, Auserwählter?«, wollte Garfield wissen.

»Ach, nichts.« Hopper seufzte. Er wollte fragen, woher all die neuen Nager kamen, aber dann lenkten ihn seine eigenen Gedanken an Titus ab. Erst jetzt fragte er sich, ob die Gefühle der alten Ratte bezüglich Dodger, den Mūs und auch Hopper selbst weitaus komplizierter gewesen waren, als sie alle geahnt hatten. Gefühle, die nichts mit Politik oder militärischer Macht zu tun hatten. Nun dachte er an den Tag zurück, an dem der einstige Kaiser auf dem Marktplatz gestanden hatte und demütig, aber entschieden all die schrecklichen Dinge zurücknahm, die er seinem Volk über die Mūs eingetrichtert hatte. Erst jetzt wurde Hopper klar, wie aufrichtig Titus' Reue damals gewesen war, und plötzlich fragte er sich, was es war, das er über die Vergangenheit des Kaisers nicht wusste. Vielleicht konnte das seine zwiespältige Haltung gegenüber den Mūs, dem Jagdgelände und dem Tunnelleben erklären .... Vielleicht wusste *niemand* genau, was in Titus' Jugend geschehen war – was ihn zu dem gemacht hatte, der er war.

Doch auf einmal hatte Hopper eine starke Ahnung, dass dahinter noch eine tiefergehende Geschichte verborgen war.

Seine Überlegungen zu Titus waren vergessen, als er ein weiteres vertrautes Gesicht entdeckte. Eine Soldatenratte stieg die Palasttreppen hinauf, um ihn zu begrüßen.

»Polhemus!«

»Ist das nicht erstaunlich?«, rief Polhemus und nahm immer zwei Stufen auf einmal, um Hopper auf den Rücken klopfen zu können. »Atlantia wird wieder blühen!«

»Es ist erstaunlich«, stimmte Hopper ihm zu. »Und wunderbar. Aber woher kommen all diese Nager?«

»Sie wurden zu uns geführt«, antwortete Polhemus mit einem Nicken in Richtung der hohen Palasttüren direkt hinter Hopper.

Neugierig wandte Hopper die Augen dorthin und erblickte einen goldenen Schimmer. Eine winzige Gestalt in einer goldenen Robe näherte sich ihm. Hoppers Muskeln spannten sich an; er fürchtete, es könne Pinkie sein. Es würde ihr ähnlich sehen, die gefallene Stadt zu stürmen und sie für sich zu beanspruchen. Er bezweifelte zwar, dass Garfield und Polhemus in diesem Fall so fröhlich wären, aber er griff trotzdem nach seinem Schwert, falls die Gestalt in der Robe tatsächlich seine herzlose Schwester Pinkie war, die ihn angreifen wollte.

Doch als die golden gekleidete Gestalt näher kam, sah Hopper, dass das Gesicht, das ihm aus dem Schatten der schimmernden Kapuze entgegenblickte, nicht das seiner tyrannischen Schwester war.

Sondern das des Weisen.

Zwanzig

Hinter ihm traten Christoph und Clemencia aus dem Palast.

Hopper fiel die Kinnlade herunter. »Das verstehe ich nicht! *Ihr* seid verantwortlich für den Wiederaufbau? Ich dachte, ihr drei wärt mit der Bahn auf eine unendliche Reise mit unbestimmtem Ziel gegangen.«

»Zufällig«, sagte der Weise, »brachte sie uns wieder an diesen Ort.«

»Du hast uns erklärt, wie wir hierher zurückkehren können, falls wir dich einmal brauchten«, erinnerte Christoph ihn.

»Wir haben es genau so gemacht, wie du gesagt hast«, nickte Clemencia, »und sind auf die Bahn mit der Nummer 2 gesprungen.«

»Doch du warst nicht mehr da«, sagte Christoph ernst. »Wir fanden hier nichts als Zerstörung.«

»Und Zerstörung mögen wir nicht«, fuhr der Weise fort. »Wir wussten, dass dies einst ein glanzvoller Ort gewesen war. Und so machten wir uns an den Wiederaufbau.«

Christoph zeigte auf die eifrigen Arbeiter, die unter ihnen zugange waren. »Auf unserer Reise mit der Bahn trafen wir viele einsame, verlorene Nager, die in den Tunneln beinahe verhungert wären.«

»Wir haben sie alle mit hierhergebracht«, sagte der Weise. »Wir hatten gehofft, dich und den Prinzen zu finden, doch wie gesagt, trafen wir auf eine Stadt in Ruinen. Da wir ohnehin einen Ort brauchten, um uns niederzulassen, wählten wir diesen. Bald kehrten viele, die Atlantia verlassen hatten – Garfield und Polhemus und der Schwertschmied Fulton, um nur ein paar von ihnen zu nennen – zurück. Wir hofften, mit vereinten Kräften die nächste Generation von Atlantias Bürgern zu werden. Die Nager, die wir hierhergebracht haben, können alle hart arbeiten, wie ihr seht. Schaut, wie viel wir in so kurzer Zeit fertiggestellt haben.«

Der Weise übertrieb nicht. Von seinem Platz auf den Palasttreppen konnte Hopper gut erkennen, wie weit die Nager gekommen waren. Einige brachten die Trümmer fort, die der Krieg und die Kammerjäger hinterlassen hatten, andere schleppten alle möglichen Menschengegenstände als Baumaterial heran. Wieder andere hatten sich auf dem Marktplatz versammelt, um die spannende Zukunft von Atlantia zu diskutieren.

Hopper erinnerte sich an die letzte Zusammenkunft dort auf dem Marktplatz und musste erneut an den Kaiser denken. »Was ist mit Titus?«, fragte er. »Ist er wieder aufgetaucht?«

»Keine Spur von ihm«, sagte Polhemus achselzuckend. »Aber es ist unwahrscheinlich, dass er so lange in den Tunneln überlebt hat. Die Verwöhnten können sich nicht selbst verteidigen, und niemand war verwöhnter als der Kaiser.«

Außer mir vielleicht, dachte Hopper und rief sich das kaiserliche Bankett zu seinen Ehren und all den Luxus, den er während seiner Zeit im Palast genossen hatte, ins Gedächtnis. Er hatte erwartet, erleichtert zu sein, wenn er erfuhr, dass Titus nicht mehr lebte. Doch stattdessen erfüllte ihn tiefes Bedauern. Titus hatte Böses getan, das stimmte, aber er war auf seine Art genial gewesen. Hätte er seine Listigkeit doch nur für etwas Gutes genutzt. Um diese Möglichkeiten trauerte Hopper.

Firren entschuldigte sich, weil sie die Rangers finden wollte, die sich bereits in der Stadt befanden. »Ich nehme sie mit in die Tunnel«, sagte sie zu Hopper. »Ich will mal nachsehen, was da draußen so los ist. Und vielleicht finde ich ja auch die übrigen Rangers und kann sie mit zurückbringen. Natürlich halte ich auch nach Pip Ausschau.«

Hopper lächelte dankbar. »Pass auf dich auf, Firren.«

Sie versprach es ihm und dann war sie fort.

»Was hat sie damit gemeint?«, fragte der Weise. »Weshalb sollte sie nach Pip Ausschau halten?«

»Ist er nicht mehr im Dorf der Mūs und genießt seinen Anteil an Pinkies Terrorherrschaft?«, hakte Christoph nach.

»Wenn es nur so wäre«, seufzte Hopper. »Aber Pip hat sich in den Kopf gesetzt, Felina im Alleingang zu besiegen. Deshalb bin ich zurückgekommen – um ihn davon abzuhalten. Ich hoffe nur, es ist noch nicht zu spät.« Er runzelte die Stirn. »Weiß irgendjemand, wo Felina ist? Habt ihr das Lager der Katzen gefunden?«

»Wir haben ein paar stichhaltige Vermutungen, außerdem lasse ich nach ihr suchen«, antwortete Garfield grimmig. »Bislang ohne Ergebnis. Vielleicht hat Firren mehr Glück. In der Zwischenzeit haben wir zur Vorsicht Soldaten an den Stadtgrenzen aufgestellt. Ich glaube, zumindest für den Moment sind wir sicher.«

Darüber war Hopper natürlich froh, aber er wusste auch, dass sie sich nicht für immer darauf verlassen konnten. Früher oder später würde Pip die weiße Katze aufspüren, oder Felina würde von der Neuerrichtung Atlantias erfahren, zurückkommen – und sich rächen.

Er würde Pip schnell finden müssen, bevor eins der beiden Dinge geschah.

»Ich frage mich, welchen Rat La Rocha in diesem Fall erteilen würde«, überlegte der Weise. »Was würde ich darum geben, das geheimnisvolle Wesen befragen oder eine Passage aus seiner Heiligen Schrift lesen zu können.«

Hopper griff tief in seine Tasche, wo sich neben der Sammlung von Stoffstücken die zerknitterte Nachricht von La Rocha befand.

»*Ich werde dich holen*«, hatte er versprochen.

Auf einmal war Hopper wütend – oder vielleicht auch nur zutiefst enttäuscht. Der große Geheimnisvolle, dem der Weise und die anderen bedingungslos vertrauten, hatte sein Versprechen nicht gehalten. Er war nicht zu ihm gekommen. Genau genommen hatte Hopper ihn noch nie gesehen.

Doch plötzlich wurde ihm klar, dass La Rocha *doch* zu ihm gekommen war … sozusagen. Nicht persönlich. Aber die unsichtbare Kakerlake *hatte* eine Nachricht für Firren in den Runen hinterlassen, und diese hatte Firren in die Oberwelt und zu Hopper geführt. La Rocha hatte sich um den Auserwählten gekümmert, wenn auch aus der Ferne.

Ja. Er hatte sein Versprechen gehalten. Schließlich hatte seine Nachricht, die Hopper zufällig aus der Tasche zog, als er vor der Versammlung auf dem Marktplatz sprechen sollte, ihm zuversichtliche Worte eingegeben. Und als er erfuhr, dass Beverly ihr Leben für Kralle geopfert hatte, hatte Hopper Trost gefunden, indem er La Rocha um Frieden für sie angerufen hatte. Nachdem er und Firren ihre tückische Rutschpartie auf der Schneeverwehung geschafft hatten und auf das Schneepflug-Monster gesprungen waren, hatte er La Rocha um Schutz gebeten. Und als Pilot sich auf die Suche nach Ass in die Lüfte geschwungen hatte, hatte Hopper den Geheimnisvollen still um jede nur mögliche Hilfe angefleht.

La Rocha war also nicht in seiner eigenen Gestalt zu Hopper gekommen, doch er hatte ihn die ganze Zeit begleitet – indem er Hopper Weisheit und Mut einflößte, wenn der an ihn dachte.

Hopper wandte sich an den Weisen. »La Rocha würde wollen, dass wir tapfer sind«, sagte er mit sicherer Stimme. »Er würde uns sagen, wir sollten fortfahren, Atlantia aufzubauen, und versuchen, Pip zu finden, um ihn vor sich selbst zu schützen. Er würde uns sagen, dass das Glück auf unserer Seite ist, weil wir für das Richtige kämpfen.«

»Ja«, sagte Clemencia. »Das ist wahr.«

»Er hat recht«, sagte Christoph.

Und der Weise nickte.

Hopper bemerkte, dass seine Worte jedes der ehemaligen Ratsmitglieder dazu gebracht hatten, die schmale Brust etwas weiter vorzustrecken und sich aufzurichten. Trotz all der Verluste, die sie erlitten hatten, und der Gefahren, die noch vor ihnen lagen, glänzten ihre Augen stolz, und in ihre Gesichter hatte sich nicht der Hauch eines Zweifels eingeschlichen.

Und in diesem Augenblick begriff Hopper etwas: *Dies* war die Kraft des Glaubens. Der Glaube machte es möglich, sich dem Unbekannten zu stellen. Der Glaube brachte Hoffnung, und die Hoffnung Stärke. Was La Rocha ihnen gab – den Ältesten, den Umherirrenden und auch Hopper – war keine Zauberei oder irgendeine übernatürliche Kraft ... es war Inspiration. Und das war nur ein anderes Wort für den Wunsch, etwas Gutes, Nobles, Wichtiges zu tun ... und daran zu glauben, dass man es schaffen konnte.

Wegen La Rocha erlaubte Hopper sich, an seinen eigenen Wert zu glauben, an den Wert seines Strebens. Und durch dieses Selbstvertrauen kam die Tapferkeit, und die Tapferkeit brachte Entschlossenheit mit sich.

Pip hingegen glaubte nicht. Er fürchtete und zweifelte, und deshalb war er wütend und hungerte nach Anerkennung. Deshalb, wurde Hopper klar, musste Pip Pinkie beweisen, dass er etwas Großes leisten konnte. Dabei spielte es eigentlich keine Rolle, ob Pinkie an ihn glaubte oder nicht. Zuallererst musste Pip an sich selbst glauben.

Unglücklicherweise würde seine verrückte Idee, Felina töten zu wollen, ihm nicht mehr Selbstvertrauen oder Pinkies Respekt einbringen.

Sondern bloß einen viel zu schnellen Tod!

Hopper hatte keine Zeit zu verlieren. Er musste sofort die Suche nach Pip planen. Und obwohl er Firren, Valky und die Basketballratten hinter sich hatte, wusste er, dass seine Chancen, die Katzen zu besiegen, weitaus größer wären, wenn er das hätte, was Pinkie besaß … eine Armee!

Sein Blick fiel erneut auf all die neuen Bürger von Atlantia, die sich vereint dafür einsetzten, die Stadt wieder zu errichten. Und ihm kam eine Idee.

»Glaubst du, diese Nager würden mit mir kämpfen?«, fragte er den Weisen. »Glaubst du, sie würden ihre Werkzeuge niederlegen und zu den Waffen greifen, damit ich die Katzenkönigin schlagen kann, bevor meinem leichtsinnigen Bruder etwas Schreckliches zustößt?«

Clemencia und Christoph wechselten einen Blick. Hopper wurde für einen kurzen Moment mutlos und fürchtete, sie würden Nein sagen.

Schließlich ergriff der Weise das Wort: »Schwer zu sagen, Auserwählter.«

Christoph nickte zustimmend. »All diese Nager haben welche von ihren Lieben verloren«, sagte er. »Manche dort, wo sie in der Oberwelt lebten, bevor sie in diese Welt unterhalb der Erde hinabstiegen. Andere verloren hier in den Tunneln Familienmitglieder an die jagenden Katzen mit ihrem unstillbaren Hunger. Es ist also durchaus möglich.«

»Sie wissen, was Verlust bedeutet, und dass es notwendig ist, sich gegen eine Terrorherrschaft zu erheben«, fügte Clemencia hinzu. »Aber es verlangt trotzdem viel von ihnen ab.

Die Mission ist gefährlich – vielleicht sogar tödlich. Ich würde mir wünschen, dass sie dir bei deiner Aufgabe beistehen, aber auch ich kann es nicht sicher sagen. Du musst sie wohl einfach fragen.«

»Viele der Nager sagten, sie hätten schon lange Gerüchte von Titus' Friedensvertrag und Felinas unverfrorener Missachtung der natürlichen Ordnung gehört«, erklärte der Weise, »aber die meisten weigerten sich, diese grausigen Erzählungen zu glauben. Als wir sie trafen und bestätigten, dass sie die Wahrheit wiedergaben, waren die Nager wütend und entsetzt. Sie arbeiten nun deshalb so hart, weil sie glauben, ein Neubeginn sei die einzige Möglichkeit, die furchtbare Vergangenheit zu überwinden.« Er griff in seinen Umhang. »Apropos Titus … Wir haben etwas, das wir dir zeigen wollen, Auserwählter.«

»Nennt mich doch Hopper … bitte.«

Der Weise hatte aus den Falten seines Umhangs eine goldene Kette mit funkelnden blauen Steinen geholt und gab sie Hopper. »Dies war in Titus' Schlafgemach versteckt. Es scheint ein ungeheuer wertvoller Menschengegenstand zu sein, und deshalb ein angemessener Schmuck für den Auserwählten.«

Hopper nahm den glänzenden Reif aus edlem Metall und glitzernden Steinen von dem Ältesten entgegen und seufzte. »Ja, Zucker erwähnte, dass wir wahrscheinlich überall im Palast versteckte Schätze finden würden. Ich kann mir nicht vorstellen, woher dies stammt, oder was es Titus bedeutet hat. Aber lasst es uns nun als Symbol für unsere Einigkeit betrachten. Die Zukunft Atlantias hängt davon ab, dass wir alle Hand in Hand arbeiten, wie die Glieder dieser Kette. Und die glitzernden blauen Steine sollen für den Frieden stehen, der aus dieser Einigkeit entsteht.«

»So sei es«, sagte der Weise nickend.

»Und nun komm«, sagte Clemencia und nahm Hopper am Arm. »Wir möchten dir zeigen, was wir im Palast gemacht haben.«

»Von allen Gebäuden hat das des Kaisers am wenigsten Schaden erlitten. Wir haben dennoch entschieden, es neu herzurichten«, sagte der Weise und lächelte Hopper an. »Es ist vor allem eine symbolische Geste. Außerdem wollen wir einen goldenen Stuhl anfertigen lassen und in deinen Thronsaal stellen, Auserwählter.«

Hopper schüttelte sich. »Ihr verwechselt mich wohl mit meiner Schwester«, sagte er. »Ich will überhaupt keinen Thron im Thronsaal. Ich hätte viel lieber …« Mitten im Satz unterbrach er sich und blinzelte. »*Mein* Thronsaal?«

»Natürlich«, sagte Clemencia. »Da es hier zurzeit keinen Adeligen gibt, erschien es uns selbstverständlich, dass du der neue Herrscher von Atlantia wirst. *Du* sollst nun der Kaiser sein. Oder wärst du lieber König?«

»Am liebsten würde ich Hopper bleiben«, sagte er kopfschüttelnd. »Und falls ich über Atlantia herrschen sollte, dann nicht als König, Kaiser oder der erhabene Auserwählte. Sondern als Teil eines Teams. Eines großen Teams.«

»Also …« Der Weise runzelte verwirrt die Stirn. »Also lieber kein Thron?«

»Kein Thron, keine Krone, keine hochtrabenden Titel. Keine Sonderbehandlung und kein Luxus.«

»Ich verstehe nicht«, sagte Christoph. Er sah ebenfalls verwirrt aus. »Ein Anführer *sollte* doch erhaben sein. Wir hätten deinem Vater dasselbe zugestanden, wäre er zu uns zurückgekehrt.«

»Und er hätte es genauso abgelehnt«, sagte Hopper überzeugt. »Dodger hätte keine Sonderbehandlung gewollt.«

»Aber du bist unser Auserwählter«, erinnerte der Weise ihn. »Dir gebührt Pracht! Herrlichkeit.«

»Ich will keine Pracht«, versicherte Hopper ihm. »Und Herrlichkeit brauche ich auch nicht. Sollte ich der Anführer sein, will ich nicht verehrt werden. Respekt und Ehrlichkeit genügen vollkommen. Ich werde dafür sorgen, dass die Nager dieses neuen, besseren Atlantias alles bekommen, was diejenigen genossen haben, die unter Titus' Herrschaft hier lebten – Wohlstand, Behaglichkeit, Ruhe –, nur diesmal ohne Flüchtlingslager und Opfer. Und was die Einrichtung des *ehemaligen* Thronsaals angeht – die stelle ich mir folgendermaßen vor: so viele robuste, bequeme Stühle wie hineinpassen. Alle Bürger von Atlantia, die sich dort versammeln möchten, um die Regierungsangelegenheiten zu diskutieren, sollen Platz finden. Ihre Anwesenheit und ihre Ideen werden immer willkommen sein. Wir werden die Stadt gemeinsam regieren oder überhaupt nicht.«

»Revolutionär!«, sagte Christoph.

»Ach was«, sagte Hopper und errötete. »Nur vernünftig. Und gerecht.«

»Ich denke, Gerechtigkeit wird eine willkommene Abwechslung sein«, sagte der Weise.

»So soll es sein«, sagte Clemencia lächelnd. »So soll es sein.«

Da wandte sich der Weise der Menge zu, die um die Stufen des Palasts verteilt war, und bat um Aufmerksamkeit. Er berichtete ihnen von Hoppers neuer Vision für die Regierung von Atlantia und kam danach zu der drängenden Rettung von Pip, und Hoppers Bitte, ihn dabei zu unterstützen. Er beschwor die Nager, sich der neuen Armee von Atlantia anzuschließen – einer Armee, die im Namen der Gerechtigkeit losziehen und die böse weiße Katze und ihre gefräßige Bande ein für alle Mal in die Knie zwingen würde.

»Wollt ihr mir helfen?«, fragte Hopper. Seine Stimme hallte über die Stadt. »Wollt ihr an meiner Seite meinen Bruder retten?«

Es folgte eine lange Stille. Der Auserwählte hielt den Atem an. Wenn sie Nein sagten, würde er das verstehen. Sie alle hatten eine Menge Unsicherheit und Leid durchgestanden. Sie hatten miterlebt, wie selbst die ausgeklügeltsten Pläne danebengehen konnten. Hopper würde es also niemandem übel nehmen, der sich entschied, nicht zu kämpfen. Im Gegensatz zu Pinkies Armee sollte die von Atlantia freiwillig sein.

Hopper blickte über die Arbeiter, die nun miteinander flüsterten, und seine Hoffnung schwand. Er war schon bereit zu akzeptieren, dass er nur mit Firren, den Soldaten und den Oberweltlern in den Kampf ziehen würde. Doch dann …

Eine Pfote ging hoch.

Eine weitere.

Und noch eine. Braunes, graues, schwarzes Fell … große Pfoten und kleine, Pfoten in jeder Form und Farbe wurden gehoben. All diese Ratten, Mäuse, Eichhörnchen und Streifenhörnchen waren bereit zu kämpfen. Hopper strahlte beim Anblick der vielen in die Höhe gereckten Pfoten.

Als alles gesagt und geregelt war, hatte kein einziger Nager sich gegen den Kampf entschieden.

Atlantias neue Friedenstruppe war aufgestellt.

Und irgendwie wusste Hopper, dass sie nicht aufzuhalten sein würde.

Der Wiederaufbau pausierte.

Garfield rief Fulton hinzu, der Zuckers persönlicher Waffenschmied gewesen war, und beauftragte ihn, so viele Schwerter, Degen und Dolche herzustellen, wie er konnte. Einige Nager wurden ihm als Gehilfen zugeteilt. Die übrigen versammelten sich auf dem Marktplatz, um das Kriegshandwerk zu lernen.

Hopper hatte noch eine zusätzliche, ungewöhnliche Bitte an den Schmied.

»Ich besitze schon ein neues Schwert, aus einem Schlüssel«, sagte er, »aber ich würde dich gerne bitten, mir noch etwas Kleineres anzufertigen.«

»Was immer du möchtest«, antwortete Fulton. »Welche Waffe stellst du dir vor?«

»Eine Nadel«, sagte Hopper. »Wie sie die kaiserlichen Schneider für die Palastuniformen, Jacken und Hemden von Zuckers Soldaten verwendet haben – und ja auch für dich.«

»Eine *Nadel*?«, wiederholte Fulton.

»Kannst du das?«

»Ich denke schon«, sagte der Schmied verblüfft.

»Gut. Dann mach sie ganz dünn, bitte, mit einem schmalen Öhr und einer scharfen Spitze. Und vielen Dank!«

Der Schmied ging kopfschüttelnd davon, und Hopper nahm Valky und die Basketballratten mit zu den Offizieren und Ältesten, die sich in dem großen Raum zusammengefunden hatten, der unter Titus den Namen Streitraum gehabt hatte. Garfield war dazu übergegangen, ihn als Bereich für Strategie und Planung zu bezeichnen, was Hopper viel besser gefiel. Es klang weitaus positiver.

Dort studierten sie verschiedene Karten und Schaubilder, darunter auch eine schnell angefertigte Orientierungsskizze, wie Firren sie für Valky im Brooklyn-Bridge-Park in den Boden gezeichnet hatte. Nach einigen sorgfältigen Analysen kannten sie die Gegebenheiten, und kamen zu dem Schluss, Felinas Lager befinde sich vielleicht an einem von drei möglichen Orten.

Vielleicht.

An einem von drei möglichen Orten.

Natürlich war Hopper mit diesem Ergebnis nicht ganz zufrieden. Die Berechnungen waren alle sehr vage und beruhten auf Mutmaßungen, nicht auf Fakten. Aber soweit es Hopper betraf, fand er es wesentlich besser, diesen Vermutungen zu folgen, als gar nichts zu tun.

Den ganzen Tag bereiteten sich die Nager auf den Kampf vor. Die Offiziere planten. Hopper eilte hin und her zwischen dem Trainingsgelände und dem Bereich für Strategie und Planung, gab, so gut er konnte, Ratschläge.

Am Abend war er erschöpft. Aber ihr Plan stand: Sie würden als eine große Armee aus Atlantia ins Große Jenseits hinausmarschieren. Dort würden sie die Truppen in drei einzelne Bataillone aufteilen, die jeweils von einem erfahrenen Soldaten geführt werden sollten. Da sie schnell handeln mussten, würden diese drei einzelnen Truppenteile in verschiedene Richtungen aufbrechen – basierend auf den drei möglichen Orten, die bei der Analyse der Karten herausgekommen waren – und hoffentlich Felinas Lager aufspüren. Unterwegs würden sie zugleich gründlich nach Pip suchen, der sich vermutlich irgendwo in den Tunneln versteckte, wo er den rechten Augenblick abwartete, nach Felina forschte und unter Umständen sogar selbst eine Armee aufstellte. Fanden sie Pip, würde er gefangengenommen – natürlich ohne Gewalt –, und dann würden ihn bewaffnete Soldaten direkt zurück nach Atlantia bringen. Dort sollte Kralle warten, um ihn zu befragen und ihm seine Flausen auszutreiben.

Falls sie ihn nicht zu fassen bekamen, würden die drei Teile der Armee weitermarschieren, bis Felinas Lager gefunden wurde. Dann käme es zu einer Belagerung, einem Kampf und, mit etwas Glück, zum Sieg. Denn eins war sicher: Pip konnte sich Felina nicht entgegenstellen, wenn ihm die Armee von Atlantia zuvorkam und sie bezwang.

Deshalb war Hoppers Befehl an Garfield und Polhemus bezüglich des Angriffs auf die Katzen ganz einfach:

Absolut. Keine. Gefangenen.

Pips Zukunft … sein *Leben* … hing davon ab.

Einundzwanzig

Am Abend ging Hopper nicht in Titus' wieder hergerichtete Gemächer, sondern nahm sich das kaiserliche Zimmer, das Zucker gehört hatte.

Nicht, weil er sich nun selbst für eine Art Prinz oder für besonders wichtig hielt. Sondern um sich zu erinnern und sich seinem verlorenen Freund näher zu fühlen.

Der Raum sah ziemlich genauso aus wie bei seinem ersten Besuch. Dank der Grillen, die den Palast geschützt hatten, war vieles von ihm in der Zeit nach dem Überfall auf die Lager erhalten geblieben. Hopper hatte gemischte Gefühle. Der Raum besaß noch etwas von Zucker … eine bestimmte Energie. Es war eine Kombination aus Wärme, Stärke und Humor.

Beinahe sah Hopper den Prinzen vor sich, wie er in die Kissen gelehnt auf dem Bett lag, nachdem er im Kampf gegen Firren und die Mūs-Soldaten verwundet worden war. Marcy hatte ihn mit heißer Brühe gefüttert.

Nun war es eine seltsame Vorstellung, dass Zucker einmal

gegen Firren gekämpft hatte. Doch zu jener Zeit hatte es so viel Verwirrung gegeben, so viele Geheimnisse und Missverständnisse.

Zucker hatte sich natürlich erholt. Seit damals glaubte Hopper, dass es eigentlich nichts gab, was sein Freund, der Kaiserkumpel, nicht überstehen würde.

Aber vielleicht täuschte er sich.

Hopper vergoss einige heiße Tränen und seine Schnurrhaare wurden nass.

Es klopfte an der Zimmertür, und eine Stimme fragte: »Hopper? Kann ich reinkommen?« Es war Valky.

Hopper wischte sich schnell die Tränen aus den Augen. »Natürlich.«

Valky trat herein. Er sah besorgt aus. »Ich habe mich nur gefragt … Meinst du, Pilot hat Ass schon gefunden?«

Derselbe Gedanke hatte auch Hopper den ganzen Tag unterschwellig beschäftigt. Zwar hatte er mit den Schlachtplänen viel zu tun gehabt, aber im Hinterkopf blieben die Sorgen um den tapferen schwarzen Kater. Noch immer wusste niemand, wo er war. So mutig und herzensgut er auch sein mochte, Ass war ein ziemlich kleines, zartes Tier, und der Sturm hatte mehr Gefahren mit sich gebracht, als Hopper sich im Augenblick vorstellen wollte: Verwehungen, Schneepflüge und eisige Temperaturen.

Doch der Auserwählte rang sich ein Lächeln ab. »Ich bin mir sicher, Pilot hat ihn gefunden«, antwortete er. »Ich würde wetten, dass die beiden gesund und munter im Bellissimo's sind und sich den Bauch mit Auberginenauflauf vollschlagen.«

Valky grinste erleichtert.

»Wie ist deine Unterkunft?«, fragte Hopper, um das Thema zu wechseln.

»Sehr angenehm. Ich habe ein Zimmer in der Nähe der Küchen. Die Ratten haben sich entschieden, bei einigen der anderen neuen Bewohner von Atlantia zu übernachten. Scheint so, als seien darunter ein paar Eichhörnchen, die einmal einen Winter im Dugout des Yankee-Stadions verbracht haben, und mit denen haben sie sich schnell angefreundet.«

Hopper lachte.

»Also dann«, sagte Valky. »Gute Nacht.«

Hopper wünschte dem Streifenhörnchen ebenfalls eine gute Nacht. Dann verließ Valky das Zimmer. Im selben Augenblick, als er die Tür schloss, wurde sie jedoch wieder geöffnet.

Hopper rang nach Luft, als er die Ratte in der Tür stehen sah. Dann strahlte er. »Marcy!«

»Hallo, Auserwählter! Wie schön, dich zu sehen.«

»Wie schön, *dich* zu sehen«, sagte Hopper. »Ich habe mir solche Sorgen um dich gemacht.«

Marcy lächelte bescheiden. »Du von allen Nagern solltest am besten wissen, dass du dir um mich keine Sorgen machen musst. Ich komme gut allein zurecht.«

»Das stimmt wohl.« Hopper grinste, als er daran dachte, wie hart sie ihn geschlagen hatte, um Titus zu beweisen, dass sie eine kaisertreue Dienerin war, obwohl sie in Wirklichkeit genauso zu den Rebellen gehörte wie Firren und Zucker. Und ebenso beeindruckend wie ihre Kraft, war die

Geistesgegenwart, mit der sie diesen schlauen Plan ausgeheckt hatte.

»Wo warst du?«, fragte Hopper. »Ich habe gehört, dass du ziemlich oft kommst und gehst. Bist du nun eine Soldatin?«

»Ich bin vieles«, antwortete sie mit einem Augenzwinkern. »Auf jeden Fall bin ich dabei immer vorsichtig.«

Das erleichterte Hopper sehr. »Was machen deine Brüder?«

»Bartel und Richard geht es ziemlich gut.« Marcy fegte in ihrem weiten Rock quer durch den Raum, dorthin, wo Zuckers Schreibtisch stand und im fahlen Licht glänzte. Sie lehnte sich daran und lächelte Hopper an. »Sie sind in jeder Hinsicht bereit, morgen an deiner Seite zu kämpfen.«

»Und du?«, fragte Hopper. »Wirst du denn auch mitmarschieren?«

Ein Zögern flackerte über das Gesicht der hübschen Ratte. Hopper beobachtete sie. Ihre Pfoten nestelten an ihrem Rock herum, und sofort fühlte Hopper sich schlecht, weil seine Frage sie nervös gemacht hatte. »Du musst nicht kämpfen«, sagte er schnell. »Es ist völlig in Ordnung, wenn du dich dagegen entscheidest.«

»Ich kann nicht sicher sagen, ob ich da sein werde«, sagte sie schließlich. »Aber ich werde versuchen, dir bei deiner Mission zu helfen. Falls du mich nicht bei den Truppen siehst, sollst du wissen, dass ich trotzdem dort bin … Und sei es nur im Geiste.«

Hopper lächelte seine Freundin dankbar an. Das genügte ihm vollkommen.

Abrupt stieß Marcy sich vom Schreibtisch ab, lief quer durchs Zimmer zu Hopper und schlang die Arme um ihn. »Ich muss nun gehen«, flüsterte sie ihm ins Ohr. »Ich werde immer an dich glauben, verlass dich drauf.«

Mit diesen Worten eilte sie auf ihren grazilen Pfoten tänzelnd und mit raschelndem Rock zur Tür.

Hopper starrte ihr hinterher und versuchte, ihr merkwürdiges Verhalten zu verstehen. Nun ja, der Krieg machte jeden ein bisschen verrückt.

Hopper setzte sich auf das gemütliche Bett und leerte sorgfältig seine Taschen. Er legte das Stückchen blauen Stoff, die rosa Schleife, die zerfetzte Brusttasche des Besitzers und das Stück von Beverlys Schürze nebeneinander. Ganz zum Schluss zog er den purpurnen Stoff heraus, den er bei dem Versuch, Firren aus der Falle der Kammerjäger zu befreien, von Zuckers Ärmel abgerissen hatte.

Liebevoll glättete er dieses Stück, als er es zwischen die anderen legte.

Vor Hopper lag ein Patchwork seiner Vergangenheit. Trotz der schäbigen Erscheinung erzählte jedes Stück Stoff, das er gesammelt hatte, eine Geschichte, lehrte eine Lektion … gab ein Versprechen.

Hopper nahm das Werkzeug auf, das er sich persönlich von dem besten Schwertschmied Atlantias hatte anfertigen lassen: eine Nähnadel.

Mit einem herzhaften Gähnen und einem tiefen Seufzer machte er sich an die Arbeit.

»Ay.«

Die geflüsterte Silbe schwebte durch den Raum in Hoppers Träume. Seine Augenlider flatterten, aber er wollte die Augen nicht öffnen, denn im Traum war er wieder mit Zucker zusammen: Sie beugten sich über den Tisch im Zimmer des Prinzen, und Zucker brachte Hopper das Schreiben bei. Im Traum erschien Zucker wie ein flüchtiger Geist neben Hopper. Doch tief in seinem friedlichen Schlaf hörte Hopper seine Stimme so deutlich, als wäre er wirklich dort neben ihm:

»Das sind Buchstaben, Kleiner. Wenn du sie zusammensetzt, werden daraus Wörter. Wörter haben eine Bedeutung. Wir verwenden sie, um Nachrichten zu verfassen …«

Im Traum schrieb Hopper eine Nachricht. An sich selbst. Vielleicht war sie auch schon von jemand anderem geschrieben worden. Vielleicht las er sie nur. Oder er träumte sie. Er wusste es nicht mit Sicherheit – im Schlaf verschwammen alle Bilder.

Im Traum spürte Hopper das steife Papier. Es glänzte und war an den Ecken geknickt und gerissen. Er konnte die Linien und Schnörkel jedes einzelnen Buchstaben sehen, aber nicht herausfinden, was die Botschaft beinhaltete. Und dennoch wirkte die Situation sehr, sehr echt.

»Hopper …«

Zucker?

Aufgeschreckt öffnete Hopper die Augen, blinzelte den Traum fort, obwohl er eigentlich noch dort bleiben wollte. Es war mitten in der Nacht. Er hob den Kopf und war überrascht, dass er offenbar am Schreibtisch eingeschlafen war.

Dann erinnerte er sich … Er war schon sehr schläfrig gewesen, als er wegen des besseren Lichts mit seinem Nähprojekt vom Bett zum Schreibtisch umzog. Kurz darauf musste er tatsächlich weggedämmert sein.

Wieder hörte er die Stimme: »Ay.«

Nicht Zucker.

»Oh.« Hopper schüttelte seine Benommenheit ab und lächelte Firren an. »Du bist wieder da. Hast du die vermissten Rangers gefunden?«

»Jeden einzelnen«, sagte Firren und nickte triumphierend. »Alle unverletzt.«

»Da bin ich aber froh!«

»Ich auch.«

»Hast du Garfield und die anderen getroffen?«, fragte Hopper gähnend.

»Ja, ich bin direkt zum Streitr… – ich meine, in den Bereich für Strategie und Planung gegangen, als ich zurückkam. Sie haben mich über eure Vorbereitungen für morgen informiert. Die Rangers und ich sind bereit, früh loszumarschieren und uns auf die drei Bataillone zu verteilen.«

»Ich wünschte, ich würde den genauen Aufenthaltsort von Felina kennen«, sagte Hopper. »Das würde es auf jeden Fall einfacher machen.«

»Das stimmt«, gab Firren ihm recht. »Kaum zu glauben, dass niemand außer Titus und seinem fiesen Schläger Cassius wusste, wo ihr Lager ist. Ich nehme an, Felina war clever genug, die Möglichkeit in Betracht zu ziehen, dass die Nager sich irgendwann einmal gegen sie erheben würden.«

»Ich würde mich wohl auch verstecken, wenn ich so viele Feinde hätte wie sie«, sagte Hopper.

Firren zeigte auf die Stoffe, die auf dem Schreibtisch ausgebreitet lagen. »Was hast du denn da?«

»Oh. Ich habe genäht«, erklärte Hopper.

»Wirklich?« Firren lachte. »Ich wusste gar nicht, dass du so häuslich bist.«

»Es ist eine Flagge. Ein Banner, wie die in den Runen, wo die Nager-Armeen aufmarschieren und stolz ihre Farben flattern lassen und …« Er wurde rot, als ihm einfiel, dass sie genau kannte, was er beschrieb. »Na ja, das weißt du ja … Schließlich hast du das alles gemalt.«

»Ja, das habe ich.«

»Ich habe diese Stofffetzen gesammelt«, erzählte Hopper. »Jeder Einzelne davon erinnert mich an etwas Wichtiges. An etwas Aufregendes, an etwas Schönes, größtenteils aber an Schreckliches. Wenn wir gegen Felina in den Kampf ziehen, möchte ich es unter diesem Banner tun, weil es dafür steht, wie weit mich – uns alle – diese Reise gebracht hat, und auch für die zahlreichen Beispiele von Selbstlosigkeit und Mut.«

»Allen voran du, Kleiner«, flüsterte Firren. »Vergiss das nicht.«

Mit einem dankbaren Lächeln nahm Hopper das Kompliment an. Er strich mit den Pfoten über das Banner, glättete die krummen Nähte und wünschte sich, er könnte besser mit der Nadel umgehen. Er hatte versucht, aus den Fetzen ein ordentliches Rechteck zu bilden, aber die Ecken waren schief und die Mitte uneben. Seine Stiche waren ungleichmäßig – an

manchen Stellen zu groß und locker, an anderen klein und dicht. Alles in allem fand er trotzdem, dass es eine schöne Flagge geworden war. Sie hatte etwas Bescheidenes, Anspruchsloses an sich, Eigenschaften, in denen er sich selbst wiederfand.

»Darf ich mal sehen?«, fragte Firren.

»Klar.«

Als Hopper die Patchwork-Flagge vom Schreibtisch hob, rutschte ein Stück Papier vom Schreibtisch und fiel zu Boden.

Firren bückte sich, um es aufzuheben. »Was ist das?«

»Ich weiß nicht«, sagte Hopper. »Ich habe es vorher nicht gesehen. Aber ich war auch schrecklich müde.«

Als Firren las, was auf dem Papier stand, wurden ihre Augen groß.

»Was ist?«, rief Hopper. »Was steht da?«

Die Rebellin gab ihm den Zettel.

Hier ist Felinas Lager.
Du wirst deinen Bruder
in einem alten Schuh
westlich davon finden.
La Rocha

Unter der Unterschrift befand sich eine grob skizzierte Karte mit einem großen *X*, das den genauen Ort anzeigte, an dem das Lager der Katzenkönigin sein sollte. Ein Stückchen links davon befand sich ein weiteres, kleineres, das wohl Pips Versteck markierte.

Hopper bemerkte, dass das Papier wackelte, dann begriff er: Es lag daran, dass seine Pfote, die die Botschaft festhielt, zitterte. Seine Augen bohrten sich durchdringend in das Papier; fast überraschte es ihn, dass es davon nicht in Flammen aufging.

Eine Nachricht. Und eine Karte. Pips Aufenthaltsort.

»Ich dachte, es wäre ein Traum«, murmelte er. »Ich dachte, ich würde von einer Botschaft träumen … aber es ist wahr.«

Verblüfft schüttelte Hopper den Kopf. »Firren, glaubst du, dass La Rocha wirklich hier war? Glaubst du, er hat sich tatsächlich in mein Zimmer geschlichen, um mir diese Nachricht zu hinterlassen?«

Firren war genauso überrascht wie er. »Falls es so war, hat ihn vielleicht jemand gesehen. War außer dir noch jemand hier?«

Hopper überlegte. »Also, Valky kam, um zu fragen, ob ich glaubte, dass mit Ass alles in Ordnung sei. Und Marcy war hier.« Er lächelte. »Sie kam kurz vorbei, um mich zu begrüßen. Und jetzt du. Aber sonst habe ich niemanden gesehen. Und ganz bestimmt keine geheimnisvolle Kakerlake.«

Firren runzelte die Stirn, so angestrengt dachte sie nach. Hopper sah, dass sie sich erlaubte, zu staunen, dass sie wagte, zu glauben …

Falls die Nachricht echt war und die Informationen richtig, waren sie schon halb am Ziel. Sie konnten Pip retten und Felina schlagen.

Und warum sollten sie nicht echt sein? Warum sollte La Rocha lügen?

Hopper sah wieder auf die Nachricht. Er wollte sie glauben.

Aber etwas stimmte nicht.

Etwas mit der Handschrift … die Rundungen der Buchstaben, die Neigung der Worte. Und La Rochas Unterschrift …

Hopper griff in die Tasche und zog das zerknitterte Papier heraus, das er neben den Stofffetzen aufbewahrt hatte. Die Nachricht, die ihm auf der Palasttreppe nach dem Angriff auf die Lager und dem Fall der Stadt überbracht worden war.

Zuerst verglich er die beiden Papiersorten. Die erste Nachricht war auf einem dünnen gelben Papier mit hellen graublauen Linien geschrieben worden. Er hatte eine Menge solcher Papiere in den Tunneln herumfliegen sehen – immer mit Notizen von Menschen über Gerichtstermine und Verhöre darauf.

Die neue Botschaft hingegen war auf einer schwereren

Papiersorte geschrieben worden. Das Blatt hatte einen rauen Rand, als wäre es aus einem Buch herausgerissen worden, und es glänzte leicht. Hopper fand, dass es alt aussah, brüchig und verblasst, als wäre es schon eine ganze Weile durch die U-Bahn-Tunnel geweht worden. Hopper wusste, dass La Rochas Heiliges Buch verschiedene Seiten unterschiedlicher Qualität und in unterschiedlichem Zustand enthielt. Diese Verschiedenheit war also deutlich, bewies aber gar nichts.

Die Karte war, genau wie La Rochas Bemerkung zu Pip, in einen Rahmen hineingeschrieben worden, in dem sich auch ein gleichförmig geschriebener Textblock befand – die Schrift sah aus, als stamme sie nicht von einem Nager oder Menschen, sondern von einer Maschine. Der Text sprach von einem Ort namens Rom und von Gladiatorenkämpfen in einem Gebäude, das »Kolosseum« genannt wurde.

Nun verglich Hopper die Schrift, hielt die Botschaften nebeneinander und untersuchte sie genau.

Plötzlich sank sein Mut. Die Kehle schnürte sich ihm zu, und seine Augen brannten.

»Es könnte ein Schwindel sein«, sagte er leise.

»Was meinst du damit?«, fragte Firren.

»Möglicherweise ist diese Nachricht eine Fälschung.« Hopper zeigte ihr die alte, zerknitterte, und dann die neue. »Es könnte sein, dass dies nicht La Rochas Schrift ist, sondern die von jemand anderem.«

Firren dachte darüber nach. »Okay, na ja, vielleicht ist die Information in Ordnung, aber derjenige, der dir die Nachricht geschickt hat, nahm an, du würdest sie nur glauben, wenn sie von La Rocha stammt.« Gedankenverloren wanderte ihre Pfote zum Schwertgriff. »Also hat derjenige die Botschaft gefälscht, damit du sie ernst nimmst.«

Das war keine schlechte Theorie. Aber in Hoppers Kopf wirbelten die Möglichkeiten durcheinander. Es gab so viele neue Nager in Atlantia. Einer von ihnen konnte gut ein Spion sein, der für Felina arbeitete. Das bedeutete, dass die Nachricht vielleicht eine üble List war, um Hopper und seine Armee in ihr Lager zu locken. Die Katzenkönigin wäre von der Attacke also nicht überrascht, sondern würde sie im Gegenteil schon erwarten – bereit zum Gegenangriff. Es konnte eine Falle sein.

Oder bloß ein gemeiner Trick, um ihm Hoffnungen zu machen. Er konnte sich zwar nicht vorstellen, dass jemand etwas so Fieses tat, aber er musste die Möglichkeit immerhin in Betracht ziehen.

»Was sagt dein Gefühl?«, wollte Firren wissen.

Hopper schloss die Augen und spürte in sich hinein. Er ließ seinen Glauben wirken und hörte auf sein Herz. »Ich habe so eine Ahnung, dass die Botschaft echt ist. Ich glaube, sie stammt wirklich von La Rocha.«

Firrens Gesicht hellte sich auf. »Also richten wir uns nach der Karte?«

»Ja.« Hopper faltete die beiden Zettel und ließ sie in die Tasche gleiten. »Aber um sicherzugehen, bleiben wir gleichzeitig bei unserem Plan, dass wir die drei anderen Orte ebenfalls aufsuchen. Wir stellen einfach ein viertes Bataillon auf – eines, das aus dir, den Rangers, meinen Freunden aus der Oberwelt,

Garfield, Polhemus und mir besteht –, um den mit dem *X* markierten Ort zu überprüfen. Wir sind dann zwar keine große Einheit, aber eine starke. Falls diese kleine Karte uns tatsächlich auf direktem Weg zu Pip und Felina führt, möchte ich meine besten Soldaten dabeihaben.«

Firren nickte. Doch sie zögerte noch einen Moment, bis sie ihr Schwert wieder losließ. Hopper musste unwillkürlich lächeln. Und dann lachen.

»Was ist so lustig?«, fragte Firren.

»Du, wie du nach dem Schwert greifst«, sagte Hopper. »Es erinnert mich an unsere erste Begegnung. Direkt nach dem Angriff auf die Lager, weißt du noch? Du bist auf mir gelandet, als wir beide in dieses Loch gesprungen sind, und ich flehte dich an, mir das Schwert in den Körper zu stoßen.«

»Stimmt! Wie konnte ich das nur vergessen?« Nun lachte Firren ebenfalls. »Ich dachte, du bist ein Geist, als ich den weißen Kreis um dein Auge herum sah.«

»Damals hast du mir gesagt, du würdest mich beschützen«, erinnerte sich Hopper. »Genau genommen hast du sogar gesagt, du hättest vor langer Zeit geschworen, mich zu beschützen. Ich habe mich immer gefragt, was du damit gemeint hast.«

Firren setzte sich auf die Bettkante und klopfte einladend auf die Matratze. Als Hopper sich neben sie setzte, nahm sie seine Pfote und drückte sie.

»Es brach mir das Herz, dass ich es nicht geschafft habe, meinen Freund Dodger zu beschützen«, sagte sie ruhig. »Ich war nicht da, um ihn gegen Cassius zu verteidigen. Dodge war ein hervorragender Kämpfer, und als Anführer war er sogar noch großartiger. Aber im Schwertkampf … Na ja, sagen wir mal, es lief besser für ihn, wenn ich in der Nähe war.«

Hopper lächelte. Es gefiel ihm, Neues über Dodger zu erfahren – und sei es nur, dass er ein lausiger Schwertkämpfer war. Firren fuhr fort.

»Als La Rochas Prophezeiung eines Auserwählten, der Dodgers Sohn sein sollte, auftauchte … Nun, um ehrlich zu sein, glaubte ich nur halb daran. Ich hatte meine Theorien, wie du weißt, darüber dass Dodger hinauf in die Welt des Tageslichts gegangen war. Aber da ich keinen Beweis dafür hatte, wusste ich nie so genau, was ich denken sollte. Dennoch schwor ich, wenn sich der Auserwählte zeigte, würde ich alles tun, um ihn zu verteidigen. Notfalls bis zum bitteren Ende. Auf diese Weise wollte ich wiedergutmachen, was mir bei seinem …« Sie hielt inne und grinste, als sie sich korrigierte. »Bei deinem Vater nicht gelungen war.«

»Danke«, sagte Hopper. »Und wenn ich das sagen darf: Bisher machst du deinen Job fantastisch.«

Firrens Lächeln verschwand schnell wieder.

»Stimmt was nicht?«

»Ich vermisse Zucker.«

»Ich auch.« Hopper schluckte. »Glaubst du wirklich, dass er tot ist?«

Firren zuckte mit den Schultern. »Es ist zu befürchten. Andererseits habe ich manchmal so ein Gefühl … ein leichtes Flattern, das mir sagt, dass es noch Hoffnung gibt. Wenn wir nur wüssten, wo wir suchen sollen, könnten wir ihn finden.

Lebendig.« Eine Träne quoll ihr aus einem Auge und rollte über ihr feines Gesicht. »Es gibt so vieles, was ich ihm sagen möchte.«

»Was denn?« Hopper legte den Kopf schief. »Was möchtest du ihm sagen?«

Die Rebellin seufzte tief, als sei sie sehr, sehr müde. »Ich würde ihm sagen, dass es mir leidtut, ihm nicht vertraut zu haben. Ich möchte mich dafür entschuldigen, dass ich jemals glauben konnte, er habe mich und Dodger und alles, wofür wir kämpften, verraten. Nach dem Angriff auf die Lager wollte ich es immer mal erwähnen, aber dann war alles so chaotisch – Atlantia fiel, Titus wurde unter Hausarrest gesetzt, die große Flucht und so weiter. Und dann, als es etwas ruhiger wurde … Hm, man kann sagen, dass die Situation zwischen dem Prinzen und mir ein bisschen … na ja … komisch wurde. Und jedes Mal, wenn ich mit ihm sprechen wollte … Ach, ich weiß auch nicht.«

»Ein *bisschen* komisch?« Hopper zog eine Augenbraue hoch. »Ich bitte dich! Ihr habt euch benommen wie zwei Vollidioten.«

»Wie bitte?«, knurrte Firren. »Haben wir nicht.«

»Oh doch!« Hopper grinste sie frech an. »Und ich weiß, warum.«

»Ach ja?«

»Ja, tatsächlich.«

»Okay.« Firren sah ihn von der Seite an. »Und warum?«

»Weil du und der Kaiserkumpel total ineinander verknallt seid, darum.«

Firren wurde rot. »Quatsch!«

»Und ob! Absolut total verknallt. Und ich weiß das, weil … weil …« Nun wurde Hopper rot.

»Weil was?«, hakte Firren nach.

»Weil das genau das ist, was *ich* vor Kurzem für … für Carroll empfunden habe.«

»Ja, dachte ich's mir doch«, sagte Firren mit glitzernden Augen.

»Meinst du, ich werde sie jemals wiedersehen?«, fragte Hopper sich laut. »Meinst du –«

»Wollen wir uns nicht erst einmal auf *ein* umwälzendes Ereignis konzentrieren?«, zog Firren ihn auf. »Auf den Krieg nämlich. Unsere romantische Zukunft können wir ja danach planen, wenn wir Felina besiegt und Pip gerettet haben.«

»Gute Idee«, stimmte Hopper zu.

Firren stand auf und durchquerte den Raum. Sie ging zu der selbst genähten Flagge, die noch auf Zuckers Schreibtisch lag. Mit einer eleganten Bewegung zog sie ihr Schwert aus der Scheide und schnitt sauber zwei der Streifen ab, die vorn auf ihr Hemd genäht waren – zuerst einen roten, dann einen blauen.

»Hast du etwas dagegen«, begann sie, als sie ihr Schwert ablegte und die Nadel in die Pfote nahm, »dass ich die auch annähe?«

Mit rauer Stimme antwortete Hopper: »Es wäre mir eine Ehre.«

Firren setzte sich auf Zuckers alten Stuhl und nahm das Banner auf. »Schlaf noch ein wenig«, sagte sie, stach geschickt mit der Nadel in den Stoff und zog den Faden straff. »Morgen ist ein großer Tag.«

Hopper kroch unter die Bettdecke des Prinzen und kuschelte sich in den Kissenberg.

»Gute Nacht, Firren.«

»Gute Nacht, Hopper.«

Und obwohl keiner von beiden es laut aussprach, wussten sie, was der andere in der darauffolgenden Stille dachte.

Gute Nacht, Zucker. Wo auch immer du bist.

Zweiundzwanzig

La Rochas Tagebuch – aus dem Heiligen Buch der Mūs:

Man muss Pinkie zugutehalten, dass sie nicht schreit. Sie ruft weder ihre Leibwache noch fletscht sie die Zähne oder stürzt quer durch die Lokomotive auf mich zu, um mir einen Dolch ins Herz zu stoßen.

Stattdessen tut sie etwas, womit ich bei ihr niemals gerechnet hätte.

Sie weint.

Ich würde zu ihr gehen, wäre ich nicht noch an den Berg aus Metallteilen gekettet. Sie weinen zu sehen, ist eine viel schlimmere Strafe als diese Fesseln. Irgendwann beruhigt sie sich mit einem Schniefen und einem tiefen, bebenden Seufzer. Als sie sich mit der Rückseite ihrer Pfoten über das verweinte Gesicht streicht, rührt es mich, wie unschuldig diese Geste wirkt, und wie jung und zerbrechlich Pinkie erscheint.

»Du sollst doch tot sein«, sagt sie schließlich.

»Ich muss dich nicht darauf aufmerksam machen, dass du immer noch dafür sorgen kannst.«

Pinkie runzelt die Stirn. »Warum jetzt?«, fragt sie. »Warum zeigst du dich jetzt, nachdem so viel schiefgelaufen ist? Titus hat die Flüchtlinge umgebracht … Atlantia wurde zerstört … das Chaos in den Tunneln.« Ihre Schnurrhaare zucken. »Und Mutter wurde uns weggenommen.«

»Glaube mir, ich hätte alles getan, um sie zu retten«, sage ich und kann hören, dass meine eigene Stimme vor Trauer zittert. »Sie zu verlieren hat für mich alles geändert. Ich hatte geplant –«

»Was? Uns alle hier herunter in diese verdammten Tunnel zu bringen, um für die Sache der Rebellen zu kämpfen?«

»Ja. Das war eure Bestimmung. Und wäre das nicht besser gewesen, als dass man euch auch aus dem Käfig geschnappt hätte und ihr in den glitschigen Eingeweiden einer Boa umgekommen wärt?«

Pinkie spielt mit dem pinkfarbenen Saum ihres goldenen Umhangs. »Du hast mich verlassen. Verstehst du, wie weh das getan hat?«

»Du kannst dir nicht vorstellen, wie leid es mir tut«, antworte ich.

Sie schweigt einen Augenblick. Dann durchquert sie den Raum und blickt mir direkt in die Augen. »Erzähl mir alles«, fordert sie. »Ich will alles wissen.«

Aber das ist nicht der Befehl eines gemeinen Geiselnehmers an den Gefangenen. Es ist die schlichte, aufrichtige Bitte einer Tochter an ihren Vater.

Und deshalb komme ich ihr nach und erzähle ihr alles.

Sie hört zu, als ich ihr von meinem Kampf mit dem brutalen Cassius und dem heftigen Schlag auf den Kopf erzähle, den er mir verpasst hat. Ich berichte ihr, wie er mich – scheinbar tot – zurückließ, und dass ich bis heute nicht weiß, wie lange ich dort ohnmächtig lag. Aber als ich erwachte, war mir klar: Dies war eine großartige Gelegenheit. Unsichtbar wäre ich eine weitaus größere Bedrohung für Titus, als ich je als offener Gegner sein konnte.

»Es ist leicht, einen Gegner anzugreifen, der vor einem steht«, erkläre ich meiner Tochter. »Viel schwieriger ist es, einen Feind zu schlagen, der überall zugleich ist.«

»Du bist also in die Oberwelt gegangen und hast Mutter kennengelernt«, sagt sie. »Erzähl mir davon.«

»Das hole ich ein andermal nach«, sage ich. »Ich möchte dir und deinen Brüdern davon erzählen, wenn wir alle zusammen sind. Es ist eine wunderschöne Geschichte, und ich würde sie gerne für einen weniger angespannten Moment aufheben.«

Pinkie schnaubt, widerspricht aber nicht.

Ich fahre fort und schildere ihr, wie ich nach meiner Rückkehr in die Tunnel La Rocha begegnete.

»Der Kakerlake.«

»Hm, nein … eigentlich nicht. Der La Rocha, den ich traf, war ein Streifenhörnchen. Der vor ihm war ein Feuersalamander und der davor eine Ratte – eine dreibeinige, heißt es, wegen eines unglücklichen Zusammenstoßes mit einer langsam fahrenden U-Bahn. Der La Rocha davor war eine Kakerlake.«

»Das verstehe ich nicht.«

»Das tat ich auch nicht, bis das Streifenhörnchen es mir erklärte. Der erste La Rocha war tatsächlich ein Insekt – eine Kakerlake. Er war genial und weise, weil er viele Jahreszeiten lang innerhalb und außerhalb der Tunnel gelebt hatte. Diese Tiere haben eine außergewöhnlich hohe Lebenserwartung, weißt du. Manche sagen, sie leben ewig.«

»Davon habe ich gehört«, sagt Pinkie. Sie bietet mir eine Traube an und ein Stück Brotkruste, und ich fahre fort.

»Dieser erste La Rocha glaubte, dass die Nager, die hier lebten, einen Anführer brauchten, eine wohlwollende Stimme, die ihnen durch die Mühen des Lebens in dieser dunklen unterirdischen Welt half. Also begann er, seine Weisheiten in den Tunneln zu verteilen … Hoffnung spendende Botschaften, die er auf Papierstückchen schrieb. Er wusste, dass diese Zettel Abfall von Menschen waren – Coupons, Einkaufslisten, Sportprogramme, Eintrittskarten fürs Kino –, aber den Nagern, die sie entzifferten, erschienen sie geheimnisvoll und wunderbar. Er fügte seinen eigenen Rat oder einen Einfall hinzu, der es wert war, weitergegeben zu werden, und hinterließ die Zettel so, dass seine Anhänger sie finden konnten. Bald sammelten die Mūs sie und banden sie in ein Buch zusammen. Das gefiel der Kakerlake außerordentlich. Doch irgendwann wird auch eine fast unsterbliche Kakerlake müde.«

»Also hat er aufgehört?«, vermutete Pinkie.

»Nein, das nicht. Er entschied, La Rocha solle eine titulares Amt werden.«

»Ein was?«

»Ein Amt, das weitergegeben wird an jemanden, der es neu ausfüllt. Er wusste, dass seine geistige Führung dadurch Bestand haben und ewig weitergehen würde – solange es immer ein Wesen gab, das sich als würdig erwies, in seine Fußstapfen zu treten.«

»Wie zum Beispiel eine dreibeinige Ratte.«

»Genau.«

»Und wie bist du in diese Position gekommen?«

»Ich war noch nicht lange wieder in den Tunneln. Noch verbarg ich mich und wartete ungeduldig auf den Tag, an dem meine Familie nachkommen würde. Doch als deutlich wurde, dass das nicht geschehen würde, war ich am Boden zerstört. Ich hatte eure Mutter verloren und würde meine Kinder nie kennenlernen. Der seelische Schmerz brachte mich fast um. Deshalb beschloss ich, das geheimnisvolle Wesen zu suchen, um bei ihm Trost zu finden. Du kannst dir meine Überraschung vorstellen, als ich herausfand, dass es keine allwissende Kakerlake war, die in einer silbernen Kutsche, gezogen von schillernden Libellen, aus den höchsten Höhen hinabstieg …«

Bei dieser Übertreibung muss meine Tochter lachen. Der Klang erfüllt die ganze Lokomotive – und mein Herz.

»Das Streifenhörnchen La Rocha wurde alt. Es hatte den Titel länger als die meisten anderen getragen. Als ich ihm von Firren, den Rangers und unserem Ziel, Titus zu stürzen, erzählte, bot es mir seinen Posten an. Es meinte, so könnte ich den Gläubigen Trost spenden und gleichzeitig Titus' bösen Friedensvertrag außer Kraft setzen. Wie hätte ich da Nein sagen können?«

»Ich verstehe immer noch nicht, weshalb du Zucker und Firren nicht gesagt hast, dass du am Leben bist, und die Aufgaben eines verrückten Käfers übernommen hast«, sagte Pinkie.

»Weil es Regeln gab. Ich durfte nicht gesehen werden. Ich durfte niemals mit irgendeinem Nager sprechen. Und ich durfte das Geheimnis nicht verraten, denn wenn je die Wahrheit ans Licht käme, wäre den Nagern in den Tunneln ihr La Rocha genommen – und für die meisten war der Glaube alles, woran sie sich festhalten konnten. Übrigens: Jetzt, da du das alles weißt, bist du Teil des Geheimnisses. Du darfst es also niemals jemandem erzählen. Weder Hopper noch Pip. Niemandem.«

Pinkie schweigt lange. »Es verwirrt mich immer noch, dass Mutter Hopper gesagt hat, er solle die Mūs suchen, und ich verstehe nicht, warum du die Prophezeiung über den Auserwählten in die Welt gesetzt hast. Du wusstest, dass wir in einen Krieg geraten würden, wenn wir hierherkämen. Es war klar, dass wir uns in große Gefahr begeben würden.«

Ich nicke langsam. »Natürlich wusste ich, dass es ein Risiko sein würde, aber kein größeres als euer Leben in der Zoohandlung. Dort hattet ihr nur eine mögliche Zukunft.«

»Als Schlangenfutter«, brummt Pinkie.

»Genau. Und während mich einerseits der Gedanke quälte, du und deine Brüder könntet hier in den Tunneln zu Schaden kommen, freute ich mich andererseits darüber, dass ihr die Chance bekommen würdet, herauszufinden, was wahres Heldentum ist. Was für eine seltene Gelegenheit! Weißt du, Pinkie, eine Maus hat nicht oft die Möglichkeit, etwas zu erreichen. Ich wollte, dass du, Hopper und Pip die Zufriedenheit kennenlernt, *die daraus resultiert, etwas zu leisten – etwas zu tun, an das man sich noch lange, nachdem ihr diese Welt verlassen habt, erinnern wird. Ihr solltet verstehen, dass es Dinge gibt, für die zu kämpfen es sich lohnt. Das sind die Dinge, die ihr mit ganzem Herzen verteidigen müsst. Das Herz einer Maus ist klein, aber das bedeutet ja nicht, dass es nicht voller Mut sein kann.«*

»Ich habe noch eine Frage.«

»Bitte … frag.«

»Der erste La Rocha war also eine echte Kakerlake. Aber warum haben all seine Nachfolger diesen Teil der Legende aufrechterhalten? Von all den Formen, die du hättest annehmen können, von allem, was du hättest vorgeben können zu sein … Warum ausgerechnet eine Kakerlake?«

»Weil es wenig Unzerstörbares auf der Welt gibt. Und dazu gehört die bescheidene Kakerlake, Pinkie. Etwas anderes ist – oder sollte es sein – der Glaube.«

Nun kommt meine Tochter mit dem weißen Kreis um das linke Auge und dem verstümmelten Ohr auf mich zu.

Und sie löst meine Fesseln.

Sie würden unter dem Patchwork-Banner marschieren.

Hopper hatte Firren gebeten, die Flagge zu tragen, weil er die Rebellin mochte und respektierte. Und weil es Zucker gefallen würde.

Die Nager hatten begonnen, sich am Eisentor zu versammeln, einzeln oder in kleinen Gruppen. Hopper sah viele vertraute Gesichter, aber auch ein paar neue Bürger von Atlantia. Er war nicht überrascht, Marcy nirgendwo zu sehen. Wenn sie sich entschlossen hatte, nicht zu kämpfen, würde sie dafür einen guten Grund haben.

Er war enttäuscht, dass Ass noch immer nicht aufgetaucht war, und versuchte, nicht vom Schlimmsten auszugehen, sondern schrieb seine Abwesenheit irgendeiner einfachen, harmlosen Angelegenheit zu.

Wahrscheinlich geht es ihm gut, redete Hopper sich ein. Trotzdem machte er sich Sorgen.

Er stand nun an der Spitze seiner Armee, war ihr unangefochtener Anführer – aber im Grunde seines Herzens war er der Überzeugung, dass alle, die in diese Schlacht zogen, gleichrangig waren.

Die Soldaten teilten die Truppen in drei einzelne Bataillone auf, von denen jedes aus etwas derselben Zahl an Mäusen, Ratten, Eichhörnchen und Streifenhörnchen mit unterschiedlich viel Kriegserfahrung bestehen sollte. Die drei Einheiten würden von Bartel, Richard und Fulton angeführt werden. Kralle konnte zu seinem Bedauern wegen seiner Verletzung nicht mitkämpfen.

Das vierte Bataillon war Hoppers Truppe aus speziell ausgewählten Nagern. Rechts neben Hopper stand Garfield, Polhemus links. Hinter ihnen folgten die Basketballratten, Valky, Driggs sowie Firren und ihre Rangers. Sie würden sich an der Karte aus der Nachricht, die er in der Nacht erhalten hatte, orientieren. Hopper schätzte ihren Weg daher für den gefährlichsten ein – schließlich war es der, der am wahrscheinlichsten zu Felinas Lager führte – und zu Pips Versteck. Doch er vertraute darauf, dass die Krieger, die mit ihm marschierten, diejenigen waren, die am besten für den Kampf gegen die Katzen gerüstet waren. Außerdem beruhigte es ihn, dass die engagierten Neulinge, aus denen sich die drei anderen Bataillone zusammensetzten, fast unter Garantie nicht mehr als ein paar Scharmützel erleben würden.

Fast unter Garantie.

Es war ein kalkuliertes Risiko. Wenn er konnte, würde er ihnen den Horror des Krieges gern ersparen. Und wenn man der geheimnisvollen Botschaft Glauben schenken konnte, tat er gerade genau das.

Falls sie jedoch eine Fälschung war … Ihm wurde übel, wenn er nur daran dachte.

Wenn sie erst einmal das Große Jenseits erreicht hatten, würden sie sich trennen müssen, und jede Abteilung würde dann in eine andere Richtung in die Tunnel vordringen. Noch waren sie allerdings eine vereinte, gewaltige Streitmacht. Und als er den Blick über sie schweifen ließ, streckte Hopper stolz die Brust raus. Er hob die Pfoten, um ihre Aufmerksamkeit zu bekommen, und die Nager verstummten.

»Ich danke euch allen«, sagte Hopper, »dass ihr heute mit mir kommt. Dieser Kampf stand uns schon lange bevor, und auch wenn der Gedanke entsetzlich ist: Wir haben keine andere Wahl, als uns Felina entgegenzustellen.«

Durch die Reihen ging ein zustimmendes Gemurmel.

»Wie ihr wisst, müssen wir uns auf der Suche nach der Katzenkönigin trennen, sobald wir uns außerhalb der Mauer befinden … der Mauer, die ihr alle so fleißig wiederaufgebaut habt. Seid gewiss: Auch wenn wir in verschiedene Richtungen, nach Osten, Westen, Norden und Süden, marschieren – wir tun es vereint unter Atlantias Flagge.«

»Atlantia!«, rief Garfield und hob sein Schwert.

»Atlantia!«, stimmten die Nager ein.

»Da wir uns unweigerlich in Gefahr begeben«, fuhr Hopper fort, »möchte ich euch etwas mitgeben, das ich von einem sehr guten Freund an einem Ort namens Brooklyn gelernt habe. Es ist ein Hilferuf für eine ausweglose Situation.« Er atmete tief ein und pfiff SOS, so wie er es getan hatte, um Pilot herbeizurufen.

Die Nager ahmten das Signal nach, und das unverkennbare Pfeifen schallte durch die Tunnel.

»Falls ihr in Schwierigkeiten geratet, verwendet dieses Signal, und eure Waffenbrüder und -schwestern werden euch schnell zur Hilfe eilen.« Er hielt inne und schaute über die Stadt, die sich in einer hoffnungsvoll stimmenden Phase der Veränderung und Erneuerung befand. Auf dem Marktplatz gab es wieder Stände; Gebäude, die einst in Trümmern gelegen hatten, standen nun wieder, aufrecht und stabil.

»Bevor wir aufbrechen«, sagte Hopper, »lasst uns für einen Augenblick an all jene denken, die hier vor so kurzer Zeit im Namen von Gerechtigkeit und Freiheit gelitten haben und gestorben sind. Ruft euch ihren Mut, ihre Freundschaft ins Gedächtnis, und macht euch klar: Wenn ihr selbst nun heute in die Schlacht zieht, tretet ihr in ihre ehrenvollen Fußstapfen. Es liegt an uns, den Kampf, den sie begonnen haben, zu beenden. Beenden wir ihn heute!«

Die Nagerarmee jubelte. Die frisch geschmiedeten

Waffen – einige davon aus Schlüsseln – klirrten stolz und bedrohlich. Hopper musste lächeln.

Felina hatte keine Ahnung, was ihr bevorstand.

»Auserwählter?«, fragte Firren und hob die Flagge.

Hopper nickte, aber bevor er das Maul öffnen konnte, um seine Armee in Marsch zu setzen, vibrierten die Tunnel durch das altbekannte Rumpeln in der Ferne. Dann erschien ein Licht in der Dunkelheit, gefolgt von dem üblichen Lärm. Eine U-Bahn tauchte aus den Schatten auf und raste vorbei wie ein lebendiges Wesen, kreischend und Funken sprühend.

In Hoppers Augen war die Erhabenheit und Kraft der blitzschnellen Bahn ein gutes Zeichen für ihre Mission.

Sie waren bereit.

»Auf geht's!«

Dreiundzwanzig

Hoppers Eliteeinheit marschierte durch die Finsternis, den Staub und den Dreck. Sie marschierten gefühlte Meilen, aber kein einziger Nager murrte, beschwerte sich oder brach ab. Hopper war froh, dass sie zu ihm hielten. Er wusste, dass die Oberweltler aus Dankbarkeit in den Kampf zogen, weil er sich so mutig für sie eingesetzt hatte. Was Driggs, die Soldaten, Firren und ihre Rangers anging, vermutete er, dass sie eher aus persönlichen Gründen kämpften: wegen eines verlorenen Angehörigen oder Freundes, eines zerstörten Zuhauses oder der tiefen Überzeugung, dass das Böse niemals siegen darf.

Hopper selbst kämpfte aus verschiedenen Gründen: Um dem vermissten Zucker, Beverly und seinen Käfigkameraden, die unter dem wütenden Besen gestorben waren, Respekt zu erweisen. Er kämpfte, weil ihn die Selbstlosigkeit einer verletzten Taube, die ihren eigenen Schmerz ignorierte, um einem Freund zu helfen, dazu inspirierte. Und er kämpfte, um Pip zu retten und ihm zu zeigen, dass Güte immer wichtiger sein würde als Macht. Er kämpfte für seine Mutter, die er kaum gekannt hatte, und für Firrens Eltern, die vor langer Zeit auf dem Jagdgelände umgekommen waren. Er kämpfte, weil Felina so grausam, selbstsüchtig und unglaublich arrogant war, dass sie glaubte, sie dürfe zu ihrer bloßen Unterhaltung den Lauf der Natur ändern.

Heute würde Hopper, Sohn des Dodger, Auserwählter des großen Stammes der Mūs und Maus aus einer Zoohandlung, die zufällig in die U-Bahn-Tunnel gelangt war, aufstehen und für jeden einzelnen Nager kämpfen, der unter den Pfoten von Titus und der hinterlistigen Katzenkönigin gelitten hatte.

Nun waren sie an eine Stelle in den Tunneln gekommen, an der Hopper noch nie gewesen war. Die Luft um Atlantia herum war schon muffig, aber hier hing die Feuchtigkeit noch schwerer darin.

»Wir nähern uns dem Ziel«, sagte Hopper und sah mit zusammengekniffenen Augen auf die Karte.

»Das ist auf jeden Fall eine Gegend, die Felina gefallen könnte«, murmelte Firren. »Falls ihr Lager nicht hier ist, sollte sie mal darüber nachdenken, umzusiedeln.«

Umsiedeln. Gerettete Nager. *Ass.*

Hopper spürte einen Stich in der Brust.

Aber die Truppe stapfte weiter. Matsch verklebte ihre Pfoten, und Moder schien in ihr Fell zu sickern. Vor Hoppers Augen wurde Firrens strahlend weißes Hemd grau, Staub und Schmutz drangen in den Stoff ein. Zweimal zuckte der Auserwählte mit den Schnurrhaaren, um Schimmelsporen abzuschütteln.

»Seht mal, da drüben«, sagte Julius und zeigte auf die Stelle, die er meinte. »Ist das nicht ein Schuh?«

Hopper wirbelte herum und starrte aufmerksam durch die düsteren Schatten, bis er das Objekt sah. Es schien tatsächlich ein verlorener, verrottender Schuh zu sein – ein alter Herrenschuh, zerknittert und fleckig. Was aus dem Menschen geworden war, dessen Fuß diesen Schuh getragen hatte, würde für immer ein Geheimnis bleiben. Nun war der alte Schuh ein Bunker. Ein Versteck.

Und Hopper war sich hundertprozentig sicher, dass Pip darin hockte. Er straffte die Schultern und ging auf den Schuh zu.

»Warte«, sagte Firren. »Vielleicht sollten wir erst einmal rufen. Wir wissen nicht, wer oder was wirklich da drin ist. Vielleicht Waffen oder andere Nager …«

»Nein.« Hopper schüttelte den Kopf. »Ich gehe rein.« Und er ging noch näher an den Schuh heran. Hinter ihm rasselte es, als jeder seiner Begleiter nach seiner Waffe griff. Hopper versuchte zu verdrängen, was das bedeuten konnte.

Beim Näherkommen sah er, dass eine Naht hinten am Schuh aufgeribbelt worden war und nun einen V-förmigen Eingang darstellte. Hopper kroch darauf zu und lugte hinein.

»Pip?«, flüsterte er und trat ein. »Pip, ich bin's.«

Tief im Inneren des Schuhs raschelte es – ein Scharren, das nach sehr viel mehr Pfoten klang, als Hopper erwartet hatte.

»Pip … Bist du allein? Pip, bitte –«

Sssssswitschhhhhh.

Plötzlich war Hoppers Gesicht von klebrigen Fäden überzogen, einem Maskengespinst, das in seinem Fell festhing und ihm Maul und Augen verklebte. Spuckend riss er mit den Krallen an dem Zeug, woraufhin es federleicht an seinen Pfoten pappte.

»Sieht aus, als hätten wir Besuch bekommen, Call.« Ein hässliches Kichern kam aus der Tiefe des Schuhs. »Hopper, das ist Callobius. Call, das ist mein Bruder Hopper. Der Herr Auserwählte persönlich.«

Wieder hörte Hopper das Krabbeln. Er kämpfte gegen den Film, der ihm die Augen verklebte. Dann spürte er, wie ihm etwas Stachliges, Haariges ins Gesicht fasste.

Spinnenbeine!

Er stolperte zurück und stieß gegen das Schuhleder.

»Oh Mann, entspann dich«, höhnte Pip. »Er tut dir nichts.«

Hopper hielt den Atem an, als die Spinne – offenbar besagter Callobius –, die seidigen Stränge und Knoten abzog, die sein Gesicht bedeckten. Es war ein unangenehmes Ziepen, und er erschauerte.

Schließlich war das ganze Netz ab, und Hopper öffnete die Augen.

Sofort wünschte er, er hätte es nicht getan.

Sein winziger Bruder stand in Lumpen gekleidet vor ihm. Der schwarze Kreis, den er sich im Mūs-Dorf um das linke Auge herum gemalt hatte, war noch dunkler geworden. Die unheimliche Markierung schien sich in sein Fell gefressen zu haben, um für immer wie eine Art Mal dort zu bleiben. Aus dem lieben Lächeln, das Hopper in Erinnerung hatte, war ein eiskaltes Grinsen geworden, mit dem Pip seine spitzen kleinen Vorderzähne zeigte.

»Was hast du getan?«, fragte Hopper und rang nach Luft. »Oh Pip, was ist mit dir geschehen?«

»Ich mache mir einen Namen«, prahlte der kleine Mäuserich. »Ich will ernst genommen werden. Wenn eine Keilerei mit Felina die einzige Möglichkeit ist, das zu erreichen, dann ist es nun mal so. Ich habe es satt, für alle nur ein Anhängsel zu sein.«

Hopper seufzte schwer. »So war es doch gar nicht, Pip.«

»Ach ja?«, entgegnete Pip mit glühendem Blick. »Weißt du, was Pinkie geantwortet hat, als ich gesagt habe, dass ich ihrer Leibwache beitreten möchte?«

Hopper wusste es natürlich nicht, aber vermutlich war es etwas sehr Beleidigendes gewesen.

»Sie sagte, es sei unmöglich, eine Uniform zu schneidern, die *winzig* genug wäre«, sagte Pip knurrend. Doch hinter dem Knurren hörte Hopper auch die Demütigung, die Verletzung.

»Das war nicht nett«, gab ihm Hopper recht. »Aber, Pip, glaubst du denn ernsthaft, du könntest es alleine mit Felina aufnehmen?«

»Ich habe ja Callobius dabei. Und wie du gesehen hast, kann er sehr nützlich sein.«

»Das mag sein«, gab Hopper zu. »Netze zu schießen, kann tatsächlich eine sehr effektive Art sein, eine Katze schachmatt zu legen … wenn nur *eine* Katze auf einmal angreift. Aber das Problem ist, dass auch eine Katze nur einmal gezielt mit der Pfote aufstampfen müsste, und dein Spinnenfreund wäre genauso effektiv plattgetreten ….«

Pip schäumte. »Warum machst du mich so klein?«

»Streng genommen war es Callobius, den ich klein gemacht habe.«

Das brachte Hopper eine weitere Ladung Spinnenfäden ein, diesmal auf den Hinterkopf. »Tja, tut mir leid«, sagte er. »Aber es ist die Wahrheit. Du bist klein, Pip. Und Callobius ebenfalls. *Ich* bin auch klein. Aber ich habe eine Armee hinter mir, die Schulter an Schulter steht … und das ist etwas Großes.« Mit wachsender Ungeduld versuchte er, sich das hauchfeine, klebrige Zeug vom Hinterkopf zu streifen. »Dickköpfig und draufgängerisch zu sein, ist nicht dasselbe wie Mut, es ist … na ja, eben bloß dickköpfig und draufgängerisch und sonst nichts!«

Pip verschränkte die Arme vor seiner schmalen Brust.

»Dann will ich zu deiner Armee gehören!«, verlangte er. »Lass mich neben dir marschieren, mit einer Waffe.«

Hopper wich seinem Blick aus. »Nein.«

»Warum nicht?«

Weil du nicht größer als eine Haselnuss bist! Weil Felina dich mit einem Happs verschlingen könnte. Weil du mein kleiner Bruder bist, und es mich umbrächte, wenn dir irgendetwas zustoßen würde.

»Weil ich dich liebe«, antwortete Hopper wahrheitsgemäß. »Weil es mir wichtiger als alles andere ist, dich vor Gefahr zu beschützen. Genau deshalb bin ich ja zurückgekommen. Um dich zu retten.«

»Ich will aber nicht gerettet werden!«, schäumte Pip. »Ich will nicht beschützt werden. Ich will kämpfen. Ich will wie du und Pinkie sein! Und wenn ich Teil einer Armee bin, dann ist es egal, wie mickrig ich bin.«

»Wie mickrig du *äußerlich* bist«, ergänzte Hopper. »Aber, Pip, es gibt auch so etwas wie innere Mickrigkeit. Klein zu sein im Herzen. Diese Mission, die du dir vorgenommen hast, ist selbstsüchtig und nützt niemanden etwas. Du bist wütend, und je größer die Wut, desto kleiner die Maus.«

Pip stürzte vorwärts und packte den Griff von Hoppers Schwert. Für einen schrecklichen Augenblick fürchtete Hopper, Pip würde ihn erstechen … Aber was er stattdessen tat, war beinahe noch schlimmer.

Die winzige Maus benutzte Hoppers Schwert, um sich selbst das Ohr zu durchbohren und eine gezackte Ecke herauszuschneiden!

»Pip!«, schrie Hopper. »Bist du wahnsinnig geworden?«

Pips Blick war wild. Blut schoss aus seinem zarten, verstümmelten Ohr, doch er versuchte, den Schmerz mit Gelächter zu überspielen. »Jetzt bin ich wie meine großen Geschwister«, gackerte er. »Siehst du? Ich habe den Kreis und die Verletzung. Bin ich jetzt endlich auserwählt genug, Hopper? Bin ich es?«

Hopper warf sich auf seinen Bruder und packte das Schwert, bevor Pip sich noch mehr verletzen konnte. Dann befahl er der Spinne verzweifelt: »Stopp die Blutung!«

Callobius gehorchte. Hopper sah zu, wie glitzernde Spinnennetzfäden durch die Luft sausten, um sich über Pips Wunde zu legen und sie zu bedecken. Das klebrige, starke Netzmaterial stellte eine natürliche Bandage dar und hemmte den Blutfluss. Keine Sekunde zu spät.

Pip verdrehte die Augen und wurde leichenblass. Hoppers

Herz raste, und Tränen strömten ihm übers Gesicht, als er die Pfote nach seinem schwankenden Bruder ausstreckte.

Sanft führte er Pip nach unten, bis er auf dem weichen Futter des Schuhs lag.

»Nimm mich mit«, bettelte Pip mit einer Stimme, die so hauchdünn war wie ein Spinnennetz. »Bitte, lass mich kämpfen.« Die eiskalte Wut war weg; was blieb war reine Unschuld. Es brach Hopper fast das Herz.

Als er sich über seinen kleinen Bruder beugte, tropfte eine Träne aus seinem Auge auf Pips Gesicht und verwischte den dunklen Kreis, löschte ihn jedoch nicht völlig. »Du wartest hier, Bruderherz«, flüsterte Hopper. »Ich werde dich holen. Versprochen.«

Dann drückte er Pip einen Kuss auf die Stirn und krabbelte aus dem Schuh.

»Da, vor uns«, sagte der Ranger Leetch. »Das ist Felinas Lager.«

Die Kompanie kam scharrend und waffenklirrend zum Halt. Hopper blinzelte in das staubige Halbdunkel, aber er sah nichts, was der Katzenstadt ähnelte, die er sich vorgestellt hatte. Keine wuseligen Straßen, keine hübsche Katzengemeinde mit einem lebendigen Treiben. Vielleicht übersah er etwas.

»Wo?«, fragte er. »Wo ist die Stadt? Ich sehe weder einen Palast noch einen Markt noch sonst irgendetwas.«

Firren blickte auf die Karte. Dann untersuchte sie den Boden, hob die zarte Schnauze in die Luft und nahm Witterung auf. »Hier muss es sein«, bestätigte sie. »Es ist nicht nur die

Stelle, die auf La Rochas Karte angekreuzt ist, sondern hier sind auch Pfotenabdrücke und Fellreste auf der Erde.« Sie rümpfte die Nase. »Ganz zu schweigen von dem unverkennbaren Katzengestank.«

Es stimmte, auch Hoppers Nase zuckte wegen des starken Katzengeruchs, der in der Luft hing. Aber er konnte immer noch nicht glauben, dass *hier* die Katzenkönigin leben sollte. Er hatte sich Felinas Reich als ein weitläufiges, vornehmes Territorium vorgestellt, wie eine größere, luxuriösere und katzenfreundlichere Variante von Atlantia. Er hatte ein prächtiges, funkelndes Schloss mit unzähligen großen und kleinen Türmen vor Augen gehabt. Doch was er sah, war eine heruntergekommene Ansammlung alter, seitlich hingelegter Pappkartons.

Konnten diese ramponierten Kartons wirklich die Wohnräume der Katzen sein? Hopper hatte ja seine eigenen Erfahrungen mit Pappkartons, und so viel er wusste, hatten sie nichts Gemütliches oder Einladendes an sich. Diese Kartons waren außerdem viel schlimmer als der, aus dem er und Pinkie ausgebrochen waren. Einige waren an den Ecken verbogen oder zerdrückt, andere windschief und voller Wasserflecken. Jeder hatte an der Außenseite Spuren von Krallen, und soweit Hopper erkennen konnte, besaßen sie außer ein paar schimmeligen Decken und Kissen keine Inneneinrichtung. Ein traurigeres Zuhause hatte er noch nie gesehen.

Und wo in diesem abstoßenden Chaos schlief wohl Felina? Sie bezeichnete sich als Königin, aber ihr Lager war dreckig und feucht, stank nach den Hinterlassenschaften der Katzen und wimmelte vor Fliegen. Es war nichts Elegantes, Hübsches oder Wohlhabendes an diesem Dorf.

Felinas Lager hatte keinerlei Ähnlichkeit mit Atlantia. Es war eine Müllhalde.

»Das beweist wohl«, mutmaßte Firren, »dass man die Katze von der Straße vertreiben kann, aber niemals die Straße aus der Katze.«

Hoppers erster Gedanke war, dass er froh sein konnte, mit seiner erfahrenen Truppe dort zu sein und nicht mit den Neulingen, denn die wären geradewegs in diese gefährliche Kistenansammlung hineinmarschiert.

Sein zweiter Gedanke beunruhigte ihn jedoch und hinterließ einen festen, kalten Klumpen in seinem Bauch.

»Findet ihr es auch seltsam, dass wir hier gar keine Katzen sehen?«, flüsterte er. »Wo *sind* die alle?«

Garfield tat einen Schritt nach vorn und spähte in die leeren Kisten, suchte das verlassene Gelände mit den Augen ab. Nicht eine einzige Katze streifte durch das Lager. »Ausgezeichnete Frage, Auserwählter.«

»Vielleicht sind sie auf der Jagd«, vermutete Polhemus.

»Oder weitergezogen auf der Suche nach frischer Beute«, riet Driggs.

»Oder«, ergänzte Hopper, und dabei stellte sich sein Fell auf, und seine Schnurrhaare zitterten wie verrückt, »sie haben uns gerochen und … Wir sind umzingelt!«

Er zog das Schwert genau in dem Moment, als mehrere Paare glühend-gelber Augen in der Dunkelheit aufleuchteten. Sie starrten die Nager aus den Schatten heraus an und kamen von allen Seiten auf sie zu. Auf einmal war die Luft erfüllt von Fauchen und Spucken.

»Macht euch kampfbereit!«, befahl Hopper.

Die Nagertruppe zog die Waffen, und die Katzen zeigten sich nun offen. Sie krochen wie Rauch aus den dunklen Ecken des Tunnels. Hopper sah den Hunger in ihren Gesichtern, den Hass in ihren Augen. Ihre Bewegungen waren eckig, und ihr Fell war stumpf.

Hoppers Schlüsselschwert, scharf und glänzend, durchschnitt die Luft in bedrohlichen Bögen. Firren schwang ihr Schwert wie gewohnt über der Schulter, und ihr funkelnder Blick schoss zwischen den Angreifern hin und her.

Die Katzen verengten den Kreis, langsam, ganz langsam … Ihre Pfoten schlappten über den trockenen Boden und erzeugten kleine Explosionen aus Staub.

Der Kreis schloss sich.

Hopper bereitete sich auf den ersten Schlag vor.

»Attacke!«, rief Polhemus.

Die Nager schlugen los, und ihre Stimmen hallten durch die Tunnel – Kriegsgeschrei und -geheul, wildes Knurren, aus dem die tiefe Überzeugung der Nager klang, das Richtige zu tun. Es war der mutige, ja, kühne Schlachtruf einer kleinen Art, die endlich aufstand und ihre Peiniger herausforderte, die um Gerechtigkeit kämpfte und fest entschlossen war, die Tunnel zurückzuerobern.

Die Katzen schlugen, bissen und trampelten, aber die Nagerkrieger waren stark. Wütende Schmerzensschreie und Rufe von Katzen, die sich ergaben, zischten durch die Luft, während die Schwerter und Degen der Nager immer und immer wieder ihre Ziele trafen. Verletzte Katzen wimmerten und miauten, während sie geschlagen davonhinkten, -hüpften oder -huschten.

Hopper schlug und trat und wich messerscharfen Krallen und Fangzähnen aus. Er bekam einen Hieb auf die Schnauze und hatte den Geschmack seines eigenen Blutes im Maul, doch er kämpfte weiter. Firren war ein einziger Wirbel, ihr Schwert ein silberner Blitz, der durch die Luft pfiff. Die Basketballratten bewegten sich wie ein einziges Wesen, schossen große Gesteinsbrocken und warfen scharfkantige kleine Steine mit tödlicher Treffsicherheit.

Es dauerte nicht lange, bis nur noch zwei Katzen übrig waren – die jüngsten Neuzugänge der Sippe. Hopper erkannte in ihnen die beiden, die durch die Ruinen von Atlantia geschlichen waren und die kleine Maus bedroht hatten – die dann so schroff über Hopper geurteilt und ihm sein Versagen vorgehalten hatte.

Als er keuchend und schnaufend vor der größeren der beiden Katzen zurückwich, fiel Hopper auf, dass die kleine Maus nicht gekommen war, um mitzukämpfen. Ob es mit ihr ein schlimmes Ende genommen hatte, oder ob sie bloß ein Feigling war, wusste Hopper nicht. Aber im Augenblick war ihm das auch egal. In dieser Schlacht standen genügend treue Nager an seiner Seite. Und er war froh und erleichtert, dass zwar einige von ihnen bluteten und andere sich ihre gebrochenen Knochen und verwundeten Gliedmaßen hielten, aber kein einziger leblos auf dem Boden lag.

Ihre kleine Truppe hatte es geschafft, sich gegen die bösartigen Katzen zu behaupten.

Ja, es schien sogar, als hätten sie *gewonnen*.

Denn die beiden übrig gebliebenen neuen Katzen waren zwar größer als die Nager, aber sie waren in der Unterzahl.

Hopper hob das Schwert. Firren duckte sich sprungbereit, und die Soldaten und Basketballratten zögerten keine Sekunde, sondern stürmten auf die beiden Katzen zu wie eine rasende U-Bahn.

Doch dann erblickte Hopper etwas, das ihm das Blut in den Adern gefrieren ließ. Eine Wolke … eine schneeweiße Woge, die aus der Dunkelheit auftauchte. Eine Sekunde glaubte er, der Schneesturm aus der Oberwelt habe seinen Weg in die Tunnel gefunden.

Aber die weiße Gestalt war keine eisige Sturmwolke. Und als Hopper begriff, was er sah, entrang sich seiner Kehle ein einziges Wort, ein verzweifelter Schrei, eine panische Bitte:

»NEEEEEEEEIIIIIIIIIIIIN!«

Die Truppe rennender Nager blieb stehen, ein Durcheinander aus stolpernden Pfoten und noch erhobenen Waffen. Jedes Augenpaar – sogar die giftgelben der beiden letzten Katzen – starrte Hopper an, der seinerseits das elegante weiße Wesen anstarrte, das sich bauschig wie eine Wolke aus den Schatten löste.

Felina.

Und sie war nicht allein.

Von ihren dolchähnlichen Fängen hing der Prinz herab.

Und er lebte.

Vierundzwanzig

Zucker.

Am Leben.

Wenn auch nur knapp.

Die beiden Katzen erkannten ihre Chance zu fliehen und jagten davon. Bei der Flucht wirbelten sie schmutzigen Staub auf.

Felinas glühende verschiedenfarbige Augen ruhten weiter auf dem Auserwählten, während sie vorwärts schlich, den Prinz, ihre unrechtmäßige Beute, im Maul. Zucker baumelte zwischen ihren Fängen wie ein nasser Lappen. Hopper sah, dass er mehr zerschnittene, zerkratzte und zerbissene Stellen am Körper hatte als unversehrte. Seine Ohren und sein Schwanz waren verkrustet und von frischen Narben übersät. Er hielt die Augen geschlossen, und sein Kopf hing schlaff herab.

Das hochmütige, zufriedene Schnurren der Katzenkönigin grollte wie Donner aus ihrer Kehle, und ihre Augen, die sich in Hopper bohrten, blitzten triumphierend. Natürlich konnte sie nicht sprechen, sonst wäre ihr der Prinz aus dem Maul gefallen. Aber ihr Blick, eisig und grausam, sprach Bände.

»Zucker!«, rief Hopper.

Der Prinz zuckte in seiner Falle zwischen Felinas Fängen. Als er die Augen öffnete, sah Hopper, dass sie glasig und leer waren.

Hopper war klar: Eine einzige Bewegung von ihm oder irgendjemandem aus seiner Truppe, und die Katze würde den Prinzen verschlingen. Das Gefühl absoluter Hilflosigkeit durchfuhr ihn wie ein elektrischer Schlag.

Wieder gab Felina den Ton an, wieder diktierte sie die Regeln.

Hoppers einzige Hoffnung war, sie in irgendeiner Weise zu überraschen. Aber wenn ihre teuflischen Augen ihn weiter so ungerührt anstarrten, hatte er keine Chance.

»Zucker ...«, flüsterte Hopper, und Tränen stiegen ihm in die Augen.

»He, Kleiner. Wie geht's dir denn so?« Zuckers Stimme war ein hohles Krächzen, zitternd vor Schmerzen. Irgendwie gelang es ihm trotz allem, ein Grinsen zustande zu bringen. »Hab gehört, du bist in die Oberwelt gegangen.«

Hopper nickte. »Ja, das bin ich.« In seinem Kopf schwirrten all die Dinge, die er in der Welt des Tageslichts gesehen und erlebt hatte, Dinge, die er Zucker so gern erzählen würde. Er dachte an all jene, denen er begegnet war, und an das, was er gelernt hatte ...

Und langsam formte sich eine Idee in seinem Kopf.

»Ich habe dort oben einen wunderbaren Freund gewonnen«, fuhr er in unbekümmertem Tonfall fort, als wäre dies eine ganz normale, nette Unterhaltung. »Einen Kater, kannst du dir das vorstellen?«

»Ja, das kann ich, Kleiner. Du bist eine Maus, die man einfach gernhaben muss.«

Hopper sah, dass Felina die Stirn runzelte. Sie war clever genug, um zu wissen, dass er irgendetwas vorhatte, und er war clever genug, um zu wissen, dass der Trick darin bestand, sie nicht wissen zu lassen, was.

»Dieser Freund hat mir etwas wirklich Fantastisches beigebracht. Soll ich es dir mal vormachen?«

Zucker wand sich vor Schmerzen. »Hm, jetzt ist vielleicht nicht der beste Zeitpunkt für eine Showeinlage, Kleiner, aber wenn du unbedingt willst – «

»Oh ja, unbedingt«, versicherte Hopper. »Ich will es dir unbedingt zeigen!«

Dann hob er den Kopf und pfiff. Der schrille Ton wurde weit hinaus in die Tunnel getragen.

Felinas Augen funkelten. Sie ließ den Blick nach rechts und links schweifen und fragte sich anscheinend, was Hopper mit dem Lärm beabsichtigte. Als nichts geschah, schien sie ruhiger zu werden, behielt den Prinzen aber fest im Maul.

Hopper wandte sich Firren zu, die Felina wütend anstarrte. Garfield, Polhemus und Driggs hielten ihre Schwerter erhoben. Hopper wusste, das kleinste Nicken von ihm würde ausreichen, damit sie sich auf die Katze stürzten – mit nur einem einzigen Ziel.

Doch genauso gut wusste er, dass ein solcher Angriff Zucker sofort töten würde.

»Was willst du, Felina?«, fragte Hopper. »Du hast den Kampf verloren. Deine Katzen sind dir davongelaufen. Selbst wenn du ...« Er unterbrach sich, suchte nach einem Wort, bei dem ihm nicht übel wurde. »Selbst wenn du unseren Prinzen ... verspeist ..., hast du nichts gewonnen.«

Ganz offensichtlich gefiel es Felina überhaupt nicht, wenn man ihr Versagen zur Sprache brachte. Sie verengte die blitzenden Augen zu Schlitzen und biss ganz leicht, aber deutlich, fester zu.

»Ahhhhhhhhhhhh!«, schrie Zucker, als sich Felinas Zähne in sein Fleisch senkten.

»Aufhören!«, rief Hopper und richtete sein Schwert auf die Brust der Katzenkönigin. »Hör auf, oder ich –«

Wieder biss die Katze auf den Prinzen. Diesmal entfuhr ihm ein gequältes Knurren.

»Lass ihn los!«

Die Stimme kam aus der Dunkelheit. Sie dröhnte voller Autorität, in ihr hallte förmlich die Macht wider.

Sogar Felina zuckte bei ihrem Klang zusammen und beinahe hätte sie Zucker fallen lassen.

»Lass ihn frei«, befahl die Stimme erneut. »Lass meinen Sohn frei.«

»Titus!«, keuchte Hopper. Er konnte kaum glauben, was da geschah. Der ehemalige Kaiser von Atlantia stand – mit zerrissenem Mantel und gezeichnetem Gesicht – vor ihm.

Doch nicht lange.

Er setzte sich in Bewegung.

Und ging mit großen Schritten geradewegs auf Felina zu. Ein rauer Schrei entrang sich seiner Kehle, als er sich auf ihr Vorderbein warf und die Zähne in ihr Fell grub.

Felina riss das Maul auf und miaute markerschütternd. Dabei öffnete sie den Kiefer so weit, dass sie Zucker nicht mehr halten konnte.

Firren sprang nach vorn, Driggs ebenfalls, und sie breiteten die Arme aus, um den Prinzen aufzufangen, bevor er zu Boden fiel. Sie fingen ihn ungeschickt, aber ihre schnelle Reaktion bewahrte ihn vor einer Landung, bei der kein Knochen in seinem Leib heil geblieben wäre.

Felina ignorierte die verlorene Beute, fletschte die Zähne und pirschte sich an den Kaiser heran.

»Du widerwärtige Bestie«, zischte Felina, während sie die Ratte umkreiste. »Du glaubst, ich würde dich nicht verschlingen, nur weil wir einmal ein Abkommen hatten?«

»Verschling mich ruhig«, sagt Titus und reckte herausfordernd sein Kinn. »Na los. Ich habe ein solches gewaltsames und unwürdiges Ende verdient. Aber verschone meinen Sohn. Ich opfere mich mit Freuden, wenn er dafür am Leben bleibt.«

Felina lachte und holte mit der Pfote aus, um dem gebrechlichen Kaiser einen heftigen Schlag zu versetzen. Dessen Wucht ließ ihn auf die Knie sinken.

»Oh Titus. Das hatten wir doch schon einmal«, höhnte sie. »Weißt du noch, wie du auf die Knie gefallen bist und um Gnade gewinselt hast?«

»Wovon redet ihr?«, fragte Zucker und biss die Zähne zusammen, um den Schmerz besser aushalten zu können. »Was meint sie, Vater?«

Titus atmete mühsam aus. »Das ist eine lange Geschichte, mein Sohn. Und sie ist jetzt nicht mehr wichtig.«

»Aber mir ist sie wichtig«, beharrte Zucker. »Wann hast du Felina um Gnade gebeten?«

»Erzähl's ihm, Titus«, forderte Felina ihn gekünstelt auf. »Du weißt, wie gerne ich in Erinnerungen schwelge.«

Nun biss Titus die Zähne zusammen. »Es war vor langer Zeit«, begann er mit einer tonlosen, fernen Stimme zu erzählen. »Deine Mutter hatte mir gerade gesagt, dass sie schwanger war. Ich war aufgeregt und hatte Angst, deshalb ging ich zu Felina, um zu fragen, was ich tun musste, damit sie meine Familie in Ruhe ließ.«

Mit seiner krummen Pfote berührte der Kaiser die gräuliche Narbe, die sich über seine Schnauze zog.

»Sie sagte, sie würde meinen Nachwuchs und jeden anderen Nager, dem ich meinen Schutz gewährte, in Frieden lassen, wenn ich ihr so viele Nager lieferte, wie ich in meine schmutzigen Pfoten bekam. Da ich keine andere Möglichkeit sah, meine bereits lieb gewonnenen Kleinen zu schützen, reichte ich ihr die Pfote, gab dieser bösen Königin mein Wort. Ich dachte, ein einziges Verbrechen dieser Art könnte ich wohl ertragen, deshalb tat ich, was Felina mir befohlen hatte. Aber nach dem ersten … Opfer … gefiel ihr die Vereinbarung so gut, dass sie festlegte, unser schändlicher Pakt werde so lange gelten, wie sie es wollte.«

»Es war genial«, schnurrte Felina.

Zuckers Gesicht war eine undurchdringliche Maske. »Es gab noch mehr Kinder? Wo sind sie?«

»Gestorben«, antwortete Titus seufzend. »Alle. Eines natürlichen Todes bei der Geburt.« Müde richtete er den Blick wieder auf Felina. Der Hass darin war unübersehbar.

»Die Zeit verging«, nahm Felina den Faden auf und starrte Zucker finster an, während sie erzählte. »Du wuchst auf ohne die geringste Ahnung, wie der Friedensvertrag funktionierte. Aber eines Tages kam deine Mutter, die Kaiserin, zu mir – sie hatte extra ihre schicke blau-goldene Halskette angelegt –, um an mein Gewissen zu appellieren. Dabei hatte ich noch nie eines. Pech für sie.« Die Katze lachte; es war ein freudloses Feixen. »Sie hatte endlich die Wahrheit über die Lager erfahren und wollte, dass ich mit dem grausamen Spaß auf dem Jagdgelände aufhörte. Ich sagte, in Ordnung, das würde ich mit Vergnügen tun, wenn sie mir etwas winzig Kleines dafür gab.«

»Und was war das?«, knurrte Zucker.

»Na, was wohl?« Felinas Augen verengten sich zu Schlitzen. »Ihr *Leben*.«

Firren schnappte nach Luft, Hopper jaulte vor Abscheu auf.

»Und *dazu* war sie bereit?«, fragte Zucker erschüttert.

»Hm, das kann ich nicht genau sagen«, antwortete Felina und schlug mit ihrem flauschigen Schwanz auf den Boden. »Sie hat die Frage nie beantwortet, weißt du, denn … ich hatte sie schon verschlungen – ein leckeres Häppchen.«

Zucker brüllte gequält auf, und Titus schloss die Augen.

»Aber du hast die Lager nicht aufgegeben …«, rief Hopper. »Oder das Jagdgelände! Du hast behauptet, du würdest mit den Opfern aufhören, aber du hast es nicht getan!«

»Zufällig bin ich eine großartige Lügnerin«, sagte Felina selbstzufrieden. »Auf diese Weise habe ich auch dieses schöne kleine Schmuckstück hier bekommen.« Sie reckte den Hals, um ihr berühmtes rotes Halsband zu präsentieren. »Es gehörte einer vertrauensseligen Katzenmutter, der ich in einem Tierheim in der Oberwelt begegnete. Ich sollte eingeschläfert werden. Sie hatte Nachwuchs, drei kleine Kater, alle nach Spielkarten benannt, soweit ich mich erinnere. Ich wusste, die Menschen würden niemals eine Mutter töten. Also legte ich sie herein, indem ich sie bat, mir das Halsband einmal zu leihen. Mir war klar, dass die Menschen uns verwechseln würden … Tja, und ratet mal, wer von uns beiden mit dem Leben davonkam?! Ich natürlich – und ein hübsches rotes Halsband hatte ich obendrein.«

»Du bist eine Teufelin«, sagte Hopper.

»Stimmt. Und hungrig bin ich übrigens auch.« Felina starrte Titus an, der immer noch auf den Knien im Schmutz kauerte. »Mir ist heute nach Ratte, Eure Majestät. Soll ich einen frischen, jungen Rebellen genießen?« Sie nickte in Zuckers Richtung, dann beugte sie sich hinab, sodass ihre Nase die von Titus berührte. »Oder mich mit ranzigem, alten Kaiserfleisch zufriedengeben?«

Hoppers Magen verkrampfte sich, als Titus sich mit Verzweiflung und Trauer im Blick Zucker zuwandte.

»Für alles, was ich falsch gemacht habe«, flüsterte er, »möchte ich mich entschuldigen.«

Das war seine Antwort.

In einer blitzschnellen Bewegung senkte Felina den Kopf und nahm Titus zwischen die Zähne. Eine Sekunde später war er fort.

Zucker jaulte wütend auf. Im selben Augenblick schoss ein schwarz-weißer Streifen aus der Dunkelheit und stürzte sich auf Felina.

»Ass!«, rief Hopper.

Die Katzen kämpften erbittert, ein Gewirr aus keilenden Krallen und zubeißenden Zähnen – bis der Kater aus der Oberwelt die Katzenkönigin auf dem Boden niedergedrückt hielt. Eine beißende Staubwolke stieg auf, aus der Ass' grüne

Augen glühten. Er fletschte die Zähne und näherte sich Felinas Kehle.

»Rrrrrrrrrr!«

Als Ass den Kopf wieder hochriss, drehte sich Hopper der Magen um. Etwas Rotes schien dem Kater aus dem Maul zu tropfen.

»Ist das Blut?«, flüsterte Firren.

»Ich hoffe es«, zischte Zucker.

Doch als Hopper in die Staubwolke hineinblinzelte, sah er, dass es kein blutiges Stück Fleisch von Felina war, das aus Ass' Maul baumelte ... Es war ihr Halsband.

»Verschwinde, Felina ...«, fauchte Ass, seine juwelenbesetzte Beute zwischen den Zähnen. »Und lass dich hier nie wieder blicken.«

Er ließ Felina frei, und sie sprang fauchend in die Tunnel davon.

Hopper sah ihr nach, bis der weiße Schwanz um eine scharfe Kurve verschwunden war. Und genau in diesem Moment hörte er das vertraute Grollen aus der Tiefe der Finsternis. Schatten flackerten, als ein grelles Licht auf die gekachelten Wände fiel. Metallräder kreischten Funken sprühend über die Schienen ... Und die Katzenkönigin rannte geradewegs darauf zu.

Das letzte Geräusch aus ihrem Maul war ein entsetzter, spitzer Schrei, der jedoch sofort vom Brüllen der U-Bahn übertönt wurde.

Felinas Herrschaft war beendet.

Die Königin der Katzen wurde von Polhemus für tot erklärt. Die Bahn hatte vollendet, was die Nager vorgehabt hatten. Und so sehr Hopper auch überzeugt war, dass ihre Rache an Felina gerechtfertigt gewesen wäre, war er doch froh, nicht ihr Blut an den Pfoten kleben zu haben. Zwar war er inzwischen ein erfahrener Krieger geworden, aber ein anderes Lebewesen zu töten, konnte er immer noch nicht gut ertragen.

»Was machen wir mit dem Lager?«, fragte Driggs.

»Wir legen Feuer«, sagte Garfield wie aus der Pistole geschossen. »Wir lassen es in Flammen aufgehen und die Erinnerung an Felina und ihre hinterhältige Katzenbande mit dem Rauch davonziehen.«

Alle Augen richteten sich auf den Auserwählten. Der nickte. Sie beschlossen, dass die Basketballratten den schwerverletzten Prinzen den langen Weg zurück nach Atlantia tragen würden. Hopper legte ihm das Patchwork-Banner über, damit er nicht fror, und Firren ging neben ihm und hielt ihm die schlaffe, zitternde Pfote.

Valky, Driggs und die Soldaten flankierten Zucker, die Waffen einsatzbereit.

Hopper und Ass sollten sie später in Atlantia treffen; die beiden hatten noch etwas zu erledigen.

Hopper wies ruhig in die Tunnel.

»Nach Atlantia«, sagte er.

»Und Vorsicht mit den Schienen«, flüsterte Ass.

Und die Nagerarmee setzte sich triumphierend in Marsch – auf Atlantia zu, ihr Zuhause.

Vorsichtig näherten sie sich dem Schuh. Ass begutachtete ihn aus der Ferne mit dem scharfen Blick eines modisch anspruchsvollen Brooklyn-Bewohners.

»Dein Bruder hat einen guten Geschmack«, erklärte er und zeigte auf das hochwertige Leder und den handgefertigten Schuh als Ganzes. »Dort, wo ich herkomme, bezahlen die Menschen ein Vermögen für solche Schuhe.«

»Ich glaube nicht, dass Pip ihn deswegen ausgewählt hat«, sagte Hopper. Er ging noch ein wenig näher an den Schuh heran und legte eine Pfote ans Maul. »Pip … Callobius. Ich bin's, Hopper. Ich komme jetzt rein, um euch abzuholen. Ich will euch nur nach Atlantia zurückbringen, also bitte schießt diesmal nichts von dem klebrigen Spinnenzeug auf mich.«

Er wartete auf eine Antwort.

Doch es kam keine.

Sein Herz pochte.

»Vielleicht ist es nur seine Dickköpfigkeit«, meinte Ass. »Oder … Oder er ist …«

Hopper schoss auf den Schuh zu und sprang durch die V-förmige Öffnung. »Pip!«, rief er und suchte hektisch das Schuhinnere ab.

Die weiche Einlage war blutbefleckt.

Und Pip war fort.

Alles, was Hopper fand, war eine Nachricht (vermutlich von der Spinne notiert, aber von Pip diktiert). Sie war mit dunklem Steinstaub an die Innenseite des Schuhs geschrieben und war ziemlich lang – Pip hatte Glück gehabt, dass der frühere Besitzer des teuren Schuhs große Füße gehabt hatte.

Ich bin nicht gestorben, stand da.

Hopper atmete erleichtert durch.

Er nahm sich einen Moment Zeit, damit sich sein Herzschlag beruhigen konnte, und las dann weiter:

Wahrscheinlich hast du bereits
gegen Felina gekämpft und gewonnen.
Aber ich habe dich nicht darum gebeten,
meine Kämpfe für mich auszufechten.
Ich will und brauche deinen Schutz nicht.

Die nächste Zeile ließ Hopper erstarren.

Von nun an, Bruder, werden du
und unsere Schwester
Schutz benötigen.

Als wäre diese Prophezeiung nicht schon schlimm genug, hatte er drei weitere, fellsträubende Worte hinzugefügt, die Hopper endgültig schwindelig werden ließen:

Schutz vor mir!

Nachdem Hopper schließlich aus seiner Schockstarre erwacht war, machten er und Ass sich auf den Rückweg.

»Vielleicht blufft er nur«, sagte Ass.

»Kann sein.« Hopper seufzte. »Im Moment gibt es wohl nichts, was ich in dieser Sache tun kann.«

»Genau«, bestätigte Ass. »Ich würde vorschlagen, vergiss Pip für den Moment. Du solltest feiern! Du hast gerade erst die mörderische Königin der Katzen besiegt. Ich denke, das reicht als Begründung für gute Laune.«

»Ja«, stimmte Hopper ihm zu. Und obwohl ihm Pips unheimliche Botschaft noch im Kopf herumschwirrte, lächelte er. »Wir haben es wirklich geschafft, oder?«

»Gut gemacht mit dem SOS«, sagte Ass.

»Ich bin froh, dass du es gerade noch rechtzeitig geschafft hast«, sagte Hopper.

Etwa auf halbem Weg in die Stadt liefen ihnen die beiden Katzen über den Weg, die den Kampf überlebt hatten.

»Soll ich das in die Pfote nehmen?«, flüsterte Ass seinem Freund zu.

»Danke, aber ich komme klar.« Hopper trat einen Schritt auf die fauchenden Katzen zu, die winzigen Schultern gestrafft, die Pfote am Knauf seiner Waffe.

»Seid ihr hungrig?«, wollte er wissen.

Die Katzen tauschten einen Blick aus, als Hopper einen weiteren Schritt auf sie zumachte und sein Schwert fester packte. »Wohin seid ihr gegangen, nachdem ihr Felinas Lager verlassen habt?«

»Zum Bahnsteig in der Oberwelt, wo die Menschen herumlaufen«, antwortete eine der beiden.

»Habt ihr dort etwas zu fressen gefunden?«, fragte Hopper weiter.

»Ein wenig«, antwortete die zweite Katze. »Ein Stückchen hier, ein Stückchen da. Genug.«

Hopper nickte. »Dann frage ich noch einmal, und ihr gebt mir eine ehrliche Antwort. Seid … ihr … *hungrig*?«

»Nein«, sagte die erste Katze.

»Dann lasst uns in Frieden.«

Wieder sahen die Katzen sich verwirrt an.

»So wird es von nun an in den Tunneln sein«, erklärte Hopper. »Hunger ist der einzige Grund, um zu jagen … weder Rache noch Spaß noch Macht. Die Natur wird für ein Gleichgewicht sorgen, die Natur mischt die Karten.«

Karten. Ass. Plötzlich kam Hopper in den Sinn, was Felina über den Wurf in dem Oberwelt-Tierheim gesagt hatte – *drei kleine Kater, nach Spielkarten benannt*.

Als die Katzen sich in Richtung ihres schwelenden Lagers trollten, wandte Hopper sich Ass zu, der sich das rote Band mit den Juwelen locker um den Hals gelegt hatte.

»Du hattest früher mal eine Familie, Ass, stimmt's?«, tastete die Maus sich sanft vor. »Hießen deine Brüder Bube und König?«

Ass bestätigte dies mit einem Nicken.

»Und deshalb wolltest du derjenige sein, der Felina das Halsband abnimmt?«

»Genau deshalb.« Der tapfere schwarz-weiße Kater schenkte seinem Freund ein trauriges Lächeln. »Es hat meiner Mutter gehört.«

Fünfundzwanzig

Als Hopper durch die Tore von Atlantia schritt, fühlte er sich größer und mutiger als je zuvor. Er wusste, dass die Tunnel niemals ganz ohne Gefahren oder Herausforderungen sein würden – aber das war das Leben schließlich auch nicht. Deshalb war es ja so abenteuerlich. Von diesem Tag an würde das Gesetz der Natur – nicht Felinas Grausamkeit – herrschen. Mehr konnte sich eine Maus nicht wünschen.

Die Nagerkrieger der anderen drei Bataillone waren ebenfalls zurückgekehrt, hatten ihre Waffen gegen Werkzeug getauscht und waren bereits wieder dabei, die Stadt zu reparieren. Hopper war froh, das zu sehen. Es gab noch viel zu tun (genau wie La Rocha ihm einmal geschrieben hatte), und obwohl er Pips Drohung noch im Hinterkopf hatte, merkte Hopper, dass er sich auf all das freute, was vor ihm lag.

Die Ältesten erwarteten ihn auf den Palasttreppen, um ihn, den siegreichen Helden, willkommen zu heißen. Sie gratulierten ihm und erklärten, die Basketballratten hätten Zucker in sein Zimmer gebracht. Dort wurden seine Wunden gesäubert und behandelt.

Hopper hatte es eilig, nach dem Prinzen zu sehen. Er wollte gerade in den Palast gehen, als Valky auftauchte und sein Schlüsselschwert auf die oberste Treppe legte. Dann wandte sich das Streifenhörnchen an Ass.

»Die Nets spielen heute Abend gegen die Knicks«, sagte es. »Meinst du, wir können den Typen mit dem Besen umgehen und uns ein paar Plätze organisieren?«

Ass lachte. »Klar. Ich wette, Brooklyn gewinnt haushoch. Capone ist New-York-Fan, es springt also möglicherweisen ein italienischer Hotdog für uns dabei raus.«

»Moment mal«, sagte Hopper und sah zwischen Ass und Valky hin und her. »Ihr geht zurück?« Tränen stiegen ihm in die Augen. »Ihr bleibt nicht hier?«

»Wir können nicht bleiben, Hopper«, sagte Ass und zog Hopper mit dem Schwanz zu sich heran, um ihn freundlich zu drücken. »Ich habe doch einen Job, weißt du nicht mehr? Es sind noch viele Nager umzusiedeln, und Valky muss ihnen zeigen, wie sie in den Wiesen überleben. Besonders jetzt, bei dem ganzen Schnee.«

Hopper wusste, dass Ass recht hatte, aber er hatte überhaupt keine Lust, sich von ihnen zu verabschieden.

»Julius, Kidd und Dawkins bleiben noch ein Weilchen«, sagte Valky. »Lang genug, um auf dem Spielplatz einen Basketballplatz für die Kleinen zu bauen.«

»Das ist toll«, krächzte Hopper und verkniff sich die Tränen.

»Hey«, sagte Ass. »Du weißt, du kannst jederzeit raufkommen und uns besuchen.«

»Ja, ich weiß«, sagte Hopper und tupfte sich die Augen trocken. »Und das werde ich auch. Versprochen.« Er atmete tief durch. »Auf Wiedersehen, Ass. Und danke. Für alles.«

»Schon als du da an der Brücke hingst, wusste ich, du bist was ganz Besonderes«, flüsterte Ass und beugte sich hinunter, um mit seinem seidigen Gesicht über Hoppers Rücken zu streichen.

»Du auch«, sagte Hopper. »Sag Capone Hallo von mir. Und sag Carroll …« Er wollte »liebe Grüße« sagen, aber schon der Gedanke daran ließ ihn erröten. »Viele Grüße« klang neutraler.

Valky salutierte vor Hopper, dann wandte er sich um und ging langsam die Stufen hinunter, gefolgt von Ass. Als sie unten angekommen waren, drehte Ass sich noch einmal um und zwinkerte Hopper zu. »Du wirst hier unten Großes leisten, Hopper«, rief er. »Das spüre ich.«

Und dann war er fort.

Mit einem Stich im Herzen betrat Hopper den Palast.

Hopper war gerührt, als er sah, dass die Flagge, die er mit eigenen Pfoten genäht hatte und die dem Prinzen auf der Heimreise als Decke gedient hatte, nun ordentlich gefaltet am Fußende des Bettes lag.

Zucker hatte eine deftige Mahlzeit bekommen. Seine Verletzungen waren gesäubert und verbunden worden. Er erzählte Hopper und Firren alles über seine Gefangenschaft unter

Felinas wachsamem Blick. Darüber, wie sie ihm Schlaf und Nahrung verweigert und ihn im Lager herumgeschubst hatte.

Hopper beschloss, den Prinzen und die Rebellenkriegerin allein zu lassen. Er wusste, dass Firren Zucker einiges zu sagen hatte, und Zuckers breites, dümmliches Grinsen ließ Hopper vermuten, dass er ihr ebenfalls ein paar Dinge mitteilen wollte. Als er aufbrach, saß Firren am Bett des Prinzen. Nicht, weil sie sich Sorgen machte, sein Zustand könne sich plötzlich verschlechtern, sondern weil der Prinz alle paar Minuten versuchte, die Decke beiseite zu werfen und aufzustehen: Er wolle, sagte er, das Treiben im Palast und außerhalb beaufsichtigen.

»Muss ich dich daran erinnern«, warnte Firren ihn gerade, als Hopper auf Zehenspitzen nach draußen trippelte, »dass ich ein sehr großes Schwert habe?«

In der Eingangshalle traf Hopper auf einen Diener, der ihm eine Nachricht überreichte. Sie war an den Auserwählten adressiert. Sie sei unmittelbar, nachdem die Armee in die Schlacht gezogen war, angekommen. Eine Maus in Militäruniform habe sie überreicht.

»Welche Farbe hatte sie?«

»Wer? Die Maus?«

»Die Uniform.«

Der Diener runzelte die Stirn. »Seltsamerweise pink.«

Hopper lachte und riss den Brief auf.

Lieber Hopper,
sicher weisst es du mittlerweile auch: Pip ist blödsinnigerweise weggelaufen, um zu beweisen, dass er ein fähiger Krieger ist.

Ich vermute, du hast diese Information schon von deiner Rattenrebellen-Freundin bekommen, dieser hinterlistigen Firren, die es geschafft hat, mir zu entkommen.

Obwohl ich normalerweise nicht zu denen gehöre, die eine Friedenspfeife rauchen, bin ich zu dem Schluss gekommen, dass wir beide um Pips willen darüber nachdenken müssen, uns zusammenzutun. Falls wir das nicht machen, wird der kleine Dummkopf aller Wahrscheinlichkeit nach früher oder später getötet.

Falls es dich interessiert: mein grosser Plan ist es, Anführerin der mūs zu bleiben. Sie sind unsere Familie, und sie sind gut und weise. Und wild können sie auch sein. Du weisst, wie sehr ich das mag. Aber neulich wurde mir von jemandem, den ich – wenn auch widerwillig – respektiere, klargemacht, dass ich als Anführerin gewisse, sagen wir, schwächen habe. Dem Rat dieser respektablen Persönlichkeit folgend, habe ich geschworen, auszuprobieren, in Zukunft gerecht zu herrschen. so, wie unser Vater Dodger es getan hätte. Ich bezweifle, dass es spass macht, aber ich werde mir mühe geben.

Ich stehe also zur Verfügung, mit dir zusammen eine mission durchzuführen, um Pip zu retten. Lass es mich wissen, wenn du dich mit mir treffen willst, um darüber zu sprechen und zu überlegen, ob wir gemeinsam irgendwie wieder ein bisschen verstand in die kleine Birne unseres verrückten Brüderchens bekommen können.

Beste Grüsse,

Deine Schwester Pinkie

PS: Hey, Hopper, erinnerst du dich an den morgen in der Zoohandlung, als der junge mit der Schlange reinkam? Auch wenn ich versucht habe, es nicht zu zeigen – ich hatte ziemlich grosse Angst. Dachte, das solltest du wissen.

PPS: Tut mir leid, dass ich dir ins Ohr gebissen habe.

PPPS: Dir sollte es leidtun, dass du mir ins Ohr gebissen hast!

Hopper faltete den Brief zusammen und ließ ihn in die Tasche gleiten. Er würde ihr mit einer ähnlichen Nachricht antworten und ihr alles berichten, was in dem alten Schuh geschehen war. Er würde erklären, dass Pip zwar nicht in einem Kampf Katze gegen Maus umgekommen war, aber immer noch vermisst wurde, und sie dringend etwas unternehmen mussten. Zu diesem Zweck würde er gnädig ihr Angebot zur Zusammenarbeit annehmen.

Außerdem würde er ihr eine Einladung senden.

Eine Hochzeitseinladung.

Ganz Atlantia und der gesamte Stamm der Mūs kamen zur Hochzeitsfeier des jungen Kaisers Zucker und der Rebellenführerin Firren.

Die Zeremonie sollte auf den Palasttreppen stattfinden. Eine begeisterte Menge hatte sich am Fuße der ausladenden Treppe eingefunden und ergoss sich in die Straßen von Atlantia bis hin zum Marktplatz. Der frisch gekrönte Kaiser trug wie gewohnt seine purpurne Uniformjacke, verziert mit einer gold-blauen Juwelenkette, die einst seiner Mutter gehört hatte. Natürlich war Hopper sein Trauzeuge. Dem Ranger Leetch war die Ehre zuteil geworden, Firren an den Altar zu führen.

Wunderschöne, jubilierende Klänge lieferte ein riesiges Grillenorchester.

Als Hopper seinen Platz auf der obersten Stufe neben dem ungeheuer nervösen Zucker einnahm, trat eine Gestalt in einer blauen Robe aus dem Palast.

»Ich würde die Zeremonie gern leiten«, tönte die Stimme des Fremden aus der Tiefe seiner Kapuze.

»Klar, geht in Ordnung …« Zucker schenkte dem Fremden kaum Beachtung, so beschäftigt war er damit, Firren zu beobachten, die anmutig die Treppe hinaufschritt.

»Wer ist das?«, flüsterte Hopper dem Kaiser gewordenen Prinzen zu.

»Keine Ahnung, Kleiner. So lange es irgendein Beamter ist, ist mir das auch ziemlich egal.«

Hopper runzelte die Stirn und beäugte die Gestalt neugierig. Etwas an dem Stoff seines blauen Umhangs kam ihm merkwürdig vertraut vor.

Als Firren die letzte Stufe erreichte, legte Leetch die zierliche Pfote der Braut in Zuckers. Hopper wandte den Blick von dem Fremden, um ihn über die fröhliche Menge schweifen zu lassen. Als er Pinkie in ihrem goldenen Mantel entdeckte, bemerkte er ein seltsames Lächeln in ihrem Gesicht – als wüsste sie etwas, das Hopper nicht wusste, als würde sie ein sensationelles Geheimnis kennen.

Nun trat Leetch einen Schritt beiseite, und Zucker und Firren sahen einander in die Augen. Der Fremde in dem blauen Umhang hob die Arme zu einer Segnung.

»Ihr Lieben …«, begann er.

Der Fremde war ein ausgezeichneter Redner. Er sprach über Liebe und Treue, Partnerschaft und Versprechen, und als er La Rochas Namen erwähnte, verdrehte Zucker nicht einmal die Augen.

Hopper fand, dass Firren buchstäblich glühte. Und er war sehr erleichtert, dass es dem Bräutigam gelang, während der Zeremonie aufrecht stehen zu bleiben, obwohl seine kaiserlichen Knie die ganze Zeit schlotterten.

Als das Ritual vollzogen war, nickte der Fremde. »So sei es«, erklärte er. »Die Rebellin Firren und Atlantias soeben ernannter Kaiser Zucker verbindet nun ein ewiges Band. Gemeinsam werden sie die guten Bürger von Atlantia mit Geduld, Weisheit, Rechtschaffenheit und Freundlichkeit führen und schützen.«

Als Zucker sich vorbeugte, um seiner Braut einen scheuen Kuss auf die Wange zu geben, klatschte Hopper, und mit ihm spendete die Menge tosenden Beifall.

Dann strömten die Gäste zum Empfang in den Palast, und Hopper erhaschte einen Blick auf Bartel und Richard. Da fiel ihm ein, dass er ihre Schwester Marcy seit der Nacht vor dem Kampf mit Felina nicht mehr gesehen hatte. Er war sicher, dass sie dafür ihre Gründe hatte, aber er konnte sich beim besten Willen nicht vorstellen, welche das sein mochten.

»Danke für die schöne Zeremonie«, sagte Firren zu dem Fremden im blauen Umhang.

»Jep«, sagte Zucker. »Du warst ein spitzenmäßiger Zeremonienmeister.« Er streckte die Pfote aus, um die des Fremden zu schütteln. »Danke.«

Da streifte der Fremde seine Kapuze zurück und lächelte den Bräutigam breit an. »Es war mir eine Freude ... Kaiserkumpel«, antwortete er.

Firren schnappte nach Luft.

Zucker starrte ihn an.

Und Hopper – der Auserwählte, Sohn des Dodger – blinzelte einmal ... zweimal ... und brach dann ohnmächtig auf der Palasttreppe zusammen.

Hopper vernahm Stimmen.

Er hörte Zucker sagen: »Wir haben dich wie verrückt vermisst, Kumpel«, und Firren: »Dem Himmel sei Dank, dass es dir gut geht«, und dann wieder Zucker: »Wo um alles in der Welt hast du dich die ganze Zeit versteckt?«

Doch als Hopper aus seinem Dämmerzustand erwachte, umgab ihn nicht bloß der Klang dieser vertrauten Stimmen, sondern auch ein Gefühl der Wärme, eines starken, gleichmäßigen Herzschlags, der gegen sein eigenes Fell pochte. Langsam öffnete er die Augen, und was sah er? Einen weißen Kreis aus Fell und die Augen seines Vaters.

Seinen *Vater*.

Allmählich kam Hopper ganz zu sich und stellte fest, dass er sich in Zuckers Bett befand; das Patchwork-Banner war um ihn herum festgestopft. Dodger … sein Vater … hockte auf der Bettkante, ganz nah bei ihm. Genau wie vor langer, langer Zeit in dem Nest aus Spänen. Sein Herzschlag beruhigte Hopper jetzt ebenso wie damals. Aber diesmal, das wusste Hopper ohne den geringsten Zweifel, würde er nicht wieder aus seinem Leben verschwinden.

Hopper setzte sich auf und sah sich zwischen seinen engsten Freunden und seiner Familie um. »Tut mir leid, dass ich umgekippt bin.«

»Dafür brauchst du dich wirklich nicht entschuldigen, Kleiner.« Zucker kicherte. »Ich wäre selbst beinahe in Ohnmacht gefallen, als ich den großen, verstorbenen Dodger dort stehen sah … so lebendig … auf den Stufen meines Palasts.«

»Wir haben uns solche Sorgen um dich gemacht«, sagte Firren und strich Hopper sanft über das Fell an der Stirn.

»Ich persönlich dachte, du wachst überhaupt nicht mehr auf«, kam Pinkies Stimme von der anderen Seite des Zimmers. Sie saß mit verschränkten Armen und zusammengekniffenen Augen an Zuckers Schreibtisch. »Du bist so ein Aufmerksamkeitsheischer, Hopper.«

Hopper beschloss, die spitze Bemerkung zu ignorieren. Immerhin war sie da, hatte darauf gewartet, dass er gesund wieder erwachte. Das zählte schließlich auch.

Nun wandte Hopper sich mit einem ungläubigen Gesichtsausdruck Dodger zu. »Das verstehe ich nicht, Vater. Wir alle haben geglaubt, du – «

»Es war bloß eine List«, erklärte Dodger. »Damit ich weiter

im Geheimen auf unser Ziel, die Lager zu befreien, hinarbeiten konnte.«

»Ich wünschte, du hättest uns eingeweiht«, sagte Zucker scherzhaft. »Hab ziemlich viel Zeit damit verbracht, dich zu betrauern.«

Dodger sah verlegen aus. »Das tut mir leid, mein Freund. Ich dachte, es wäre am besten, wenn ich alle in dem Glauben ließe, Cassius habe geschafft, was er vorhatte.«

»Also stimmte Firrens Theorie«, sagte Hopper. »Cassius hat dich nur verwundet, und du bist hinauf in die Oberwelt gegangen und jetzt bist du wieder da.«

»Willst du mal was Verrücktes hören?«, fragte Zucker. »Kurz nachdem du verschwunden warst, gab es ein paarmal so einen Moment, in dem ich dachte … Na ja, ich fragte mich, ob …«

»Was denn?«, fragte Dodger.

Zucker zuckte mit den Schultern. »Ach, ich hatte so ein Bauchgefühl, eine ziemlich starke Ahnung, dass du vielleicht … möglicherweise …« Er kratzte sich das Fell im Nacken und seufzte.

»Sag's einfach«, drängte Hopper. »Was hast du gedacht?«

»Dass Dodger La Rocha geworden ist«, platzte der Kaiser heraus.

Einen Moment lang sagte keiner ein Wort, und alle Augen richteten sich neugierig auf Dodger, der mit unbewegtem Gesicht neben Hopper saß.

Dann schnaubte Pinkie laut, und alle lachten auf einmal auf.

»Siehst du?« Zucker runzelte die Stirn. »Ich habe ja gesagt, es ist verrückt.«

»Nicht so verrückt, wie du meinst«, sagte Dodger und gab seinem Kaiserkumpel einen kräftigen Klaps auf den Rücken. »Aber ich versichere dir, alter Freund, so wahr ich *hier und jetzt* vor dir stehe ... Ich bin *nicht* La Rocha.«

An dieser Stelle machte Dodger eine Pause und warf Pinkie einen Blick zu. Hopper hätte schwören können, dass sein Vater zwinkerte.

»Ich bin einfach nur Dodger«, fuhr der nun fort. »Eine ganz normale Mūs, ein sterbliches Wesen. Aber La Rocha wird bis in alle Ewigkeit in diesen Tunneln leben.«

Hopper lächelte. Ihm gefiel es, dass die unter der Erde Lebenden an La Rocha glauben konnten, denn er wusste, dass alles wirklich Wichtige der Hoffnung entsprang.

»Ja«, sagte Dodger, »ich könnte sogar schwören, dass La Rocha genau in diesem Augenblick irgendwo da draußen ist und seine ... oder ihre ... Güte und Weisheit verbreitet, und uns allen etwas gibt, an das wir glauben können.«

Die Versammelten ließen seine Worte eine Weile auf sich wirken. Selbst Zucker schien überzeugt.

Dann brachen der Kaiser und die Kaiserin auf, damit die frisch vereinte Familie ein wenig unter sich sein konnte. Hopper schmerzte es, dass Pip nicht dabei war. Wie schön wäre es für ihn, zu wissen, dass sein Vater lebte! Zumindest der alte, unschuldige Pip hätte es schön gefunden. Bei dem neuen, beängstigenden konnte man sich nicht so sicher sein.

Hopper erzählte Dodger, was sich in dem alten Schuh

abgespielt hatte, und wie Pip ein zweites Mal verschwunden war.

»Euer Bruder durchlebt anscheinend eine schwierige Wachstumsphase.«

»Ja«, brummte Pinkie. »Er wächst, und wir haben die Schwierigkeiten.«

Dodger lächelte über ihre scharfsinnige Bemerkung, aber sein Gesicht wurde schnell wieder ernst. »Wir werden alles tun, um ihn zu finden«, versprach er. »Wir werden zusammenarbeiten und Pip zurückholen.«

»Meine Mūs-Armee steht euch zur Verfügung«, bot Pinkie großzügig an.

»Und ich bin sicher, Zucker und Atlantia werden alles tun, was nötig ist, um ihn ausfindig zu machen«, ergänzte Hopper.

Dodger nickte. »Schön, dass ihr euch einmal einig seid«, sagte er grinsend. »Ich weiß, wir alle haben Angst um Pip, aber seit Felina nicht mehr da ist, ist die Gefahr nun wenigstens weitaus geringer.«

»Hab gehört, es soll ein ziemlich ekliges Geräusch gewesen sein«, sagte Pinkie, und ihre Lippen kräuselten sich zu einem boshaften Lächeln.

»Das ist widerlich«, sagte Hopper.

Pinkie verdrehte die Augen, und Hopper wechselte schnell das Thema.

»Vater«, begann er, auf einmal nervös. »Ich habe mich gerade gefragt … Wo willst du denn von nun an leben? Es wäre toll, wenn du hier im Palast bleiben würdest.«

»He!«, knurrte Pinkie. »Er will bestimmt lieber mit mir

zurück ins Mūs-Dorf kommen. Das war schließlich mal sein Zuhause.«

Dodger rieb sich nachdenklich das weiße Fell am Auge. »Ich hatte gehofft, dass es an beiden Orten einen Platz für mich gibt. Zucker hat mich bereits gebeten, einer seiner Berater zu werden, deshalb werde ich natürlich viel Zeit hier in Atlantia verbringen. Aber ich würde auch gerne den Mūs-Rat erweitern. Ich habe großen Respekt vor dem Weisen, Clemencia und Christoph, und wäre sehr gerne ein Mitglied unserer alten Gemeinde.« Er lächelte seine beiden auserwählten Kinder an. »Was haltet ihr von dieser Regelung?«

Pinkie schnaubte, doch dann antwortete sie: »Ich denke, ich kann damit leben.«

Hopper war weniger begeistert. Nun war sein Vater in sein Leben zurückgekehrt, da wollte er ihn nie wieder verlieren – und sei es auch nur für eine Weile. Kurz überlegte er, seinen Stolz herunterzuschlucken und Pinkie zu fragen, ob er dann ebenfalls bei ihnen hinter der grauen Mauer leben konnte.

Doch dann kehrten seine Gedanken zurück zu dem Tag, an dem sie Titus in Ketten aus dem Palast geführt hatten, und er hatte wieder Zuckers Worte im Ohr:

Schließlich ist es dein Schicksal, Atlantia in die Zukunft zu führen.

Im tiefsten Inneren wusste Hopper, dass dies die Wahrheit war. So sehr er seine Mūs-Brüder mochte und schätzte, sein Zuhause war Atlantia. Selbst während seiner Zeit in der Oberwelt mit Ass hatte er sich danach gesehnt. Er hatte sich Sorgen um Atlantia gemacht. Er hatte versucht, die Stadt aus seinem

Kopf und seinem Herzen zu vertreiben, aber es war ihm nicht gelungen. Als er zum ersten Mal in die Tunnel geraten war, war er ängstlich und hoffnungslos gewesen, aber mit Zuckers Hilfe hatte er tief in seiner Mäuseseele Mut entdeckt – Mut, den er benötigt hatte, um der Stadt über ihre schlimme Vergangenheit hinwegzuhelfen und die magische Reise in die Zukunft zu beginnen.

Atlantia brauchte Hopper, er war ihr Schicksal ... Und mehr denn je war Atlantia auch Hoppers Schicksal.

Er fühlte sich nun sicher und zufrieden und kuschelte sich wieder in seine Kissen. Dodger winkte Pinkie zu sich und Hopper aufs Bett, und zu Hoppers Überraschung kam sie tatsächlich, schlüpfte am Fußende zu ihm unter die Decke. So saßen sie eine Weile schweigend zusammen. Hopper konnte kaum glauben, dass es wirklich Pinkie war, die schließlich etwas sagte, so sanft war ihre Stimme.

»Vater«, flüsterte sie. »Erzählst du uns etwas über unsere Mutter?«

»Ja«, sagte Hopper, froh, dass sie daran gedacht hatte, zu fragen, »erzähl uns etwas.«

»In Ordnung«, antwortete Dodger. Er nahm zuerst Hoppers Pfote, dann Pinkies in die eigenen. Seine Augen leuchteten, als er die Erinnerung wiederaufleben ließ. »Eure Mutter war liebenswert. Klug wie du, Hopper, aber auch wild und entschlossen wie unsere Pinkie. Wie viele der Nager, die in Brooklyn geboren worden waren, darüber oder darunter, hatte eure Mutter einen Namen zu Ehren der Stadt bekommen. Ich wurde nach einer stolzen Kriegerschar benannt, die einst in einem riesigen Stadion kämpfte – nach dem übrigens mein eigener Vater benannt worden war. Deine Mutter hatte, wie eure Freunde Garfield und Polhemus, einen Namen bekommen, der an eine der noblen Straßen der Stadt erinnerte. Meiner Meinung nach war es der schönste Name von allen, ausgewählt nach der angenehmsten und hübschesten Straße des Bezirks.«

»Welche Straße war das?«, fragte Hopper ehrfürchtig. »Wie hieß Mama?«

»Eigentlich war es mehr als ein Name. Es war ein Versprechen, eine Prophezeiung, eine Erinnerung an eines der wertvollsten Geschenke, die wir einander machen können.«

Die Augen des großen Dodger leuchteten vor Stolz, als er von seiner streitlustigen auserwählten Tochter zu seinem mutigen auserwählten Sohn blickte. »Der Name eurer Mutter war Hope – Hoffnung.«

La Rochas Tagebuch – aus dem Heiligen Buch der Mūs:

Ich, das geheimnisvolle, verehrte Wesen La Rocha, beginne mein Leben als die ewige Stimme dieser Tunnel erneut.

Mein Vorgänger genießt im Augenblick zum ersten Mal, seit sie kleine Mäusejunge waren, die Gesellschaft seiner geliebten Kinder. Er war nun lange für uns da und hat seinen Ruhestand wohl verdient. In den letzten Wochen hat er mich darauf vorbereitet, in seine Fußstapfen zu treten und seine wichtige Arbeit fortzuführen.

In meiner neuen Rolle wird viel von mir erwartet werden.

Ich habe eine gewaltige Verantwortung übernommen. Aber im Grunde meines Herzens bin ich überzeugt, dass ich dieser Aufgabe gewachsen bin.

Was ich allen hier in den Tunneln wünsche, ist, in Frieden zu leben und gerecht regiert zu werden. Doch bevor das geschehen kann, fürchte ich, müssen wir die Herausforderung eines neuen, mächtigen Feindes annehmen.

Er ist jetzt da draußen, in diesen U-Bahn-Tunneln, vor Wut schäumend und kochend, seine Wunden leckend – die eingebildeten und die echten. Die Flammen seines Zorns lodern, und er wartet auf den richtigen Zeitpunkt, um seine unterdrückte Wut zu entfesseln.

Er ist klein, aber seine Pläne sind groß, und sein Schmerz sitzt tief.

Es gibt keinen gefährlicheren Gegner als einen, der aus Verzweiflung handelt, denn so einer glaubt, er habe nichts zu verlieren. Ich muss einen Weg finden, dies denen mitzuteilen, die an mich glauben. Vielleicht kann ich irgendein Wissen aus meinem früheren Leben in dieser Situation anwenden.

Meinem früheren Leben, in dem ich einen Prinzen pflegte und einen Auserwählten beschützte.

Und in dem ich gesehen habe, wie eine kleine Revolution ein vielversprechendes, aber auch erschütterndes Ende nahm.

Ich habe großes Leid gesehen und unermesslichen Mut. Ich habe gesehen, zu welch erstaunlichen Erfolgen es führen kann, wenn Nager an sich selbst glauben. Sie werden an diesem Glauben festhalten müssen, wenn die lauernde Gefahr sich zeigt.

Und es wird meine Aufgabe sein, sie dann zu lenken … ihnen

Trost zu spenden, Rat zu geben, sie zu belehren und zu ermutigen. Zu beobachten und zuzusehen und die Geheimnisse dieser Tunnel mit all jenen zu teilen, die für ihre Sicherheit kämpfen.

Ich werde nun damit beginnen, indem ich zu den Runen gehe und diese Botschaft dorthin schreibe:

ACHTUNG VOR DEM WINZIGEN SCHURKEN
MIT DEM KREIS DER FINSTERNIS,
DENN ER IST DER DIEB DER HOFFNUNG.
UND OHNE HOFFNUNG IST DER UNTERGANG GEWISS.

EPILOG

Gegenwärtig in den U-Bahn-Tunneln unterhalb von Brooklyn, New York …

Tagelang waren Pips Gedanken gerast, vor und zurück gesprungen vom jetzigen Augenblick zu den glühenden Bildern der Vergangenheit. Diese vermischten sich mit den vagen, verwirrenden Möglichkeiten der Zukunft.

Während er aus dem Schutz des Schuhs fortstolperte, dachte er an seine Ankunft hier in den Tunneln. An seinen schrecklichen Sturz aus der U-Bahn, seine unsanfte Landung auf der harten Erde.

Und an General Cassius.

Cassius, der mit einer kleinen Truppe im Namen des Kaisers Titus unterwegs war, hatte die kleine Maus gefunden, wie sie weinend neben den rostigen Schienen der U-Bahn kauerte. Mit einem Lächeln, das Pip an die Schlange erinnerte, der er gerade so knapp entronnen war, hatte Cassius ihm gesagt, er brauche keine Angst zu haben. Atlantia würde für ihn sorgen, würde ihm Hilfe, ein Dach über dem Kopf und das Versprechen eines ganz neuen Lebens geben.

Pip war ihm bereitwillig gefolgt. Er hatte geglaubt, nun gerettet zu sein.

Er sah sich selbst vor seinem inneren Auge, wie er die Vorzüge des Flüchtlingslagers genoss und wie er jubelte, als sein Bruder kam.

Danach war alles kompliziert geworden. Kampfgeschrei, Schlachtrufe und ein knöchernes Horn, das immer wieder sein Signal ausstieß. Rauch und Chaos.

Eine Schlacht, die er aus einem Metallgefäß heraus beobachtete.

Pinkies Herrschaft, Pips Flucht … und Callobius, das grausig aussehende, aber überraschend freundliche Wesen, das überdies die bemerkenswerte Fähigkeit besaß, Netze spinnen zu können.

Dank Callobius hatte Pip überlebt, als er die Tunnel auf der Suche nach Felinas Lager durchstreifte. Die Spinne hatte Fliegen gefangen und sie mit der halb verhungerten Maus geteilt.

Und dann war Hopper aufgetaucht und hatte alles kaputt gemacht.

Immer machte Hopper alles kaputt.

DANK

Ich möchte mich bei folgenden Menschen bedanken, die so viel zu Mouseheart und, wichtiger noch, zu meinem Leben beigetragen haben:

Meine tiefste Zuneigung und Dankbarkeit gilt Shannon und Ricky, die meine treusten und engsten Vertrauten bei jedem meiner Abenteuer sind. Ihr beide macht mir Mut, wenn ich ihn brauche (also fast immer).

Mein Dank und Respekt an die extrem coolen Leute von Simon & Schuster: Ruta, Katy und Paul, die aus mir eine spannendere Autorin gemacht haben, als ich mir je hätte träumen lassen.

Verehrung und Anerkennung für meine »Ode-Freunde«, die das Schreiben (und Nachtisch) genauso gern mögen wie ich.

High-five an all meine Cousins! Ihr seid diejenigen, zu denen ich aufgeschaut habe und denen ich (hoffentlich) mit gutem Beispiel vorangegangen bin. Für mich als Einzelkind wart ihr immer ein Geschenk, habt mir Geborgenheit gegeben.

Lieben Dank an Dolores, Erik und Jimmy … Ihr seid zwar nicht die Familie, in die ich hineingeboren wurde, aber die, in die ich zu meinem Glück eingeheiratet habe.

Und schließlich etwas Größeres und Tieferes, als ich in Worte fassen kann, für Mom und Dad, die nie über das kleine Mädchen gelacht haben, das sagte, es wolle Schriftstellerin werden … Sie haben einfach noch mehr Papier gekauft.

Das Chaos hat einen Namen:

Tom ist cool, witzig und frech. Und außerdem sehr erfindungsreich. Ständig hat er Unsinn im Kopf. Darunter haben besonders die Lehrer und seine Schwester Delia zu leiden. Aber niemand nimmt ihm das wirklich übel, weil Tom nie böse Absichten hat. Manchmal laufen die Dinge nur anders als geplant …

Band 1: Wo ich bin, ist Chaos – aber ich kann nicht überall sein
252 Seiten, gebunden
ISBN 978-3-505-12936-0

Irgendeine höhere Macht möchte um jeden Preis verhindern, dass Tom eine gute Note für seine Hausaufgaben bekommt. Ständig kommen ihm ausgelaufene Füller, gefräßige Hunde oder von Bazillen befallene Papierseiten in die Quere. Und er kann nun wirklich nichts dafür, dass er kurz vor seinem Auftritt mit der oberpeinlichen Schulband von einem Instrumentenarmleiden geplagt wird!

Band 2: Eins-a-Ausreden (und anderes cooles Zeug)
352 Seiten, gebunden
ISBN 978-3-505-12937-7

Die Vorbereitungen für Toms Geburtstagsparty laufen auf Hochtouren. Nun muss er nur noch sicher gehen, dass alles nach Plan läuft. Was gar nicht so einfach ist, wenn man eine Oma hat, die Geburtstagstorten mit Würstchen-Garnitur für eine Delikatesse hält. Oder wenn Papa meint, dass ein DJ im Dino-Kostüm und mit Glitzer-Stiefeln total angesagt ist …

Band 3: Alles Bombe (irgendwie)
416 Seiten, gebunden
ISBN 978-3-505-12938-4

www.schneiderbuch.de

Katastrophe! Papa Gates hat angekündigt, am Sportwettbewerb von Toms Schule teilzunehmen. Das kann nur wieder eine total peinliche Nummer werden, die Toms Ruf für immer ruinieren wird. Er muss das um jeden Preis verhindern! Und dann ist da noch dieser Talentwettbewerb, den er als angehender Rockstar unbedingt gewinnen muss …

Band 4:
Ich bin so was von genial (aber keiner merkt's)
336 Seiten, gebunden
ISBN 978-3-505-13153-0

Sensationelle Neuigkeiten! Die 5 F geht auf Klassenfahrt. Das klingt nach jeder Menge Spaß, Tom freut sich wie verrückt! Wenn ihm nur nicht sein Lehrer Mr Fullerman einen Strich durch die Rechnung macht und den obernervigsten Typen aller Zeiten mit auf sein Zimmer steckt …

Band 5:
Ich hab für alles eine Lösung – aber sie passt nie zum Problem
284 Seiten, gebunden
ISBN 978-3-505-13262-9

Tom kann sein Glück kaum fassen, als pünktlich zum Wintereinbruch die Schulheizung ausfällt und alle Kältefrei bekommen – einfach genial! Wären da nur nicht die neuen Nachbarn, die Toms laute DUDE3-Musik ganz und gar nicht mögen, und Oma Mavis' Strickmützen in Form einer Torte …

Band 6: Jetzt gibt's was auf die Mütze (aber echt!)
252 Seiten, gebunden
ISBN 978-3-505-13369-5

Liz Pichon
Tom Gates
Band 1: € 8,99 [D]
Band 2-6: € 9,99 [D]

Schneiderbuch
EGMONT

ZOOHANDLUNG
U-BAHN
OBER
ATLANTIC AVE.-BARCLAYS Ⓓ Ⓝ Ⓡ
CONEY ISLAND
VERSORGUNGSTUNNEL DER
LIRR-EISENBAHNGESELLSCHAFT
VERLASSENE STATION
STADT
ATLANTIA